CU00801130

Guy de Maupassant

Les Prostituées

Onze nouvelles

*Choix et présentation
de Daniel Grojnowski*

*Textes établis et annotés
par Louis Forestier*

Gallimard

PRÉFACE

Je ne crois pas que le naturel, le réel,
la vie soient une condition *sine qua non*
d'une œuvre littéraire. Des mots que
tout cela.
> Maupassant à Paul Alexis,
> 17 janvier 1877.

Maupassant et les « filles » (c'est-à-dire les pros-
tituées), voilà le genre de sujet que les journalistes
appellent un marronnier. *Encore faut-il ne pas*
le confondre avec le châtaignier. *On doit, en ce*
domaine, s'obliger à une typologie stricte, car on y
rencontre toutes les sortes de personnages qui com-
posent un imaginaire de la *femme et des femmes.*
Qu'elles soient infidèles par vénalité, perversité ou
simple curiosité, dévoyées ou honnêtes, les prosti-
tuées composent un ensemble flou, du fait d'une
misogynie tantôt hargneuse, tantôt compassée, que
Maupassant partage avec nombre de ses contem-
porains. Ils postulent que, d'une manière ou d'une
autre, la plupart sont assimilables aux « filles »,

comme elles infantiles et vénales. *Les unes et les autres participent au grand marché libertin qui régit la relation entre les sexes.*

Ce qui brouille les pistes, c'est le pansexualisme de Maupassant pour qui partout circule la libido, moteur des activités humaines. Les indices en sont éminemment lisibles, comme dans « Une partie de campagne » ou « Au printemps ». Leur manifestation, audacieuse à son époque, apparaît désormais quelque peu insistante : « On eût dit qu'il y avait sur la ville une brise d'amour épandue[1] ».

Le corpus

À la fois objets et médiatrices, les femmes, dans les récits de Maupassant, incarnent le désir autant qu'elles l'exaltent chez l'homme. Venues en ce monde « pour deux choses […] l'amour et l'enfant », elles ne demandent qu'à « être le charme et le luxe de l'existence[2] ». De manière indistincte, toutes se vouent au même destin et leurs multiples facettes composent un archétype. Cela dit, elles ne doivent pas être confondues avec les prostituées qui accordent leurs faveurs sans autre forme de procès : publiquement, pour de l'argent et sans pouvoir choi-

1. *Le vent me paraissait chargé d'amours lointaines*
 Alourdi de baisers, plein de chaudes haleines […]
 Un rut puissant tombait des bises attiédies…

 « La fille », *Revue moderne et naturaliste*, 1879, p. 570.
 2. Maupassant, *Le Gaulois*, 30 décembre 1880. – Il écrit aussi : « la femme a dans la vie deux fonctions, l'amour et la maternité » (*Le Gaulois*, 20 juillet 1882).

sir. Ce sont des « filles » de la rue ou de la maison
close, que la maîtresse interpelle pour que soit satis-
fait le désir d'un client : « Ces dames au salon ! »
Elles se distinguent radicalement d'autres héroïnes,
libertines, courtisanes et demi-mondaines, qui sont
en quête d'un partenaire ou d'un protecteur.

La classification des nouvelles de Maupassant
sur les prostituées diffère selon les critiques[1], mais
on peut observer que dans nombre d'entre elles la
prostitution proprement dite n'apparaît guère. Le
regroupement que nous proposons dans le pré-
sent volume exclut diverses héroïnes du clan des
« filles publiques » : dans « Les Sœurs Rondoli »,
« Les Tombales » ou « Le Champ d'oliviers », entre
autres exemples, les personnages féminins relèvent
de la galanterie. Ces femmes recherchent un pro-
tecteur mais ne partagent pas la condition des
« filles perdues ». Dans « Le Moyen de Roger », le
bordel sert simplement d'arrière-plan à une mésa-
venture conjugale, puisque le nouveau marié y
retrouve une virilité défaillante ; dans « Le Signe »,
une prostituée, par son exemple, initie au liberti-
nage une épouse, bourgeoise respectable qui inter-
pelle un passant choisi par elle. Mouche passe
d'un partenaire à l'autre sans pour autant se pros-
tituer : jeune femme de mœurs « légères », elle sert
de trait d'union à l'amitié de cinq canotiers. Pour-
quoi « serait-elle fidèle à son amant, alors que les
femmes du meilleur monde ne le sont pas à leurs

1. De Pascaline Mourier-Casile à Noëlle Benhamou en pas-
sant par A.-M. Schmidt, Éliane Lecarme-Tabone ou Brigitte
Monglond (voir la Bibliographie, p. 236).

maris[1] ? », *demande le narrateur. Bien d'autres exemples invitent à ne pas entremêler toutes les catégories d'amour vénal.*

On doit donc distinguer les femmes libres, infidèles, galantes, en quête d'un partenaire, de celles qui, encartées ou non, longent les trottoirs ou logent dans un bordel en s'offrant à qui les achète. Seules ces dernières, exposées comme des marchandises, sont à proprement parler des « prostituées », *des filles dites* de joie ou de noce. *C'est cette seule catégorie que nous retenons ici, en nous demandant si, pour Maupassant nouvelliste, elles ne représentent qu'un sujet en vogue, traité pour émoustiller les lecteurs. Afin d'esquisser une typologie de ces nouvelles sur la prostitution, on distinguera deux grandes catégories : d'une part, les récits à petit nombre d'acteurs (qui sont souvent des* « duos ») *; d'autre part, les ensembles qui comptent de nombreux acteurs constituant une microsociété. En somme, la miniature et la fresque.*

On ne retient alors qu'un nombre réduit de nouvelles (parues pendant une dizaine d'années) où les « filles », *ainsi que leurs partenaires, occupent le premier plan :* « Mademoiselle Fifi » *(1882),* « L'Odyssée d'une fille » *(1883),* « Le Lit 29 » *(1884),* « L'Armoire » *(1884) et* « Le Port » *(1889) qui forment le groupe* « Duos » ; « Boule de suif » *(1880) et* « La Maison Tellier » *(1881) formant les* « Ensembles ». *On adjoint également des nouvelles qui concernent les différents partenaires d'une maison close, comme*

1. « Mouche », dans *L'Inutile Beauté*, Folio classique, p. 103.

le tenancier (« L'Ami Patience[1] *», 1883), la prostituée (« Ça ira », 1885), le client (« Nuit de Noël », 1882 ; « Les Vingt-Cinq Francs de la supérieure », 1888).*

Ces récits s'organisent suivant des économies différentes. Les premiers sont essentiellement fondés sur un effet de retournement. Les procédés (au sens où les formalistes russes l'ont compris) sont ceux de l'énigme, de la surprise, du paradoxe ou encore du rebond : la prostituée est tantôt perçue dans sa déchéance, tantôt héroïsée, à l'occasion d'une rencontre avec un client. Elle illustre le plus souvent une « morale » quelque peu convenue.

Les seconds disposent un panorama à partir d'un échantillon représentatif de personnages. Prime alors une « vision » de la société, le récit se donnant comme une allégorie réelle, *pour reprendre une expression chère à Gustave Courbet. La* fille, *à titre individuel ou collectif, participe au grand marché des échanges. Elle témoigne d'une « philosophie sociale » cynique, audacieusement mise en scène.*

Alors que, dans la première catégorie, domine la composante dramatique dont l'« acmè » peut coïncider avec le dénouement, dans la seconde cette composante s'estompe, au profit d'une argumentation qui occupe l'intégralité de la nouvelle. D'un côté, une anecdote dont le déroulement met en œuvre une esthétique du coup de théâtre ou de la « chute » ; de l'autre, un récit exemplaire qui propose une vision du monde.

1. « Et dire que j'ai commencé avec rien… ma femme et ma belle-sœur », déclare au narrateur son ancien compagnon de collège devenu tenancier de maison close (p. 201).

Les duos

Le destin littéraire de la fille publique emprunte un schéma qui fait peu de cas des accidents propres à toute biographie. Sa pente conduit tantôt à la déchéance ou à la mort, tantôt à la rédemption, tantôt encore à leur association, comme si était proposée à la prostituée l'inévitable alternative de l'Ange déchu et de Marie Madeleine. Le premier de ces schémas a été magistralement établi par Taxile Delord dans « La Femme sans nom[1] » (1840), bref récit qui relate la succession de déboires que connaît Mariette, une jeune orpheline. Victime de ses divers protecteurs, elle doit se résoudre à vendre « de l'amour à tant par heure », jusqu'à ce qu'elle expire sur le grabat d'une prison. Quitte à varier leurs cadres et leurs épisodes, de nombreux romans (de Chair molle *ou* Virus d'amour *à* La Turque *ou* La Môme[2]*) suivront ce scénario que Maupassant emprunte à son tour dans « L'Odyssée d'une fille », dans « L'Armoire » ou dans « Le Port », trois nouvelles dont les héroïnes font l'expérience d'un même chemin de croix.*

Le narrateur a fait la connaissance de la première

1. Voir *Les Français peints par eux-mêmes. Encyclopédie morale du XIXᵉ siècle*, deux volumes édités par Léon Crumer, Omnibus, 2003, t. I, p. 347-363.
2. On trouvera *Chair molle* (1885) de Paul Adam, *Virus d'amour* (1886) d'Adolphe Tabarant, *La Turque* (1906) d'Eugène Montfort dans *Un joli monde. Romans de la prostitution*, édité par M. Dottin-Orsini et D. Grojnowski, Robert Laffont, coll. « Bouquins », 2008. Le roman d'Henri Boutet, *La Môme*, a paru en 1913.

*à l'occasion d'une rafle qu'organise la police, bou-
levard Drouot. À peine âgée de vingt ans et « fanée
déjà » (p. 46), elle lui raconte son histoire non sans
tenter de se vendre à lui. Orpheline, elle est entrée
au service d'un grainetier mais perd sa place pour
avoir résisté à ses avances. Partie pour Rouen à la
recherche d'un emploi, elle rencontre des rustres qui
abusent d'elle. Par la suite, un vieux juge, des pas-
sants de rencontre puis un « grand richard » (p. 53)
âgé de soixante-quinze ans, lui permettent de subve-
nir à ses besoins. La seconde de ces filles est abordée
par le narrateur dans le promenoir des Folies-Bergère.
Ayant été séduite et engrossée toute jeune par un
chef cuisinier, elle a fait croire à l'un de ses clients
canotiers qu'il est le père de son enfant, alors âgé de
douze ans. Lorsqu'elle racole un inconnu pour une
heure ou deux, elle cache le garçonnet dans l'armoire
de son étroit logis, rue des Martyrs. Un troisième
destin de fille est évoqué dans « Le Port », longue
nouvelle où un client, Célestin Duclos, se découvre
peu à peu le frère de Françoise, la prostituée qui vient
de lui vendre une passe. Il y a plus de trois ans, alors
qu'il avait quitté depuis peu sa famille, celle-ci a été
emportée par une épidémie, laissant Françoise sans
ressource à quinze ans. Débauchée par un notaire,
elle a dû se résoudre à « entrer en maison, comme
bien d'autres » (p. 90). Ainsi vogue-t-elle de ville en
ville, venue de Rouen pour se vendre dans un bouge
de Marseille à ce frère qu'elle n'a pas reconnu. Toutes
ces prostituées ont fait l'expérience de la misère ou
de la malédiction, provoquant chez le lecteur un
apitoiement de bonne conscience. D'autres figures
cependant incarnent leur rédemption.*

Les filles publiques sont au centre de trois des six nouvelles qui composent Les Soirées de Médan, *dont le titre projeté avait été* L'Invasion comique, *en référence à la défaite des troupes de Napoléon III devant les Prussiens. Maupassant y donne sa plus célèbre nouvelle, « Boule de suif ». Quelques années plus tard, en 1884, il illustre de nouveau ce thème sur un mode à la fois bouffon et cruel, dans « Le Lit 29 ». Le fringant capitaine Épivent reçoit une lettre d'Irma qui a été sa maîtresse à Rouen, avant la défaite et l'occupation de la ville. Elle est à l'hôpital, « bien malade, bien malade ». Lorsqu'il lui rend visite, elle lui apprend qu'elle a été « prise de force » et contaminée par des soldats prussiens. Pour se venger, elle a refusé de se soigner et les a infectés à leur tour, autant qu'elle a pu. Revenu voir la moribonde à l'appel d'un aumônier, son ancien amant ne cache pas la répugnance qu'il éprouve. Alors qu'il bat en retraite entre les lits des syphilitiques, elle l'agonit d'injures et lui rappelle qu'elle a combattu l'ennemi plus qu'il ne l'a fait lui-même : « j'en ai tué plus que tout ton régiment réuni… » (p. 70). À la débandade du capitaine répond l'héroïsme grotesque que revendique la prostituée.*

À la différence du « Lit 29 », « Mademoiselle Fifi » (1882) rejette la dérision au profit d'une glorification. L'auteur y aménage des surprises à la gloire de Rachel, l'inévitable « belle Juive » des bordels bien achalandés. Alors que le titre de la nouvelle annonce une héroïne, il désigne en fait le marquis Wilhem d'Eyrick, un officier allemand efféminé, arrogant et cruel, qui ne cesse de s'écrier : « fi, fi donc ! ».

Rachel, l'une des prostituées commandées pour le divertissement de la troupe qui occupe le château d'Uville, le défie. Humiliée puis giflée par Wilhem d'Eyrick, son partenaire d'un soir, au cours d'un festin qu'ont organisé les occupants, elle le poignarde à mort et s'enfuit. Au fur et à mesure du récit, une succession de paradoxes magnifient la Juive. C'est ainsi qu'elle est la seule des cinq prostituées à s'indigner des toasts que les officiers portent à leur victoire et à leur domination de « toutes les femmes de France ». Elle est aussi la seule à prendre le risque d'une résistance armée, dans le pays normand qui opte pour une résistance passive. Pourchassée, elle trouve refuge dans le clocher du village, avec l'aide du curé de la paroisse. Et, lorsqu'elle rejoint à Rouen son « logis public », elle trouve un « patriote sans préjugé » qui l'épouse « pour sa belle action », et qui en fait une « Dame » (p. 44).

Dans les nouvelles en duos, la « fille » est confrontée à son destin par l'homme qui la paye. À cette occasion, elle suscite le plus souvent la pitié, parfois l'admiration. Dans tous les cas, il revient à l'argent de révéler les valeurs qui rendent l'aventure tantôt conforme à la morale courante, tantôt fidèle à une doxa non conformiste, lorsqu'elle décrit la « fille » digne de considération : une putain respectueuse, comme l'écrira bien plus tard Jean-Paul Sartre, en adoptant ce paradoxe galvaudé. Quoi qu'il en soit, ces nouvelles ne prennent aucun risque : elles portent sur les prostituées et la prostitution le jugement de tout un chacun. Il en va autrement, lorsqu'au commerce de deux individus

*se substitue un groupe représentatif de l'ordre social
en son entier.*

Les ensembles

Le plus souvent, les duos *se déroulent dans un
lieu unique où la « fille », face à son partenaire, est
amenée à raconter sa vie. Ce sont des aventures
« statiques » qui adviennent dans un espace clos :
chambre privée, dortoir d'hôpital, salle d'un bordel
ou salon d'un château. Très différentes apparaissent
« Boule de suif » et « La Maison Tellier », de loin
les plus remarquables récits publiés au XIX[e] siècle
sur les « filles » et les maisons closes. Ils sont tous
les deux caractérisés par le passage d'un lieu à un
autre : un aller simple de Rouen au Havre pour les
voyageurs de la diligence qui sera contrainte à une
halte par un officier prussien ; un aller-retour de
Fécamp à Virville et du train à la charrette, pour le
groupe des filles qui accompagnent leur patronne
à la communion de sa nièce. Dans un cas comme
dans l'autre, cette mobilité confirme l'immuable sta-
bilité des statuts : considérée avec obligeance par ses
partenaires lorsqu'elle partage avec eux son repas
alors qu'ils ont oublié d'apporter le leur, Élisabeth
Rousset n'en redevient pas moins une prostituée,
une fois qu'ils l'ont convaincue de coucher avec
l'officier allemand qui l'exige, pour les laisser repar-
tir ; de leur côté, les filles de Madame rejoignent
leur point de départ, après avoir été admirées par
les villageois et consacrées par le curé de Virville.
Ces deux nouvelles se distinguent par la mise en*

scène de très nombreux personnages. Bien qu'elles excluent pour une bonne part le peuple, elles offrent un échantillonnage aussi complet que possible. Représentant l'une et l'autre une microsociété, elles donnent à considérer l'ensemble des classes supérieures, de la grande à la petite bourgeoisie. Dans « Boule de suif », les places qu'occupent les voyageurs ont valeur de dispositif : la rangée des hommes fait face à celle des femmes, tous occupent les sièges en fonction de leur fortune et on connaît par ailleurs leurs opinions politiques. De même, dans « La Maison Tellier », sont précisément indiquées les fonctions des habitués : un marchand de bois, un armateur, un agent d'assurances, un juge du tribunal de commerce, un percepteur, le fils d'un banquier et un saleur de poissons. Outre ces notables, des matelots, clients moins fortunés du bordel, et les villageois de Virville. Bien que les actions diffèrent dans ces deux nouvelles, elles sont pareillement programmées par des jeux d'échange et d'équivalence.

Dans « Boule de suif », au cours du trajet qu'entreprennent les voyageurs de la diligence, on assiste à une circulation des aliments qui passent du panier d'Élisabeth Rousset aux mâchoires de ses comparses affamés. Tous mastiquent les parts de la collation qu'elle leur offre, portions de poulet confites dans leur gelée, pâtés, fruits ou friandises. L'échange d'aimables propos fait suite à ce partage. Mais lorsque l'officier prussien pose ses conditions pour que le groupe reparte, le corps de la prostituée devient à son tour monnaie d'échange. Donnant-donnant : à l'exception du démocrate Cornudet,

tous les voyageurs, y compris les deux bonnes
sœurs, encouragent son sacrifice qui doit leur per-
mettre de reprendre la route.

Le voyage des filles de « La Maison Tellier » pour
une communion villageoise illustre également une
circulation des personnes. Passant des pratiques
vénales aux rituels religieux, il donne lieu à un jeu
d'équivalences qui double l'action proprement dite
d'un discours implicite sur les mœurs, sur les insti-
tutions et sur les valeurs que prône la société.

Quand un commis-voyageur s'installe dans le
compartiment qu'occupent les femmes de la Mai-
son Tellier, il leur demande, ayant compris à qui
il a affaire, si elles « changent de garnison », puis,
en manière d'excuse pour son indélicatesse : « je
voulais dire de couvent ». Auparavant, un couple
de paysans considérait qu'elles appartenaient à « la
belle société », avant de les juger comme « des traî-
nées ». Cette diversité des appellations fait sens :
elle est fonction des regards qui ne cessent de
varier dans le cours du récit : au village de Virville,
alors que tous admirent ces « belles femmes de la
ville », une vieille à béquille, « presque aveugle », se
signe sur leur passage. Et s'il revient au curé de la
paroisse de consacrer ses « chères sœurs » « brebis
d'élite », « édification de ma paroisse », le frère de
Madame n'en traite pas moins de « salope ! » l'une
d'elles. De même, le bordel participe aux divers
espaces de rencontre qu'offre la vie sociale : de la
Maison Tellier, « maison familiale » sise « derrière
l'église Saint-Étienne », à la « maison de Dieu » où
souffle l'Esprit saint, en passant par la demeure
des villageois, se déclinent toutes les sortes de lieux

de vie dont chacun assure une fonction à tous nécessaire.

Ces deux nouvelles mettent en lumière un ensemble de personnages, et plus exactement, par le biais d'échantillons, les représentants des divers groupes sociaux. Leurs acteurs, chacun à sa place, participent au bon fonctionnement d'un ensemble. La prostitution y apparaît une institution comme une autre, parmi d'autres – et les prostituées, des agents qui agissent exactement de la même manière que les acteurs d'autres institutions. Comme elles, le fonctionnaire, le juge, le marchand jouent leur rôle suivant un principe de permutation et d'équivalence. En contraignant Boule de suif à céder au chantage d'un officier prussien, ses compagnons de voyage, par sa médiation, se prostituent à lui ; le curé de Virville consacre ses fidèles et les « filles publiques » qu'il confond en une seule communauté. En somme, si le bordel fonctionne à l'image de la société, la société fonctionne à l'image d'un bordel, car ainsi va le monde !

*

De « La Maison Tellier », Alain Corbin a écrit, dans son étude sur Les Filles de noces, que « la fermeture pour cause de première communion [...] et l'escapade des pensionnaires ne sont visiblement que de brillantes idées littéraires[1] ». Leurs couleurs documentaires, leurs constantes références aux réalités de l'époque, leur recours à des stéréotypes qui

1. Flammarion, coll. « Champs », 1982 [1ʳᵉ éd., 1978], p. 127.

renforcent les effets de réel *empêchent de lire les nouvelles de Maupassant comme autant de fables. Toutefois, en dépit de confidences qui en signalent les « sources » et les « modèles » possibles, elles malmènent la vraisemblance au profit d'aménagements propres aux récits exemplaires. Quels qu'en soient les points de départ, Maupassant nous conte* de belles histoires *qu'il conçoit édifiantes : « Si Peau d'âne m'était conté, / J'y prendrais un plaisir extrême*[1] ».

« *Qui sait si l'immortalité n'est pas plutôt une nouvelle en trois cents lignes, la fable ou le conte que les écoliers des siècles futurs se transmettent, comme l'exemple inattaquable de la perfection classique ?* », a déclaré Zola aux obsèques de Maupassant. *Et Mallarmé de renchérir : « J'applaudis Zola [...] d'avoir indiqué La Fontaine et les* Fables *comme un exemple de la probable immortalité qui accompagne nombre de contes fermes et libres de notre contemporain [...] c'est restituer aux lettres la vertu d'une fonction originelle et inapprise*[2]. » *De fait, le romancier nouvelliste avait tôt rappelé qu'il se préoccupait avant tout de donner à ses lecteurs* « l'illusion complète du vrai » : « Les Réalistes de talent devraient s'appeler plutôt des Illusionnistes*[3]. »
Par le biais des « filles publiques » – leur état,

1. La Fontaine, « Le pouvoir des fables », *Fables*, VIII, ɪᴠ.
2. É. Zola, « Aux obsèques de Maupassant », *Œuvres complètes*, t. XV, Nouveau monde éditions, 2007, p. 657. S. Malllarmé, « Deuil » (22 juillet 1893), dans *Œuvres complètes*, édition de B. Marchal, Bibliothèque de la Pléiade, 2003, t. II, p. 318-321.
3. « Étude sur le roman », préface de *Pierre et Jean* (1887).

*leurs peines, leurs joies, leurs obligations –, Mau-
passant décrit le partage des rôles et les relations de
pouvoir qui lient les différents acteurs d'une société
où ne cessent de circuler les corps, les pulsions, les
désirs : une société du libre échange dont le moteur
est l'argent mais dont les « filles » ne représentent que
la pointe émergée. Allant du microcosme au macro-
cosme, de la miniature à la fresque et de la marge
au centre, ces nouvelles disent autre chose que ce
qu'elles relatent. Celles qui relèvent de relations
duelles mettent en scène des contrats ordinaires, la
prostituée étant acquise contre rémunération par le
client qui la convoite. Plus remarquables sont les
nouvelles qui mettent en jeu les relations sociales
dans leur ensemble, et qui illustrent la logique d'un
jeu universel. En effet, si l'acquisition des femmes
par l'argent des hommes suit les règles du négoce,
elle répond avant tout à l'impératif d'une circula-
tion généralisée à laquelle chacun participe. « Le
monde n'est qu'une branloire pérenne », écrivait
Montaigne. Pour Maupassant, la mobilité des biens
et des personnes apparaît comme la condition* sine
qua non *de la vie sociale : une circulation qui se
produit de toutes parts et qui ne prend jamais fin.*

DANIEL GROJNOWSKI

LES PROSTITUÉES

Onze nouvelles

DUOS

MADEMOISELLE FIFI

Le major, commandant prussien, comte de Farlsberg[1], achevait de lire son courrier, le dos au fond d'un grand fauteuil de tapisserie et ses pieds bottés sur le marbre élégant de la cheminée, où ses éperons, depuis trois mois qu'il occupait le château d'Uville[2], avaient tracé deux trous profonds, fouillés un peu plus tous les jours.

Une tasse de café fumait sur un guéridon de marqueterie maculé par les liqueurs, brûlé par les cigares, entaillé par le canif de l'officier conquérant qui, parfois, s'arrêtant d'aiguiser un crayon, traçait sur le meuble gracieux des chiffres ou des dessins, à la fantaisie de son rêve nonchalant.

Quand il eut achevé ses lettres et parcouru les journaux allemands que son vaguemestre venait de lui apporter, il se leva, et, après avoir jeté au feu trois ou quatre énormes morceaux de bois vert, car ces messieurs abattaient peu à peu le parc pour se chauffer, il s'approcha de la fenêtre.

La pluie tombait à flots, une pluie normande qu'on aurait dit jetée par une main furieuse, une pluie en biais, épaisse comme un rideau, formant

une sorte de mur à raies obliques, une pluie cin-
glante, éclaboussante, noyant tout, une vraie pluie
des environs de Rouen, ce pot de chambre de la
France[1].

L'officier regarda longtemps les pelouses inon-
dées, et, là-bas, l'Andelle[2] gonflée qui débordait ;
et il tambourinait contre la vitre une valse du
Rhin, quand un bruit le fit se retourner : c'était
son second, le baron de Kelweingstein, ayant le
grade équivalent à celui de capitaine.

Le major était un géant, large d'épaules, orné
d'une longue barbe en éventail formant nappe sur
sa poitrine ; et toute sa grande personne solen-
nelle éveillait l'idée d'un paon militaire, un paon
qui aurait porté sa queue déployée à son men-
ton. Il avait des yeux bleus, froids et doux, une
joue fendue d'un coup de sabre dans la guerre
d'Autriche[3] ; et on le disait brave homme autant
que brave officier.

Le capitaine, un petit rougeaud à gros ventre,
sanglé de force, portait presque ras son poil
ardent, dont les fils de feu auraient fait croire,
quand ils se trouvaient sous certains reflets, sa
figure frottée de phosphore. Deux dents perdues
dans une nuit de noce, sans qu'il se rappelât au
juste comment, lui faisaient cracher des paroles
épaisses qu'on n'entendait pas toujours ; et il était
chauve du sommet du crâne seulement, tonsuré
comme un moine, avec une toison de petits che-
veux frisés, dorés et luisants, autour de ce cerceau
de chair nue.

Le commandant lui serra la main, et il avala
d'un trait sa tasse de café (la sixième depuis le

matin), en écoutant le rapport de son subor-
donné sur les incidents survenus dans le service ;
puis tous deux se rapprochèrent de la fenêtre en
déclarant que ce n'était pas gai. Le major, homme
tranquille, marié chez lui, s'accommodait de tout ;
mais le baron capitaine, viveur tenace, coureur de
bouges, forcené trousseur de filles, rageait d'être
enfermé depuis trois mois dans la chasteté obli-
gatoire de ce poste perdu.

Comme on grattait à la porte, le commandant
cria d'ouvrir, et un homme, un de leurs soldats
automates, apparut dans l'ouverture, disant par sa
seule présence que le déjeuner était prêt.

Dans la salle ils trouvèrent les trois officiers de
moindre grade : un lieutenant, Otto de Grossling ;
deux sous-lieutenants, Fritz Scheunaubourg et le
marquis Wilhem d'Eyrik, un tout petit blondin
fier et brutal avec les hommes, dur aux vaincus,
et violent comme une arme à feu.

Depuis son entrée en France, ses camarades
ne l'appelaient plus que Mlle Fifi. Ce surnom lui
venait de sa tournure coquette, de sa taille fine
qu'on aurait dit tenue en un corset, de sa figure
pâle où sa naissante moustache apparaissait
à peine, et aussi de l'habitude qu'il avait prise,
pour exprimer son souverain mépris des êtres et
des choses, d'employer à tout moment la locution
française – *fi, fi donc*, qu'il prononçait avec un
léger sifflement.

La salle à manger du château d'Uville était une
longue et royale pièce dont les glaces de cristal
ancien, étoilées de balles, et les hautes tapisseries

des Flandres, tailladées à coups de sabre et pendantes par endroits, disaient les occupations de Mlle Fifi, en ses heures de désœuvrement.

Sur les murs, trois portraits de famille, un guerrier vêtu de fer, un cardinal et un président, fumaient de longues pipes de porcelaine, tandis qu'en son cadre dédoré par les ans, une noble dame à poitrine serrée montrait d'un air arrogant une énorme paire de moustaches faites au charbon.

Et le déjeuner des officiers s'écoula presque en silence dans cette pièce mutilée, assombrie par l'averse, attristante par son aspect vaincu, et dont le vieux parquet de chêne était devenu sordide comme un sol de cabaret.

À l'heure du tabac, quand ils commencèrent à boire, ayant fini de manger, ils se mirent, de même que chaque jour, à parler de leur ennui. Les bouteilles de cognac et de liqueurs passaient de main en main ; et tous, renversés sur leurs chaises, absorbaient à petits coups répétés, en gardant au coin de la bouche le long tuyau courbé que terminait l'œuf de faïence, toujours peinturluré comme pour séduire des Hottentots.

Dès que leur verre était vide, ils le remplissaient avec un geste de lassitude résignée. Mais Mlle Fifi cassait à tout moment le sien, et un soldat immédiatement lui en présentait un autre.

Un brouillard de fumée âcre les noyait, et ils semblaient s'enfoncer dans une ivresse endormie et triste, dans cette saoulerie morne des gens qui n'ont rien à faire.

Mais le baron, soudain, se redressa. Une révolte

le secouait ; il jura : « Nom de Dieu, ça ne peut pas durer, il faut inventer quelque chose à la fin. »

Ensemble le lieutenant Otto et le sous-lieutenant Fritz, deux Allemands doués éminemment de physionomies allemandes lourdes et graves, répondirent : « Quoi, mon capitaine ? »

Il réfléchit quelques secondes, puis reprit : « Quoi ? Eh bien, il faut organiser une fête, si le commandant le permet. »

Le major quitta sa pipe : « Quelle fête, capitaine ? »

Le baron s'approcha : « Je me charge de tout, mon commandant. J'enverrai à Rouen *Le Devoir*, qui nous ramènera des dames ; je sais où les prendre. On préparera ici un souper ; rien ne manque d'ailleurs, et, au moins, nous passerons une bonne soirée. »

Le comte de Farlsberg haussa les épaules en souriant : « Vous êtes fou, mon ami. »

Mais tous les officiers s'étaient levés, entouraient leur chef, le suppliaient : « Laissez faire le capitaine, mon commandant, c'est si triste ici. »

À la fin le major céda : « Soit », dit-il ; et aussitôt le baron fit appeler *Le Devoir*. C'était un vieux sous-officier qu'on n'avait jamais vu rire, mais qui accomplissait fanatiquement tous les ordres de ses chefs, quels qu'ils fussent.

Debout, avec sa figure impassible, il reçut les instructions du baron ; puis il sortit ; et, cinq minutes plus tard, une grande voiture du train militaire, couverte d'une bâche de meunier tendue en dôme, détalait sous la pluie acharnée, au galop de quatre chevaux.

Aussitôt un frisson de réveil sembla courir dans les esprits ; les poses alanguies se redressèrent, les visages s'animèrent et on se mit à causer.

Bien que l'averse continuât avec autant de furie, le major affirma qu'il faisait moins sombre, et le lieutenant Otto annonçait avec conviction que le ciel allait s'éclaircir. Mlle Fifi elle-même ne semblait pas tenir en place. Elle se levait, se rasseyait. Son œil clair et dur cherchait quelque chose à briser. Soudain, fixant la dame aux moustaches, le jeune blondin tira son revolver.

« Tu ne verras pas cela toi », dit-il ; et, sans quitter son siège, il visa. Deux balles successivement crevèrent les deux yeux du portrait.

Puis il s'écria : « Faisons la mine ! » Et brusquement les conversations s'interrompirent, comme si un intérêt puissant et nouveau se fût emparé de tout le monde.

La mine, c'était son invention, sa manière de détruire, son amusement préféré.

En quittant son château, le propriétaire légitime, le comte Fernand d'Amoys d'Uville, n'avait eu le temps de rien emporter ni de rien cacher, sauf l'argenterie enfouie dans le trou d'un mur. Or, comme il était fort riche et magnifique, son grand salon, dont la porte ouvrait dans la salle à manger, présentait, avant la fuite précipitée du maître, l'aspect d'une galerie de musée.

Aux murailles pendaient des toiles, des dessins et des aquarelles de prix, tandis que sur les meubles, les étagères, et dans les vitrines élégantes, mille bibelots, des potiches, des statuettes, des bonshommes de Saxe et des magots de Chine,

des ivoires anciens et des verres de Venise, peuplaient le vaste appartement de leur foule précieuse et bizarre.

Il n'en restait guère maintenant. Non qu'on les eût pillés, le major comte de Farlsberg ne l'aurait point permis ; mais Mlle Fifi, de temps en temps, faisait la *mine* ; et tous les officiers, ce jour-là, s'amusaient vraiment pendant cinq minutes.

Le petit marquis alla chercher dans le salon ce qu'il lui fallait. Il rapporta une toute mignonne théière de Chine famille Rose qu'il emplit de poudre à canon, et, par le bec, il introduisit délicatement un long morceau d'amadou, l'alluma, et courut reporter cette machine infernale dans l'appartement voisin.

Puis il revint bien vite, en fermant la porte. Tous les Allemands attendaient, debout, avec la figure souriante d'une curiosité enfantine ; et, dès que l'explosion eut secoué le château, ils se précipitèrent ensemble.

Mlle Fifi, entrée la première, battait des mains avec délire devant une Vénus de terre cuite dont la tête avait enfin sauté ; et chacun ramassa des morceaux de porcelaine, s'étonnant aux dentelures étranges des éclats, examinant les dégâts nouveaux, contestant certains ravages comme produits par l'explosion précédente ; et le major considérait d'un air paternel le vaste salon bouleversé par cette mitraille à la Néron et sablé de débris d'objets d'art. Il en sortit le premier, en déclarant avec bonhomie : « Ça a bien réussi, cette fois. »

Mais une telle trombe de fumée était entrée dans

la salle à manger, se mêlant à celle du tabac, qu'on
ne pouvait plus respirer. Le commandant ouvrit
la fenêtre, et tous les officiers, revenus pour boire
un dernier verre de cognac, s'en approchèrent.

L'air humide s'engouffra dans la pièce, appor-
tant une sorte de poussière d'eau qui poudrait les
barbes et une odeur d'inondation. Ils regardaient
les grands arbres accablés sous l'averse, la large
vallée embrumée par ce dégorgement des nuages
sombres et bas, et tout au loin le clocher de l'église
dressé comme une pointe grise dans la pluie bat-
tante.

Depuis leur arrivée, il n'avait plus sonné. C'était,
du reste, la seule résistance que les envahisseurs
eussent rencontrée aux environs : celle du clocher.
Le curé ne s'était nullement refusé à recevoir et à
nourrir des soldats prussiens ; il avait même plu-
sieurs fois accepté de boire une bouteille de bière
ou de bordeaux avec le commandant ennemi, qui
l'employait souvent comme intermédiaire bien-
veillant ; mais il ne fallait pas lui demander un
seul tintement de sa cloche ; il se serait plutôt
laissé fusiller. C'était sa manière à lui de protes-
ter contre l'invasion, protestation pacifique, pro-
testation du silence, la seule, disait-il, qui convînt
au prêtre, homme de douceur et non de sang ;
et tout le monde, à dix lieues à la ronde, vantait
la fermeté, l'héroïsme de l'abbé Chantavoine, qui
osait affirmer le deuil public, le proclamer, par le
mutisme obstiné de son église.

Le village entier, enthousiasmé par cette résis-
tance, était prêt à soutenir jusqu'au bout son pas-
teur, à tout braver, considérant cette protestation

tacite comme la sauvegarde de l'honneur national. Il semblait aux paysans qu'ils avaient ainsi mieux mérité de la patrie que Belfort et que Strasbourg[1], qu'ils avaient donné un exemple équivalent, que le nom du hameau en deviendrait immortel ; et, hormis cela, ils ne refusaient rien aux Prussiens vainqueurs.

Le commandant et ses officiers riaient ensemble de ce courage inoffensif ; et comme le pays entier se montrait obligeant et souple à leur égard, ils toléraient volontiers son patriotisme muet.

Seul, le petit marquis Wilhem aurait bien voulu forcer la cloche à sonner. Il enrageait de la condescendance politique de son supérieur pour le prêtre : et chaque jour il suppliait le commandant de le laisser faire « Ding-don-don », une fois, une seule petite fois pour rire un peu seulement. Et il demandait cela avec des grâces de chatte, des cajoleries de femme, des douceurs de voix d'une maîtresse affolée par une envie ; mais le commandant ne cédait point, et Mlle Fifi, pour se consoler, faisait la *mine* dans le château d'Uville.

Les cinq hommes restèrent là, en tas, quelques minutes, aspirant l'humidité. Le lieutenant Fritz, enfin, prononça en jetant un rire pâteux : « Ces temoiselles técitément n'auront pas peau temps pour leur bromenate. »

Là-dessus, on se sépara, chacun allant à son service, et le capitaine ayant fort à faire pour les préparatifs du dîner.

Quand ils se retrouvèrent de nouveau à la nuit tombante, ils se mirent à rire en se voyant tous coquets et reluisants comme aux jours de grande

revue, pommadés, parfumés, tout frais. Les che-
veux du commandant semblaient moins gris que
le matin ; et le capitaine s'était rasé, ne gardant
que sa moustache, qui lui mettait une flamme
sous le nez.

Malgré la pluie, on laissait la fenêtre ouverte ; et
l'un d'eux parfois allait écouter. À six heures dix
minutes le baron signala un lointain roulement.
Tous se précipitèrent ; et bientôt la grande voi-
ture accourut, avec ses quatre chevaux toujours au
galop, crottés jusqu'au dos, fumants et soufflants.

Et cinq femmes descendirent sur le perron, cinq
belles filles choisies avec soin par un camarade
du capitaine à qui *Le Devoir* était allé porter une
carte de son officier.

Elles ne s'étaient point fait prier, sûres d'être
bien payées, connaissant d'ailleurs les Prussiens,
depuis trois mois qu'elles en tâtaient, et prenant
leur parti des hommes comme des choses. « C'est
le métier qui veut ça », se disaient-elles en route,
pour répondre sans doute à quelque picotement
secret d'un reste de conscience.

Et tout de suite on entra dans la salle à manger.
Illuminée, elle semblait plus lugubre encore en
son délabrement piteux ; et la table couverte de
viandes, de vaisselle riche et d'argenterie retrouvée
dans le mur où l'avait cachée le propriétaire, don-
nait à ce lieu l'aspect d'une taverne de bandits qui
soupent après un pillage. Le capitaine, radieux,
s'empara des femmes comme d'une chose fami-
lière, les appréciant, les embrassant, les flairant,
les évaluant à leur valeur de filles à plaisir ; et
comme les trois jeunes gens voulaient en prendre

chacun une, il s'y opposa avec autorité, se réservant de faire le partage, en toute justice, suivant les grades, pour ne blesser en rien la hiérarchie.

Alors, afin d'éviter toute discussion, toute contestation et tout soupçon de partialité, il les aligna par rang de taille, et s'adressant à la plus grande, avec le ton du commandement : « Ton nom ? »

Elle répondit en grossissant sa voix : « Paméla. »

Alors il proclama : « Numéro un, la nommée Paméla, adjugée au commandant. »

Ayant ensuite embrassé Blondine, la seconde, en signe de propriété, il offrit au lieutenant Otto la grosse Amanda, Éva *la Tomate*[1] au sous-lieutenant Fritz, et la plus petite de toutes, Rachel, une brune toute jeune, à l'œil noir comme une tache d'encre, une Juive dont le nez retroussé confirmait la règle qui donne des becs courbes à toute sa race, au plus jeune des officiers, au frêle marquis Wilhem d'Eyrik.

Toutes, d'ailleurs, étaient jolies et grasses, sans physionomies bien distinctes, faites à peu près pareilles de tournure et de peau par les pratiques d'amour quotidiennes et la vie commune des maisons publiques.

Les trois jeunes gens prétendaient tout de suite entraîner leurs femmes, sous prétexte de leur offrir des brosses et du savon pour se nettoyer ; mais le capitaine s'y opposa sagement, affirmant qu'elles étaient assez propres pour se mettre à table et que ceux qui monteraient voudraient changer en descendant et troubleraient les autres couples. Son expérience l'emporta. Il y eut seulement beaucoup de baisers, des baisers d'attente.

Soudain, Rachel suffoqua, toussant aux larmes, et rendant de la fumée par les narines. Le marquis, sous prétexte de l'embrasser, venait de lui souffler un jet de tabac dans la bouche. Elle ne se fâcha point, ne dit pas un mot, mais elle regarda fixement son possesseur avec une colère éveillée tout au fond de son œil noir.

On s'assit. Le commandant lui-même semblait enchanté ; il prit à sa droite Paméla, Blondine à sa gauche et déclara, en dépliant sa serviette : « Vous avez eu là une charmante idée, capitaine. »

Les lieutenants Otto et Fritz, polis comme auprès de femmes du monde, intimidaient un peu leurs voisines ; mais le baron de Kelweingstein, lâché dans son vice, rayonnait, lançait des mots grivois, semblait en feu avec sa couronne de cheveux rouges. Il galantisait en français du Rhin ; et ses compliments de taverne, expectorés par le trou des deux dents brisées, arrivaient aux filles au milieu d'une mitraille de salive.

Elles ne comprenaient rien, du reste ; et leur intelligence ne sembla s'éveiller que lorsqu'il cracha des paroles obscènes, des expressions crues, estropiées par son accent. Alors toutes, ensemble, elles commencèrent à rire comme des folles, tombant sur le ventre de leurs voisins, répétant les termes que le baron se mit alors à défigurer à plaisir pour leur faire dire des ordures. Elles en vomissaient à volonté, soûles aux premières bouteilles de vin ; et, redevenant elles, ouvrant la porte aux habitudes, elles embrassaient les moustaches de droite et celles de gauche, pinçaient les bras, poussaient des cris furieux, buvaient dans tous

les verres, chantaient des couplets français et des bouts de chansons allemandes appris dans leurs rapports quotidiens avec l'ennemi.

Bientôt les hommes eux-mêmes, grisés par cette chair de femme étalée sous leur nez et sous leurs mains, s'affolèrent, hurlant, brisant la vaisselle, tandis que, derrière leur dos, des soldats impassibles les servaient.

Le commandant seul gardait de la retenue.

Mlle Fifi avait pris Rachel sur ses genoux, et, s'animant à froid, tantôt il embrassait follement les frisons d'ébène de son cou, humant par le mince intervalle entre la robe et la peau la douce chaleur de son corps et tout le fumet de sa personne ; tantôt à travers l'étoffe, il la pinçait avec fureur, la faisant crier, saisi d'une férocité rageuse, travaillé par son besoin de ravage. Souvent aussi, la tenant à pleins bras, l'étreignant comme pour la mêler à lui, il appuyait longuement ses lèvres sur la bouche fraîche de la juive, la baisait à perdre haleine ; mais soudain il la mordit si profondément qu'une traînée de sang descendit sur le menton de la jeune femme et coula dans son corsage.

Encore une fois, elle le regarda bien en face, et, lavant la plaie, murmura : « Ça se paye, cela. » Il se mit à rire, d'un rire dur. « Je payerai », dit-il.

On arrivait au dessert ; on versait du champagne. Le commandant se leva, et du même ton qu'il aurait pris pour porter la santé de l'impératrice Augusta[1], il but :

« À nos dames ! » Et une série de toasts commença, des toasts d'une galanterie de soudards

et de pochards, mêlés de plaisanteries obscènes, rendues plus brutales encore par l'ignorance de la langue.

Ils se levaient l'un après l'autre, cherchant de l'esprit, s'efforçant d'être drôles ; et les femmes, ivres à tomber, les yeux vagues, les lèvres pâteuses, applaudissaient chaque fois éperdument.

Le capitaine, voulant sans doute rendre à l'orgie un air galant, leva encore une fois son verre, et prononça : « À nos victoires sur les cœurs ! »

Alors le lieutenant Otto, espèce d'ours de la forêt Noire, se dressa, enflammé, saturé de boissons. Et envahi brusquement de patriotisme alcoolique, il cria : « À nos victoires sur la France ! »

Toutes grises qu'elles étaient, les femmes se turent ; et Rachel, frissonnante, se retourna : « Tu sais, j'en connais des Français, devant qui tu ne dirais pas ça. »

Mais le petit marquis, la tenant toujours sur ses genoux, se mit à rire, rendu très gai par le vin : « Ah ! ah ! ah ! je n'en ai jamais vu, moi. Sitôt que nous paraissons, ils foutent le camp ! »

La fille, exaspérée, lui cria dans la figure : « Tu mens, salop ! »

Durant une seconde, il fixa sur elle ses yeux clairs, comme il les fixait sur les tableaux dont il crevait la toile à coups de revolver, puis il se mit à rire : « Ah ! oui, parlons-en, la belle ! serions-nous ici, s'ils étaient braves ! » Et il s'animait : « Nous sommes leurs maîtres ! à nous la France ! »

Elle quitta ses genoux d'une secousse et retomba sur sa chaise. Il se leva, tendit son verre jusqu'au milieu de la table et répéta : « À nous la France et

les Français, les bois, les champs et les maisons de France ! »

Les autres, tout à fait soûls, secoués soudain par un enthousiasme militaire, un enthousiasme de brutes, saisirent leurs verres en vociférant : « Vive la Prusse ! » et les vidèrent d'un seul trait.

Les filles ne protestaient point, réduites au silence et prises de peur. Rachel elle-même se taisait, impuissante à répondre.

Alors, le petit marquis posa sur la tête de la Juive sa coupe de champagne emplie à nouveau : « À nous aussi, cria-t-il, toutes les femmes de France ! »

Elle se leva si vite, que le cristal, culbuté, vida, comme pour un baptême, le vin jaune dans ses cheveux noirs, et il tomba, se brisant à terre. Les lèvres tremblantes, elle bravait du regard l'officier qui riait toujours, et elle balbutia, d'une voix étranglée de colère : « Ça, ça, ça n'est pas vrai, par exemple, vous n'aurez pas les femmes de France. »

Il s'assit pour rire à son aise, et, cherchant l'accent parisien : « Elle est pien ponne, pien ponne, qu'est-ce alors que tu viens faire ici, pétite ? »

Interdite, elle se tut d'abord, comprenant mal dans son trouble, puis, dès qu'elle eut bien saisi ce qu'il disait, elle lui jeta, indignée et véhémente : « Moi ! moi ! Je ne suis pas une femme, moi, je suis une putain ; c'est bien tout ce qu'il faut à des Prussiens. »

Elle n'avait point fini qu'il la giflait à toute volée ; mais comme il levait encore une fois la main, affolée de rage, elle saisit sur la table un petit couteau de dessert à lame d'argent, et si

brusquement, qu'on ne vit rien d'abord, elle le lui piqua droit dans le cou, juste au creux où la poitrine commence.

Un mot qu'il prononçait fut coupé dans sa gorge ; et il resta béant, avec un regard effroyable.

Tous poussèrent un rugissement, et se levèrent en tumulte ; mais ayant jeté sa chaise dans les jambes du lieutenant Otto, qui s'écroula tout au long, elle courut à la fenêtre, l'ouvrit avant qu'on eût pu l'atteindre, et s'élança dans la nuit, sous la pluie qui tombait toujours.

En deux minutes, Mlle Fifi fut morte. Alors Fritz et Otto dégainèrent et voulurent massacrer les femmes, qui se traînaient à leur genoux. Le major, non sans peine, empêcha cette boucherie, fit enfermer dans une chambre, sous la garde de deux hommes, les quatre filles éperdues ; puis comme s'il eût disposé ses soldats pour un combat, il organisa la poursuite de la fugitive, bien certain de la reprendre.

Cinquante hommes, fouettés de menaces, furent lancés dans le parc. Deux cents autres fouillèrent les bois et toutes les maisons de la vallée.

La table, desservie en un instant, servait maintenant de lit mortuaire, et les quatre officiers, rigides, dégrisés, avec la face dure des hommes de guerre en fonctions, restaient debout près des fenêtres, sondaient la nuit.

L'averse torrentielle continuait. Un clapotis continu emplissait les ténèbres, un flottant murmure d'eau qui tombe et d'eau qui coule, d'eau qui dégoutte et d'eau qui rejaillit.

Soudain, un coup de feu retentit, puis un autre

très loin ; et, pendant quatre heures, on entendit
ainsi de temps en temps des détonations proches
ou lointaines et des cris de ralliement, des mots
étranges lancés comme appel par des voix guttu-
rales.

Au matin, tout le monde rentra. Deux soldats
avaient été tués, et trois autres blessés par leurs
camarades dans l'ardeur de la chasse et l'effare-
ment de cette poursuite nocturne.

On n'avait pas retrouvé Rachel.

Alors les habitants furent terrorisés, les de-
meures bouleversées, toute la contrée parcourue,
battue, retournée. La Juive ne semblait pas
avoir laissé une seule trace de son passage.

Le général, prévenu, ordonna d'étouffer l'affaire,
pour ne point donner de mauvais exemples dans
l'armée, et il frappa d'une peine disciplinaire le
commandant, qui punit ses inférieurs. Le général
avait dit : « On ne fait pas la guerre pour s'amuser
et caresser des filles publiques. » Et le comte de
Farlsberg, exaspéré, résolut de se venger sur le pays.

Comme il lui fallait un prétexte afin de sévir
sans contrainte, il fit venir le curé et lui ordonna
de sonner la cloche à l'enterrement du marquis
d'Eyrik.

Contre toute attente, le prêtre se montra docile,
humble, plein d'égards. Et quand le corps de
Mlle Fifi, porté par des soldats, précédé, entouré,
suivi de soldats qui marchaient le fusil chargé,
quitta le château d'Uville, allant au cimetière, pour
la première fois la cloche tinta son glas funèbre
avec une allure allègre, comme si une main amie
l'eût caressée.

Elle sonna le soir encore, et le lendemain aussi, et tous les jours ; elle carillonna tant qu'on voulut. Parfois même, la nuit, elle se mettait toute seule en branle, et jetait doucement deux ou trois sons dans l'ombre, prise de gaietés singulières, réveillée on ne sait pourquoi. Tous les paysans du lieu la dirent alors ensorcelée ; et personne, sauf le curé et le sacristain, n'approchait plus du clocher.

C'est qu'une pauvre fille vivait là-haut, dans l'angoisse et la solitude, nourrie en cachette par ces deux hommes.

Elle y resta jusqu'au départ des troupes allemandes. Puis, un soir, le curé ayant emprunté le char à bancs du boulanger, conduisit lui-même sa prisonnière jusqu'à la porte de Rouen. Arrivé là, le prêtre l'embrassa ; elle descendit et regagna vivement à pied le logis public, dont la patronne la croyait morte.

Elle en fut tirée quelque temps après par un patriote sans préjugés qui l'aima pour sa belle action, puis l'ayant ensuite chérie pour elle-même, l'épousa, en fit une Dame qui valut autant que beaucoup d'autres.

L'ODYSSÉE D'UNE FILLE

Oui, le souvenir de ce soir-là ne s'effacera jamais. J'ai eu, pendant une demi-heure, la sinistre sensation de la fatalité invincible ; j'ai éprouvé ce frisson qu'on a en descendant aux puits des mines. J'ai touché ce fond noir de la misère humaine ; j'ai compris l'impossibilité de la vie honnête pour quelques-uns.

Il était minuit passé. J'allais du Vaudeville à la rue Drouot[1], suivant d'un pas pressé le boulevard où couraient des parapluies. Une poussière d'eau voltigeait plutôt qu'elle ne tombait, voilant les becs de gaz, attristant la rue. Le trottoir luisait, gluant plus que mouillé. Les gens pressés ne regardaient rien.

Les filles, la jupe relevée, montrant leurs jambes, laissant entrevoir un bas blanc à la lueur terne de la lumière nocturne, attendaient dans l'ombre des portes, appelaient, ou bien passaient pressées, hardies, vous jetant à l'oreille deux mots obscurs et stupides. Elles suivaient l'homme quelques secondes, se serrant contre lui, lui soufflant au visage leur haleine putride ; puis, voyant inutiles

leurs exhortations, elles le quittaient d'un mouve-
ment brusque et mécontent, et se remettaient à
marcher en frétillant des hanches.

J'allais, appelé par toutes, pris par la manche,
harcelé et soulevé de dégoût. Tout à coup, j'en
vis trois qui couraient comme affolées, jetant aux
autres quelques paroles rapides. Et les autres
aussi se mettaient à courir, à fuir, tenant à pleines
mains leurs robes pour aller plus vite.

On donnait ce jour-là un coup de filet à la pros-
titution[1].

Et soudain je sentis un bras sous le mien, tandis
qu'une voix éperdue me murmurait dans l'oreille :
« Sauvez-moi, monsieur, sauvez-moi, ne me quit-
tez pas. »

Je regardai la fille. Elle n'avait pas vingt ans,
bien que fanée déjà. Je lui dis : « Reste avec moi. »
Elle murmura : « Oh ! merci. »

Nous arrivions dans la ligne des agents. Elle
s'ouvrit pour me laisser passer.

Et je m'engageai dans la rue Drouot.

Ma compagne me demanda : – Viens-tu chez
moi ?

— Non.

— Pourquoi pas ? Tu m'as rendu un rude ser-
vice que je n'oublierai pas.

Je répondis, pour me débarrasser d'elle : – Parce
que je suis marié.

— Qu'est-ce que ça fait ?

— Voyons, mon enfant, ça suffit. Je t'ai tirée
d'affaire. Laisse-moi tranquille maintenant.

La rue était déserte et noire, vraiment sinistre.
Et cette femme qui me serrait le bras rendait plus

affreuse encore cette sensation de tristesse qui
m'avait envahi. Elle voulut m'embrasser. Je me
reculai avec horreur ; et d'une voix dure :

— Allons, f...-moi la paix, n'est-ce pas ?

Elle eut une sorte de mouvement de rage, puis,
brusquement, se mit à sangloter. Je demeurai
éperdu, attendri, sans comprendre.

— Voyons, qu'est-ce que tu as ?

Elle murmura dans ses larmes : – Si tu savais,
ça n'est pas gai, va.

— Quoi donc !

— C'te vie-là.

— Pourquoi l'as-tu choisie ?

— Est-ce que c'est ma faute ?

— À qui la faute, alors ?

— J'sais-ti, moi !

Une sorte d'intérêt me prit pour cette abandon-
née.

Je lui demandai : – Dis-moi ton histoire ?

Elle me la conta.

— J'avais seize ans, j'étais en service à Yve-
tot, chez M. Lerable, un grainetier. Mes parents
étaient morts. Je n'avais personne ; je voyais bien
que mon maître me regardait d'une drôle de façon
et qu'il me chatouillait les joues ; mais je ne m'en
demandais pas plus long. Je savais les choses,
certainement. À la campagne, on est dégourdi ;
mais M. Lerable était un vieux dévot qu'allait à
la messe chaque dimanche. Je l'en aurais jamais
cru capable, enfin !

V'là qu'un jour il veut me prendre dans ma cui-
sine. Je lui résiste. Il s'en va.

Y avait en face de nous un épicier, M. Dutan, qui avait un garçon de magasin bien plaisant ; si tant est que je me laissai enjoler par lui[1]. Ça arrive à tout le monde, n'est-ce pas ? Donc je quittais la porte ouverte[2], les soirs, et il venait me retrouver.

Mais v'là qu'une nuit M. Lerable entend du bruit. Il monte et il trouve Antoine qu'il veut tuer. Ça fait une bataille à coups de chaise, de pot à eau, de tout. Moi j'avais saisi mes hardes et je me sauvai dans la rue. Me v'là partie.

J'avais une peur, une peur de loup. Je m'habillai sous une porte. Puis je me mis à marcher tout droit. Je croyais pour sûr qu'il y avait quelqu'un de tué et que les gendarmes me cherchaient déjà. Je gagnai la grand'route de Rouen. Je me disais qu'à Rouen je pourrais me cacher très bien.

Il faisait noir à ne pas voir les fossés, et j'entendais des chiens qui aboyaient dans les fermes. Sait-on tout ce qu'on entend la nuit ? Des oiseaux qui crient comme des hommes qu'on égorge, des bêtes qui jappent, des bêtes qui sifflent, et puis tant de choses que l'on ne comprend pas. J'en avais la chair de poule. À chaque bruit, je faisais le signe de croix. On ne s'imagine point ce que ça vous émeuve le cœur. Quand le jour parut, v'là que l'idée des gendarmes me reprit, et que je me mis à courir. Puis je me calmai.

Je me sentis faim tout de même, malgré ma confusion ; mais je ne possédais rien, pas un sou, j'avais oublié mon argent, tout ce qui m'appartenait sur terre, dix-huit francs.

Me v'là donc à marcher avec un ventre qui

chante. Il faisait chaud. Le soleil piquait. Midi
passe. J'allais toujours.

Tout à coup j'entends des chevaux derrière moi.
Je me retourne. Les gendarmes ! Mon sang ne fait
qu'un tour ; j'ai cru que j'allais tomber ; mais je me
contiens. Ils me rattrapent. Ils me regardent. Il y
en a un, le plus vieux, qui dit :

— Bonjour, mamzelle.

— Bonjour, monsieur.

— Ousque vous allez comme ça ?

— Je vas t'à Rouen, en service dans une place
qu'on m'a offerte.

— Comme ça, pédestrement ?

— Oui, comme ça.

Mon cœur battait, monsieur, à ce que je ne pou-
vais plus parler. Je me disais : « Ils me tiennent. »
Et j'avais une envie de courir qui me frétillait dans
les jambes. Mais ils m'auraient rattrapée tout de
suite, vous comprenez.

Le vieux recommença : – Nous allons faire route
ensemble jusqu'à Barantin[1], mamzelle, vu que
nous suivons le même itinéraire.

— Avec satisfaction, monsieur.

Et nous v'là causant. Je me faisais plaisante
autant que je pouvais, n'est-ce pas ; si bien qu'ils
ont cru des choses qui n'étaient point. Or, comme
je passais dans un bois, le vieux dit : – Voulez-
vous, mamzelle, que j'allions faire un repos sur
la mousse ?

Moi, je répondis sans y penser : – À votre désir,
monsieur.

Donc il descend et il donne son cheval à l'autre,
et nous v'là partis dans le bois tous deux.

Il n'y avait plus à dire non. Qu'est-ce que vous auriez fait à ma place ? Il en prit ce qu'il a voulu ; puis il me dit : « Faut pas oublier le camarade. » Et il retourna tenir les chevaux, pendant que l'autre m'a rejointe. J'en étais honteuse que j'en aurais pleuré, monsieur. Mais je n'osais point résister, vous comprenez.

Donc nous v'là repartis. Je ne parlions plus. J'avais trop de deuil au cœur. Et puis je ne pouvais plus marcher tant j'avais faim. Tout de même, dans un village, ils m'ont offert un verre de vin, qui m'a r'donné des forces pour quelque temps. Et puis ils ont pris le trot pour pas traverser Barantin de compagnie. Alors je m'assis dans le fossé et je pleurai tout ce que j'avais de larmes.

Je marchai encore plus de trois heures durant avant Rouen. Il était sept heures du soir quand j'arrivai. D'abord toutes ces lumières m'éblouirent. Et puis je ne savais point où m'asseoir. Sur les routes, y a les fossés et l'herbe ousqu'on peut même se coucher pour dormir. Mais dans les villes, rien.

Les jambes me rentraient dans le corps, et j'avais des éblouissements à croire que j'allais tomber. Et puis, il se mit à pleuvoir, une petite pluie fine, comme ce soir, qui vous traverse sans que ça ait l'air de rien. J'ai pas de chance les jours qu'il pleut. Je commençai donc à marcher dans les rues. Je regardais toutes ces maisons en me disant : « Y a tant de lits et tant de pain dans tout ça, et je ne pourrai point seulement trouver une croûte et une paillasse. » Je pris par des rues où il y avait des femmes qui appelaient les hommes

de passage. Dans ces cas-là, monsieur, on fait ce qu'on peut. Je me mis, comme elles, à inviter le monde. Mais on ne me répondait point. J'aurais voulu être morte. Ça dura bien jusqu'à minuit. Je ne savais même plus ce que je faisais. À la fin, v'là un homme qui m'écoute. Il me demande : « Ousque tu demeures ? » On devient vite rusée dans la nécessité. Je répondis : « Je ne peux pas vous mener chez moi, vu que j'habite avec maman. Mais n'y a-t-il point de maisons où l'on peut aller ? »

Il répondit : « Plus souvent que je vas dépenser vingt sous de chambre. »

Puis il réfléchit et ajouta : « Viens-t'en. Je connais un endroit tranquille ousque nous ne serons point interrompus. »

Il me fit passer un pont et puis il m'emmena au bout de la ville, dans un pré qu'était près de la rivière. Je ne pouvais pus le suivre.

Il me fit asseoir et puis il se mit à causer pourquoi nous étions venus. Mais comme il était long dans son affaire, je me trouvai tant percluse de fatigue que je m'endormis.

Il s'en alla sans rien me donner. Je ne m'en aperçus seulement pas. Il pleuvait, comme je vous l'disais. C'est d'puis ce jour-là que j'ai des douleurs que je n'ai pas pu m'en guérir, vu que j'ai dormi toute la nuit dans la crotte.

Je fus réveillée par deux sergots qui me mirent au poste, et puis, de là, en prison, où je restai huit jours, pendant qu'on cherchait ce que je pouvais bien être et d'où je venais. Je ne voulus point le dire par peur des conséquences.

On le sut pourtant et on me lâcha, après un jugement d'innocence.

Il fallait recommencer à trouver du pain. Je tâchai d'avoir une place, mais je ne pus pas, à cause de la prison d'où je venais.

Alors je me rappelai d'un vieux juge qui m'avait tourné de l'œil, pendant qu'il me jugeait, à la façon du père Lerable, d'Yvetot. Et j'allai le trouver. Je ne m'étais point trompée. Il me donna cent sous quand je le quittai, en me disant : « T'en auras autant toutes les fois ; mais viens pas plus souvent que deux fois par semaine. »

Je compris bien ça, vu son âge. Mais ça me donna une réflexion. Je me dis : « Les jeunes gens, ça rigole, ça s'amuse ; mais il n'y a jamais gras, tandis que les vieux, c'est autre chose. » Et puis je les connaissais maintenant, les vieux singes, avec leurs yeux en coulisse et leur petit simulacre de tête.

Savez-vous ce que je fis, monsieur ? Je m'habillai en bobonne qui vient du marché, et je courais les rues en cherchant mes nourriciers. Oh ! je les pinçais du premier coup. Je me disais : « En v'là un qui mord. »

Il s'approchait. Il commençait :

— Bonjour, mamzelle.

— Bonjour, monsieur.

— Ousque vous allez, comme ça ?

— Je rentre chez mes maîtres.

— Ils demeurent loin, vos maîtres ?

— Comme ci, comme ça.

Alors il ne savait plus quoi dire. Moi je ralentissais le pas pour le laisser s'expliquer.

Alors il prononçait, tout bas, quelques compliments, et puis il me demandait de passer chez lui. Je me faisais prier, vous comprenez, puis je cédais. J'en avais de la sorte deux ou trois pour chaque matin, et toutes mes après-midi libres. Ç'a été le bon temps de ma vie. Je ne me faisais pas de bile.

Mais voilà. On n'est jamais tranquille longtemps. Le malheur a voulu que je fisse la connaissance d'un grand richard du grand monde. Un ancien président qui avait bien soixante-quinze ans.

Un soir, il m'emmena dîner dans un restaurant des environs. Et puis, vous comprenez, il n'a pas su se modérer. Il est mort au dessert.

J'ai eu trois mois de prison, vu que je n'étais point sous la surveillance[1].

C'est alors que je vins à Paris.

Oh ! ici, monsieur, c'est dur de vivre. On ne mange pas tous les jours, allez. Y en a trop. Enfin, tant pis, chacun sa peine, n'est-ce pas ?

Elle se tut. Je marchais à son côté, le cœur serré. Tout à coup elle se remit à me tutoyer.

— Alors tu ne montes pas chez moi, mon chéri ?

— Non, je te l'ai déjà dit.

— Eh bien ! au revoir, merci tout de même, sans rancune. Mais je t'assure que tu as tort.

Et elle partit, s'enfonçant dans la pluie fine comme un voile. Je la vis passer sous un bec de gaz, puis disparaître dans l'ombre. Pauvre fille !

LE LIT 29

Quand le capitaine Epivent passait dans la rue, toutes les femmes se retournaient. Il présentait vraiment le type du bel officier de hussards. Aussi paradait-il toujours et se pavanait-il sans cesse, fier et préoccupé de sa cuisse, de sa taille et de sa moustache. Il les avait superbes, d'ailleurs, la moustache, la taille et la cuisse. La première était blonde, très forte, tombant martialement sur la lèvre en un beau bourrelet couleur de blé mûr, mais fin, soigneusement roulé, et qui descendait ensuite des deux côtés de la bouche en deux puissants jets de poils tout à fait crânes. La taille était mince comme s'il eût porté corset, tandis qu'une vigoureuse poitrine de mâle, bombée et cambrée, s'élargissait au-dessus. Sa cuisse était admirable, une cuisse de gymnaste, de danseur, dont la chair musclée dessinait tous ses mouvements sous le drap collant du pantalon rouge.

Il marchait en tendant le jarret et en écartant les pieds et les bras, de ce pas un peu balancé des cavaliers, qui sied bien pour faire valoir les jambes

et le torse, qui semble vainqueur sous l'uniforme, mais commun sous la redingote.

Comme beaucoup d'officiers, le capitaine Epivent portait mal le costume civil. Il n'avait plus l'air, une fois vêtu de drap gris ou noir, que d'un commis de magasin. Mais en tenue il triomphait. Il avait d'ailleurs une jolie tête, le nez mince et courbé, l'œil bleu, le front étroit. Il était chauve, par exemple, sans qu'il eût jamais compris pourquoi ses cheveux étaient tombés[1]. Il se consolait, en constatant qu'avec de grandes moustaches un crâne un peu nu ne va pas mal.

Il méprisait tout le monde en général avec beaucoup de degrés dans son mépris.

D'abord, pour lui, les bourgeois n'existaient point. Il les regardait, ainsi qu'on regarde les animaux, sans leur accorder plus d'attention qu'on n'en accorde aux moineaux ou aux poules. Seuls les officiers comptaient dans le monde, mais il n'avait pas la même estime pour tous les officiers. Il ne respectait, en somme, que les beaux hommes, la vraie, l'unique qualité du militaire devant être la prestance. Un soldat c'était un gaillard, que diable, un grand gaillard créé pour faire la guerre et l'amour, un homme à poigne, à crins et à reins, rien de plus. Il classait les généraux de l'armée française en raison de leur taille, de leur tenue et de l'aspect rébarbatif de leur visage. Bourbaki lui apparaissait comme le plus grand homme de guerre des temps modernes[2].

Il riait beaucoup des officiers de la ligne[3] qui sont courts et gros et soufflent en marchant, mais il avait surtout une invincible mésestime qui frisait

la répugnance pour les pauvres gringalets sortis de
l'école polytechnique, ces maigres petits hommes
à lunettes, gauches et maladroits, qui semblent
autant faits pour l'uniforme qu'un lapin pour dire
la messe, affirmait-il. Il s'indignait qu'on tolérât
dans l'armée ces avortons aux jambes grêles qui
marchent comme des crabes, qui ne boivent pas,
qui mangent peu, et qui semblent mieux aimer les
équations que les belles filles.

Le capitaine Epivent avait des succès constants,
des triomphes auprès du beau sexe.

Toutes les fois qu'il soupait en compagnie d'une
femme, il se considérait comme certain de finir la
nuit en tête-à-tête, sur le même sommier, et si des
obstacles insurmontables empêchaient sa victoire
le soir même, il était sûr au moins de la « suite
à demain ». Les camarades n'aimaient pas lui
faire rencontrer leurs maîtresses, et les commer-
çants en boutiques qui avaient de jolies femmes
au comptoir de leur magasin, le connaissaient, le
craignaient et le haïssaient éperdument.

Quand il passait, la marchande échangeait, mal-
gré elle, avec lui, un regard, à travers les vitres de
la devanture ; un de ces regards qui valent plus
que les paroles tendres, qui contiennent un appel
et une réponse, un désir et un aveu. Et le mari
qu'une sorte d'instinct avertissait, se retournant
brusquement, jetait un coup d'œil furieux sur la
silhouette fière et cambrée de l'officier. Et quand
le capitaine était passé, souriant et content de son
effet, le commerçant, bousculant d'une main ner-
veuse les objets étalés devant lui, déclarait :

— En voilà un grand dindon. Quand est-ce

qu'on finira de nourrir tous ces propres à rien qui traînent leur ferblanterie dans les rues. Quant à moi, j'aime mieux un boucher qu'un soldat. S'il a du sang sur son tablier, c'est du sang de bête au moins ; et il est utile à quelque chose, celui-là ; et le couteau qu'il porte n'est pas destiné à tuer des hommes. Je ne comprends pas qu'on tolère sur les promenades que ces meurtriers publics promènent leurs instruments de mort. Il en faut, je le sais bien, mais qu'on les cache au moins, et qu'on ne les habille pas en mascarade avec des culottes rouges et des vestes bleues. On n'habille pas le bourreau en général, n'est-ce pas[1] ?

La femme, sans répondre, haussait imperceptiblement les épaules, tandis que le mari, devinant le geste sans le voir, s'écriait :

— Faut-il être bête pour aller voir parader ces cocos-là.

La réputation de conquérant du capitaine Epivent était d'ailleurs établie dans toute l'armée française.

*

Or, en 1868, son régiment, le 102e hussards, vint tenir garnison à Rouen[2].

Il fut bientôt connu dans la ville. Il apparaissait tous les soirs, vers cinq heures, sur le cours Boïeldieu, pour prendre l'absinthe au café de la Comédie[3], mais avant d'entrer dans l'établissement, il avait soin de faire un tour sur la promenade pour montrer sa jambe, sa taille et sa moustache.

Les commerçants rouennais qui se promenaient

aussi, les mains derrière le dos, préoccupés des
affaires, et parlant de la hausse et de la baisse,
lui jetaient cependant un regard et murmuraient :

— Bigre, voilà un bel homme.

Puis, quand ils le connurent :

— Tiens, le capitaine Epivent ! Quel gaillard
tout de même !

Les femmes, à sa rencontre, avaient un petit
mouvement de tête tout à fait drôle, une sorte
de frisson de pudeur comme si elles s'étaient
senties faibles ou dévêtues devant lui. Elles bais-
saient un peu la tête avec une ombre de sourire
sur les lèvres, un désir d'être trouvées charmantes
et d'avoir un regard de lui. Quand il se prome-
nait avec un camarade, le camarade ne manquait
jamais de murmurer avec une jalousie envieuse,
chaque fois qu'il revoyait le même manège :

— Ce bougre d'Epivent, a-t-il de la chance.

Parmi les filles entretenues de la ville, c'était une
lutte, une course, à qui l'enlèverait. Elles venaient
toutes, à cinq heures, l'heure des officiers, sur le
cours Boïeldieu, et elles traînaient leurs jupes,
deux par deux, d'un bout à l'autre du cours, tan-
dis que, deux par deux, lieutenants, capitaines et
commandants, traînaient leurs sabres sur le trot-
toir, avant d'entrer au café.

Or, un soir, la belle Irma, la maîtresse, disait-on,
de M. Templier-Papon[1], le riche manufacturier,
fit arrêter sa voiture en face de la Comédie, et
descendant, eut l'air d'aller acheter du papier ou
commander des cartes de visite chez M. Paulard,
le graveur, cela pour passer devant les tables d'of-
ficiers et jeter au capitaine Epivent un regard qui

voulait dire : « Quand vous voudrez » si clairement
que le colonel Prune, qui buvait la verte liqueur[1]
avec son lieutenant-colonel, ne put s'empêcher de
grogner :

— Cré cochon. A-t-il de la chance ce bougre-là ?

Le mot du colonel fut répété ; et le capitaine
Epivent ému de cette approbation supérieure
passa le lendemain, en grande tenue, et plusieurs
fois de suite, sous les fenêtres de la belle.

Elle le vit, se montra, sourit.

Le soir même il était son amant.

Ils s'affichèrent, se donnèrent en spectacle,
se compromirent mutuellement, fiers tous deux
d'une pareille aventure.

Il n'était bruit dans la ville que des amours de la
belle Irma avec l'officier. Seul, M. Templier-Papon
les ignorait.

Le capitaine Epivent rayonnait de gloire ; et, à
tout instant il répétait :

— Irma vient de me dire – Irma me disait cette
nuit – hier, en dînant avec Irma...

Pendant plus d'un an il promena, étala, déploya
dans Rouen cet amour, comme un drapeau pris à
l'ennemi. Il se sentait grandi par cette conquête,
envié, plus sûr de l'avenir, plus sûr de la croix tant
désirée, car tout le monde avait les yeux sur lui,
et il suffit de se trouver bien en vue pour n'être
pas oublié.

*

Mais voilà que la guerre éclata et que le régi-
ment du capitaine fut envoyé à la frontière un

des premiers. Les adieux furent lamentables. Ils durèrent toute une nuit.

Sabre, culotte rouge, képi, dolman chavirés du dos d'une chaise, par terre ; les robes, les jupes, les bas de soie répandus, tombés aussi, mêlés à l'uniforme, en détresse sur le tapis, la chambre bouleversée comme après une bataille, Irma, folle, les cheveux dénoués, jetait ses bras désespérés autour du cou de l'officier, l'étreignant, puis, le lâchant, se roulait sur le sol, renversait les meubles, arrachait les franges des fauteuils, mordait leurs pieds, tandis que le capitaine, fort ému, mais inhabile aux consolations, répétait :

— Irma, ma petite Irma, pas à dire, il le faut.

Et il essuyait parfois, du bout du doigt, une larme éclose au coin de l'œil.

Ils se séparèrent au jour levant. Elle suivit en voiture son amant jusqu'à la première étape. Et elle l'embrassa presque en face du régiment à l'instant de la séparation. On trouva même ça très gentil, très digne, très bien, et les camarades serrèrent la main du capitaine en lui disant :

— Cré veinard, elle avait du cœur tout de même, cette petite.

On voyait vraiment là-dedans quelque chose de patriotique[1].

*

Le régiment fut fort éprouvé pendant la campagne. Le capitaine se conduisit héroïquement et reçut enfin la croix, puis, la guerre terminée il revint à Rouen en garnison.

Aussitôt de retour, il demanda des nouvelles d'Irma, mais personne ne put lui en donner de précises.

D'après les uns, elle avait fait la noce avec l'état-major prussien.

D'après les autres, elle s'était retirée chez ses parents, cultivateurs aux environs d'Yvetot.

Il envoya même son ordonnance à la mairie pour consulter le registre des décès. Le nom de sa maîtresse ne s'y trouva pas.

Et il eut un grand chagrin dont il faisait parade. Il mettait même au compte de l'ennemi son malheur, attribuait aux Prussiens qui avaient occupé Rouen la disparition de la jeune femme et déclarait :

— À la prochaine guerre, ils me le payeront, les gredins.

Or, un matin, comme il entrait au mess à l'heure du déjeuner, un commissionnaire, vieil homme en blouse, coiffé d'une casquette cirée, lui remit une enveloppe. Il l'ouvrit et lut :

> Mon chéri,
> Je suis à l'hôpital, bien malade, bien malade. Ne reviendras-tu pas me voir ? Ça me ferait tant plaisir !
>
> IRMA.

Le capitaine devint pâle, et, remué de pitié, il déclara :

— Nom de nom, la pauvre fille. J'y vais aussitôt le déjeuner.

Et pendant tout le temps il raconta à la table

des officiers qu'Irma était à l'hôpital ; mais qu'il l'en ferait sortir, cré mâtin. C'était encore la faute de ces sacré nom de Prussiens. Elle avait dû se trouver seule, sans le sou, crevant de misère, car on avait certainement pillé son mobilier.

— Ah ! les salopiauds !

Tout le monde était ému en l'écoutant.

À peine eut-il glissé sa serviette roulée dans son rond de bois, qu'il se leva ; et, ayant cueilli son sabre au porte-manteau, bombant sa poitrine pour se faire mince, il agrafa son ceinturon, puis partit d'un pas accéléré pour se rendre à l'hôpital civil[1].

Mais l'entrée du bâtiment hospitalier où il s'attendait à pénétrer immédiatement, lui fut sévèrement refusée et il dut même aller trouver son colonel à qui il expliqua son cas et dont il obtint un mot pour le directeur.

Celui-ci, après avoir fait poser quelque temps le beau capitaine dans son antichambre, lui délivra enfin une autorisation, avec un salut froid et désapprobateur.

Dès la porte il se sentit gêné dans cet asile de la misère, de la souffrance et de la mort. Un garçon de service le guida.

Il allait sur la pointe des pieds, pour ne pas faire de bruit, dans les longs corridors où flottait une odeur fade de moisi, de maladie et de médicaments. Un murmure de voix, par moments, troublait seul le grand silence de l'hôpital.

Parfois, par une porte ouverte, le capitaine apercevait un dortoir, une file de lits dont les draps étaient soulevés par la forme des corps. Des

convalescentes assises sur des chaises au pied de leurs couches, cousaient, vêtues d'une robe d'uniforme en toile grise, et coiffées d'un bonnet blanc.

Son guide soudain s'arrêta devant une de ces galeries pleines de malades. Sur la porte on lisait, en grosses lettres : « Syphilitiques ». Le capitaine tressaillit ; puis il se sentit rougir. Une infirmière préparait un médicament sur une petite table de bois à l'entrée.

— Je vais vous conduire, dit-elle, c'est au lit 29.

Et elle se mit à marcher devant l'officier.

Puis elle indiqua une couchette :

— C'est là.

On ne voyait rien qu'un renflement des couvertures. La tête elle-même était cachée sous le drap.

Partout des figures se dressaient au-dessus des couches, des figures pâles, étonnées, qui regardaient l'uniforme, des figures de femmes, de jeunes femmes et de vieilles femmes, mais qui semblaient toutes laides, vulgaires, sous l'humble caraco réglementaire.

Le capitaine tout à fait troublé, qui soutenait son sabre d'une main et portait son képi de l'autre, murmura :

— Irma.

Un grand mouvement se fit dans le lit et le visage de sa maîtresse apparut, mais si changé, si fatigué, si maigre, qu'il ne le reconnaissait pas.

Elle haletait, suffoquée par l'émotion, et elle prononça :

— Albert !... Albert !... C'est toi !... Oh !... c'est bien... c'est bien...

Et des larmes coulèrent de ses yeux.

L'infirmière apportait une chaise :

— Asseyez-vous, monsieur.

Il s'assit, et il regardait la face pâle, si misérable de cette fille qu'il avait quittée si belle et si fraîche.

Il dit :

— Qu'est-ce que tu as eu ?

Elle répondit, tout en pleurant :

— Tu as bien vu, c'est écrit sur la porte.

Et elle cacha ses yeux sous le bord de ses draps.

Il reprit, éperdu, honteux :

— Comment as-tu attrapé ça, ma pauvre fille ?

Elle murmura :

— C'est ces salops[1] de Prussiens. Ils m'ont prise presque de force et ils m'ont empoisonnée.

Il ne trouvait plus rien à ajouter. Il la regardait et tournait son képi sur ses genoux.

Les autres malades le dévisageaient et il croyait sentir une odeur de pourriture, une odeur de chair gâtée et d'infamie dans ce dortoir plein de filles atteintes du mal ignoble et terrible.

Elle murmurait :

— Je ne crois pas que j'en réchappe. Le médecin dit que c'est bien grave.

Puis apercevant la croix sur la poitrine de l'officier, elle s'écria :

— Oh ! tu es décoré, que je suis contente ! Que je suis contente ! Oh ! si je pouvais t'embrasser ?

Un frisson de peur et de dégoût courut sur la peau du capitaine, à la pensée de ce baiser.

Il avait envie de s'en aller maintenant, d'être à l'air, de ne plus voir cette femme. Il restait cependant, ne sachant comment faire pour se lever, pour lui dire adieu. Il balbutia :

— Tu ne t'es donc pas soignée.

Une flamme passa dans les yeux d'Irma : « Non, j'ai voulu me venger, quand j'aurais dû en crever ! Et je les ai empoisonnés aussi, tous, tous, le plus que j'ai pu. Tant qu'ils ont été à Rouen je ne me suis pas soignée. »

Il déclara, d'un ton gêné, où perçait un peu de gaieté :

— Quant à ça, tu as bien fait.

Elle dit, s'animant, les pommettes rouges :

— Oh oui, il en mourra plus d'un par ma faute, va. Je te réponds que je me suis vengée.

Il prononça encore :

— Tant mieux.

Puis, se levant :

— Allons, je vais te quitter parce qu'il faut que je sois chez le colonel à quatre heures.

Elle eut une grosse émotion :

— Déjà ! tu me quittes déjà ! Oh ! tu viens à peine d'arriver !...

Mais il voulait partir à tout prix. Il prononça :

— Tu vois bien que je suis venu tout de suite ; mais il faut absolument que je sois chez le colonel à quatre heures.

Elle demanda :

— C'est toujours le colonel Prune ?

— C'est toujours lui. Il a été blessé deux fois.

Elle reprit :

— Et tes camarades, y en a-t-il eu de tués ?

— Oui. Saint-Timon, Savagnat, Poli, Sapreval, Robert, de Courson, Pasafil, Santal, Caravan et Poivrin sont morts. Sahel a eu le bras emporté

et Courvoisin une jambe écrasée, Paquet a perdu
l'œil droit.

Elle écoutait, pleine d'intérêt. Puis tout à coup
elle balbutia :

— Veux-tu m'embrasser, dis, avant de me quit-
ter, madame Langlois n'est pas là.

Et malgré le dégoût qui lui montait aux lèvres, il
les posa sur ce front blème, tandis qu'elle, l'entou-
rant de ses bras, jetait des baisers affolés sur le
drap bleu de son dolman.

Elle reprit :

— Tu reviendras, dis, tu reviendras. Promets-
moi que tu reviendras.

— Oui, je te le promets.

— Quand ça. Peux-tu jeudi ?

— Oui, jeudi.

— Jeudi, deux heures.

— Oui, jeudi deux heures.

— Tu me le promets ?

— Je te le promets.

— Adieu, mon chéri.

— Adieu.

Et il s'en alla, confus, sous les regards du dor-
toir, pliant sa haute taille pour se faire petit ; et
quand il fut dans la rue, il respira.

*

Le soir, ses camarades lui demandèrent :

— Eh bien ! Irma ?

Il répondit d'un ton gêné :

— Elle a eu une fluxion de poitrine, elle est bien
mal.

Mais un petit lieutenant, flairant quelque chose
à son air, alla aux informations et, le lendemain,
quand le capitaine entra au mess, il fut accueilli
par une décharge de rires et de plaisanteries. On
se vengeait, enfin.

On apprit, en outre, qu'Irma avait fait une noce
enragée avec l'état-major prussien, qu'elle avait
parcouru le pays à cheval avec un colonel de hus-
sards bleus et avec bien d'autres encore, et que,
dans Rouen, on ne l'appelait plus que la « femme
aux Prussiens ».

Pendant huit jours le capitaine fut la victime
du régiment. Il recevait, par la poste, des notes
révélatrices, des ordonnances, des indications de
médecins spécialistes, même des médicaments
dont la nature était inscrite sur le paquet.

Et le colonel, mis au courant, déclara d'un ton
sévère :

— Eh bien, le capitaine avait là une jolie
connaissance. Je lui en ferai mes compliments.

Au bout d'une douzaine de jours, il fut appelé
par une nouvelle lettre d'Irma. Il la déchira avec
rage, et ne répondit pas.

Huit jours plus tard, elle lui écrivit de nouveau
qu'elle était tout à fait mal, et qu'elle voulait lui
dire adieu.

Il ne répondit pas.

Après quelques jours encore, il reçut la visite de
l'aumônier de l'hôpital.

La fille Irma Pavolin, à son lit de mort, le sup-
pliait de venir.

Il n'osa pas refuser de suivre l'aumônier, mais

il entra dans l'hôpital le cœur gonflé de rancune méchante, de vanité blessée, d'orgueil humilié.

Il ne la trouva guère changée et pensa qu'elle s'était moquée de lui.

— Qu'est-ce que tu me veux ? dit-il.

— J'ai voulu te dire adieu. Il paraît que je suis tout à fait bas.

Il ne la crut pas.

— Écoute, tu me rends la risée du régiment, et je ne veux pas que ça continue.

Elle demanda :

— Qu'est-ce que je t'ai fait, moi ?

Il s'irrita de n'avoir rien à répondre.

— Ne compte pas que je reviendrai ici pour [me] faire moquer de moi par tout le monde !

Elle le regarda de ses yeux éteints où s'allumait une colère, et elle répéta :

— Qu'est-ce que je t'ai fait, moi ? Je n'ai pas été gentille avec toi, peut-être ? Est-ce que je t'ai quelquefois demandé quelque chose ? Sans toi, je serais restée avec M. Templier-Papon et je ne me trouverais pas ici aujourd'hui. Non, vois-tu, si quelqu'un a des reproches à me faire, ça n'est pas toi.

Il reprit, d'un ton vibrant :

— Je ne te fais pas de reproches, mais je ne peux pas continuer à venir te voir, parce que ta conduite avec les Prussiens a été la honte de toute la ville.

Elle s'assit, d'une secousse, dans son lit :

— Ma conduite avec les Prussiens ? Mais quand je te dis qu'ils m'ont prise, et quand je te dis que, si je ne me suis pas soignée, c'est parce que j'ai

voulu les empoisonner. Si j'avais voulu me guérir,
ça n'était pas difficile, parbleu ! mais je voulais les
tuer, moi, et j'en ai tué, va !

Il restait debout :

— Dans tous les cas, c'est honteux, dit-il.

Elle eut une sorte d'étouffement, puis reprit :

— Qu'est-ce qui est honteux, de m'être fait
mourir pour les exterminer, dis ? Tu ne parlais pas
comme ça quand tu venais chez moi, rue Jeanne-
d'Arc[1] ! Ah ! c'est honteux ! Tu n'en aurais pas fait
autant, toi, avec ta croix d'honneur ! Je l'ai plus
méritée que toi, vois-tu, plus que toi, et j'en ai tué
plus que toi, des Prussiens !...

Il demeurait stupéfait devant elle, frémissant
d'indignation.

— Ah ! tais-toi... tu sais... tais-toi... parce
que... ces choses-là... je ne permets pas... qu'on
y touche...

Mais elle ne l'écoutait guère :

— Avec ça que vous leur avez fait bien du mal
aux Prussiens ! Ça serait-il arrivé si vous les aviez
empêchés de venir à Rouen ? Dis ? C'est vous qui
deviez les arrêter, entends-tu. Et je leur ai fait plus
de mal que toi, moi, oui, plus de mal, puisque je
vais mourir, tandis que tu te balades, toi, et que
tu fais le beau pour enjôler les femmes...

Sur chaque lit une tête s'était dressée et tous
les yeux regardaient cet homme en uniforme qui
bégayait :

— Tais-toi... tu sais... tais-toi...

Mais elle ne se taisait pas. Elle criait :

— Ah ! oui, tu es un joli poseur. Je te connais,
va. Je te connais. Je te dis que je leur ai fait plus

de mal que toi, moi, et que j'en ai tué plus que tout ton régiment réuni... va donc... capon[1] !

Il s'en allait, en effet, il fuyait, allongeant ses grandes jambes, passant entre les deux rangs de lits où s'agitaient les syphilitiques. Et il entendait la voix haletante, sifflante, d'Irma, qui le poursuivait :

— Plus que toi, oui, j'en ai tué plus que toi, plus que toi...

Il dégringola l'escalier quatre à quatre, et courut s'enfermer chez lui.

Le lendemain, il apprit qu'elle était morte.

L'ARMOIRE

On parlait de filles, après dîner, car de quoi parler, entre hommes ?

Un de nous dit :

— Tiens, il m'est arrivé une drôle d'histoire à ce sujet.

Et il conta.

— Un soir de l'hiver dernier, je fus pris soudain d'une de ces lassitudes désolées, accablantes, qui vous saisissent l'âme et le corps de temps en temps. J'étais chez moi, tout seul, et je sentis bien que si je demeurais ainsi j'allais avoir une effroyable crise de tristesse, de ces tristesses qui doivent mener au suicide quand elles reviennent souvent.

J'endossai mon pardessus, et je sortis sans savoir du tout ce que j'allais faire. Étant descendu jusqu'aux boulevards, je me mis à errer le long des cafés presque vides, car il pleuvait, il tombait une de ces pluies menues qui mouillent l'esprit autant que les habits, non pas une de ces bonnes pluies d'averse, s'abattant en cascade et jetant sous les portes cochères les passants essoufflés, mais une de ces pluies si fines qu'on ne sent point les

gouttes, une de ces pluies humides qui déposent incessamment sur vous d'imperceptibles goutte- lettes et couvrent bientôt les habits d'une mousse d'eau glacée et pénétrante.

Que faire ? J'allais, je revenais, cherchant où passer deux heures, et découvrant pour la pre- mière fois qu'il n'y a pas un endroit de distrac- tion, dans Paris, le soir. Enfin, je me décidai à entrer aux Folies-Bergère, cette amusante halle aux filles[1].

Peu de monde dans la grande salle. Le long promenoir en fer à cheval ne contenait que des individus de peu, dont la race commune appa- raissait dans la démarche, dans le vêtement, dans la coupe des cheveux et de la barbe, dans le cha- peau, dans le teint. C'est à peine si on apercevait de temps en temps, un homme qu'on devinât lavé, parfaitement lavé, et dont tout l'habillement eût un air d'ensemble. Quant aux filles, toujours les mêmes, les affreuses filles que vous connaissez, laides, fatiguées, pendantes, et allant de leur pas de chasse, avec cet air de dédain imbécile qu'elles prennent, je ne sais pourquoi.

Je me disais que vraiment pas une de ces créa- tures avachies, graisseuses plutôt que grasses, bouffies d'ici et maigres de là, avec des bedaines de chanoines et des jambes d'échassiers cagneux, ne valait le louis qu'elles obtiennent à grand'peine après en avoir demandé cinq.

Mais soudain j'en aperçus une petite qui me parut gentille, pas toute jeune, mais fraîche, drô- lette, provocante. Je l'arrêtai, et bêtement, sans réfléchir, je fis mon prix, pour la nuit. Je ne vou-

lais pas rentrer chez moi, seul, tout seul ; j'aimais
encore mieux la compagnie et l'étreinte de cette
drôlesse.

Et je la suivis. Elle habitait une grande, grande
maison, rue des Martyrs. Le gaz était éteint déjà
dans l'escalier. Je montai lentement, allumant
d'instant en instant une allumette-bougie[1], heur-
tant les marches du pied, trébuchant et mécon-
tent, derrière la jupe dont j'entendais le bruit
devant moi.

Elle s'arrêta au quatrième étage, et ayant
refermé la porte du dehors, elle demanda :

— Alors tu restes jusqu'à demain ?

— Mais oui. Tu sais bien que nous en sommes
convenus.

— C'est bon, mon chat, c'était seulement pour
savoir. Attends-moi ici une minute, je reviens tout
à l'heure.

Et elle me laissa dans l'obscurité. J'entendis
qu'elle fermait deux portes, puis il me sembla
qu'elle parlait. Je fus surpris, inquiet. L'idée d'un
souteneur m'effleura. Mais j'ai des poings et des
reins solides. « Nous verrons bien », pensai-je.

J'écoutai de toute l'attention de mon oreille et
de mon esprit. On remuait, on marchait, douce-
ment, avec de grandes précautions. Puis une autre
porte fut ouverte, et il me sembla bien que j'enten-
dais encore parler, mais tout bas.

Elle revint, portant une bougie allumée :

— Tu peux entrer, dit-elle.

Ce tutoiement était une prise de possession.
J'entrai, et après avoir traversé une salle à man-
ger où il était visible qu'on ne mangeait jamais,

je pénétrai dans la chambre de toutes les filles, la chambre meublée, avec des rideaux de reps, et l'édredon de soie ponceau tigré de taches suspectes.

Elle reprit :

— Mets-toi à ton aise, mon chat.

J'inspectais l'appartement d'un œil soupçonneux. Rien cependant ne me paraissait inquiétant.

Elle se déshabilla si vite qu'elle fut au lit avant que j'eusse ôté mon pardessus. Elle se mit à rire :

— Eh bien, qu'est-ce que tu as. Es-tu changé en statue de sel ? Voyons, dépêche-toi.

Je l'imitai et je la rejoignis.

Cinq minutes plus tard j'avais une envie folle de me rhabiller et de partir. Mais cette lassitude accablante qui m'avait saisi chez moi, me retenait, m'enlevait toute force pour remuer, et je restais malgré le dégoût qui me prenait dans ce lit public. Le charme sensuel que j'avais cru voir en cette créature, là-bas, sous les lustres du théâtre, avait disparu entre mes bras, et je n'avais plus contre moi, chair à chair, que la fille vulgaire, pareille à toutes, dont le baiser indifférent et complaisant avait un arrière-goût d'ail.

Je me mis à lui parler.

— Y a-t-il longtemps que tu habites ici, lui dis-je.

— Voilà six mois passés au 15 janvier.

— Où étais-tu, avant ça ?

— J'étais rue Clauzel[1]. Mais la concierge m'a fait des misères et j'ai donné congé.

Et elle se mit à me raconter une interminable

histoire de portière qui avait fait des potins sur elle.

Mais tout à coup j'entendis remuer tout près de nous. Ça avait été d'abord un soupir, puis un bruit léger, mais distinct, comme si quelqu'un s'était retourné sur une chaise.

Je m'assis brusquement dans le lit, et je demandai :

— Qu'est-ce que ce bruit-là ?

Elle répondit avec assurance et tranquillité :

— Ne t'inquiète pas, mon chat, c'est la voisine. La cloison est si mince qu'on entend tout comme si c'était ici. En voilà des sales boîtes. C'est en carton.

Ma paresse était si forte que je me renfonçai sous les draps. Et nous nous remîmes à causer. Harcelé par la curiosité bête qui pousse tous les hommes à interroger ces créatures sur leur première aventure, à vouloir lever le voile de leur première faute, comme pour trouver en elles une trace lointaine d'innocence, pour les aimer peut-être dans le souvenir rapide, évoqué par un mot vrai, de leur candeur et de leur pudeur d'autrefois, je la pressai de questions sur ses premiers amants.

Je savais qu'elle mentirait. Qu'importe ? Parmi tous ces mensonges je découvrirais peut-être une chose sincère et touchante.

— Voyons, dis-moi qui c'était.

— C'était un canotier, mon chat.

— Ah ! Raconte-moi. Où étiez-vous ?

— J'étais à Argenteuil.

— Qu'est-ce que tu faisais ?

— J'étais bonne dans un restaurant.

— Quel restaurant ?

— Au *Marin d'eau douce*[1]. Le connais-tu ?

— Parbleu, chez Bonanfan.

— Oui, c'est ça.

— Et comment t'a-t-il fait la cour, ce canotier ?

— Pendant que je faisais son lit. Il m'a forcée[2].

Mais brusquement je me rappelai la théorie d'un médecin de mes amis, un médecin observateur et philosophe qu'un service constant dans un grand hôpital met en rapports quotidiens avec des filles-mères et des filles publiques, avec toutes les hontes et toutes les misères des femmes, des pauvres femmes devenues la proie affreuse du mâle errant avec de l'argent dans sa poche.

— Toujours, me disait-il, toujours une fille est débauchée par un homme de sa classe et de sa condition. J'ai des volumes d'observations là-dessus. On accuse les riches de cueillir la fleur d'innocence des enfants du peuple. Ça n'est pas vrai. Les riches payent le bouquet cueilli ! Ils en cueillent aussi, mais sur les secondes floraisons ; ils ne les coupent jamais sur la première[3].

Alors me tournant vers ma compagne, je me mis à rire.

— Tu sais que je la connais, ton histoire. Ce n'est pas le canotier qui t'a connue le premier.

— Oh ! si, mon chat, je te le jure.

— Tu mens, ma chatte.

— Oh ! non, je te promets !

— Tu mens. Allons, dis-moi tout.

Elle semblait hésiter, étonnée.

Je repris :

— Je suis sorcier, ma belle enfant, je suis som-

nambule. Si tu ne me dis pas la vérité, je vais t'endormir et je la saurai.

Elle eut peur, étant stupide comme ses pareilles[1]. Elle balbutia :

— Comment l'as-tu deviné ?

Je repris.

— Allons, parle.

— Oh ! la première fois, ça ne fut presque rien. C'était à la fête du pays. On avait fait venir un chef d'extra, M. Alexandre. Dès qu'il est arrivé, il a fait tout ce qu'il a voulu dans la maison. Il commandait à tout le monde, au patron, à la patronne, comme s'il avait été un roi... C'était un grand bel homme qui ne tenait pas en place devant son fourneau. Il criait toujours : « Allons, du beurre, – des œufs, – du madère. » Et il fallait lui apporter ça tout de suite en courant, ou bien il se fâchait et il vous en disait à vous faire rougir jusque sous les jupes.

Quand la journée fut finie, il se mit à fumer sa pipe devant la porte. Et comme je passais contre lui avec une pile d'assiettes, il me dit comme ça : « Allons, la gosse, viens-t'en jusqu'au bord de l'eau pour me montrer le pays ? » Moi j'y allai, comme une sotte ; et à peine que nous avons été sur la rive, il m'a forcée si vite, que je n'ai pas même su ce qu'il faisait. Et puis il est parti par le train de neuf heures. Je ne l'ai pas revu, après ça.

Je demandai :

— C'est tout ?

Elle bégaya :

— Oh ! je crois bien que c'est à lui Florentin !

— Qui ça, Florentin ?

— C'est mon petit !

— Ah ! très bien. Et tu as fait croire au canotier qu'il en était le père, n'est-ce pas ?

— Pardi ?

— Il avait de l'argent, le canotier ?

— Oui, il m'a laissé une rente de trois cents francs sur la tête de Florentin.

Je commençais à m'amuser. Je repris :

— Très bien ma fille, c'est très bien. Vous êtes toutes moins bêtes qu'on ne croit, tout de même. Et quel âge a-t-il, Florentin, maintenant ?

Elle reprit :

— V'là qu'il a douze ans. Il fera sa première communion au printemps.

— C'est parfait, et depuis ça, tu fais ton métier en conscience[1].

Elle soupira, résignée :

— On fait ce qu'on peut...

Mais un grand bruit, parti de la chambre même, me fit sauter du lit d'un bond, le bruit d'un corps tombant et se relevant avec des tâtonnements de mains sur un mur.

J'avais saisi la bougie et je regardais autour de moi, effaré et furieux. Elle s'était levée aussi, essayant de me retenir, de m'arrêter en murmurant :

— Ça n'est rien, mon chat, je t'assure que ça n'est rien.

Mais, j'avais découvert, moi, de quel côté était parti ce bruit étrange. J'allai droit vers une porte cachée à la tête de notre lit et je l'ouvris brusquement... et j'aperçus, tremblant, ouvrant sur moi des yeux effarés et brillants, un pauvre petit

garçon pâle et maigre assis à côté d'une grande
chaise de paille, d'où il venait de tomber.

Dès qu'il m'aperçut, il se mit à pleurer, et
ouvrant les bras vers sa mère :

— Ça n'est pas ma faute, maman, ça n'est pas
ma faute. Je m'étais endormi et j'ai tombé. Faut
pas me gronder, ça n'est pas ma faute.

Je me retournai vers la femme. Et je prononçai :

— Qu'est-ce que ça veut dire ?

Elle semblait confuse et désolée. Elle articula,
d'une voix entrecoupée :

— Qu'est-ce que tu veux ? Je ne gagne pas assez
pour le mettre en pension, moi ! Il faut bien que
je le garde, et je n'ai pas de quoi me payer une
chambre de plus, pardi. Il couche avec moi quand
j'ai personne. Quand on vient pour une heure ou
deux, il peut bien rester dans l'armoire, il se tient
tranquille ; il connaît ça. Mais quand on reste
toute la nuit, comme toi, ça lui fatigue les reins
de dormir sur une chaise, à cet enfant... Ça n'est
pas sa faute non plus... Je voudrais bien t'y voir
toi... dormir toute la nuit sur une chaise... Tu
m'en dirais des nouvelles...

Elle se fâchait, s'animait, criait.

L'enfant pleurait toujours. Un pauvre enfant
chétif et timide, oui, c'était bien l'enfant de l'ar-
moire, de l'armoire froide et sombre, l'enfant qui
revenait de temps en temps reprendre un peu de
chaleur dans la couche un instant vide.

Moi aussi, j'avais envie de pleurer.

Et je rentrai coucher chez moi.

LE PORT

I

Sorti du Havre le 3 mai 1882, pour un voyage dans les mers de Chine, le trois-mâts carré *Notre-Dame-des-Vents*, rentra au port de Marseille le 8 août 1886, après quatre ans de voyages. Son premier chargement déposé dans le port chinois où il se rendait, il avait trouvé sur-le-champ un fret nouveau pour Buenos-Ayres, et, de là, avait pris des marchandises pour le Brésil[1].

D'autres traversées, encore des avaries, des réparations, les calmes de plusieurs mois, les coups de vent qui jettent hors la route, tous les accidents, aventures et mésaventures de mer, enfin, avaient tenu loin de sa patrie ce trois-mâts normand qui revenait à Marseille le ventre plein de boîtes de fer-blanc contenant des conserves d'Amérique.

Au départ il avait à bord, outre le capitaine et le second, quatorze matelots, huit Normands et six Bretons. Au retour il ne lui restait plus que cinq Bretons et quatre Normands, le Breton était mort

en route, les quatre Normands disparus en des circonstances diverses avaient été remplacés par deux Américains, un nègre et un Norvégien racolé, un soir, dans un cabaret de Singapour.

Le gros bateau, les voiles carguées, vergues en croix sur sa mâture, traîné par un remorqueur marseillais qui haletait devant lui, roulant sur un reste de houle que le calme survenu laissait mourir tout doucement, passa devant le château d'If, puis sous tous les rochers gris de la rade que le soleil couchant couvrait d'une buée d'or, et il entra dans le vieux port où sont entassés, flanc contre flanc, le long des quais, tous les navires du monde, pêle-mêle, grands et petits, de toute forme et de tout gréement, trempant comme une bouillabaisse de bateaux en ce bassin trop restreint, plein d'eau putride où les coques se frôlent, se frottent, semblent marinées dans un jus de flotte[1].

Notre-Dame-des-Vents prit sa place, entre un brick italien et une goélette anglaise qui s'écartèrent pour laisser passer ce camarade ; puis, quand toutes les formalités de la douane et du port eurent été remplies, le capitaine autorisa les deux tiers de son équipage à passer la soirée dehors.

La nuit était venue. Marseille s'éclairait. Dans la chaleur de ce soir d'été, un fumet de cuisine à l'ail flottait sur la cité bruyante, pleine de voix, de roulements, de claquements, de gaieté méridionale.

Dès qu'ils se sentirent sur le port, les dix hommes que la mer roulait depuis des mois se mirent en marche tout doucement, avec une hésitation d'êtres dépaysés, désaccoutumés des villes, deux par deux, en procession.

Ils se balançaient, s'orientaient, flairant les ruelles qui aboutissent au port, enfiévrés par un appétit d'amour qui avait grandi dans leurs corps pendant leurs derniers soixante-six jours de mer. Les Normands marchaient en tête, conduits par Célestin Duclos, un grand gars fort et malin qui servait de capitaine aux autres chaque fois qu'ils mettaient pied à terre. Il devinait les bons endroits, inventait des tours de sa façon et ne s'aventurait pas trop dans les bagarres si fréquentes entre matelots dans les ports. Mais quand il y était pris il ne redoutait personne.

Après quelque hésitation entre toutes les rues obscures qui descendent vers la mer comme des égouts et dont sortent des odeurs lourdes, une sorte d'haleine de bouges, Célestin se décida pour une espèce de couloir tortueux où brillaient, au-dessus des portes, des lanternes en saillie portant des numéros énormes sur leurs verres dépolis et colorés. Sous la voûte étroite des entrées, des femmes en tablier, pareilles à des bonnes, assises sur des chaises de paille, se levaient en les voyant venir, faisant trois pas jusqu'au ruisseau qui séparait la rue en deux et coupaient la route à cette file d'hommes qui s'avançaient lentement, en chantonnant et en ricanant, allumés déjà par le voisinage de ces prisons de prostituées.

Quelquefois, au fond d'un vestibule, apparaissait, derrière une seconde porte ouverte soudain et capitonnée de cuir brun, une grosse fille dévêtue, dont les cuisses lourdes et les mollets gras se dessinaient brusquement sous un grossier maillot de coton blanc. Sa jupe courte avait l'air d'une cein-

ture bouffante ; et la chair molle de sa poitrine, de ses épaules et de ses bras, faisait une tache rose sur un corsage de velours noir bordé d'un galon d'or. Elle appelait de loin : « Venez-vous, jolis garçons ? » et parfois sortait elle-même pour s'accrocher à l'un d'eux et l'attirer vers sa porte, de toute sa force, cramponnée à lui comme une araignée qui traîne une bête plus grosse qu'elle. L'homme, soulevé par ce contact, résistait molle-ment, et les autres s'arrêtaient pour regarder, hési-tant[s] entre l'envie d'entrer tout de suite et celle de prolonger encore cette promenade appétissante. Puis, quand la femme après des efforts acharnés avait attiré le matelot jusqu'au seuil de son logis, où toute la bande allait s'engouffrer derrière lui, Célestin Duclos, qui s'y connaissait en maisons, criait soudain : « Entre pas là, Marchand, c'est pas l'endroit. »

L'homme alors, obéissant à cette voix, se dégageait d'une secousse brutale et les amis se reformaient en bande, poursuivis par les injures immondes de la fille exaspérée, tandis que d'autres femmes, tout le long de la ruelle, devant eux, sortaient de leurs portes, attirées par le bruit, et lançaient avec des voix enrouées des appels pleins de promesses. Ils allaient donc de plus en plus allumés, entre les cajoleries et les séductions annoncées par le chœur des portières d'amour de tout le haut de la rue, et les malédictions ignobles lancées contre eux par le chœur d'en bas, par le chœur méprisé des filles désappointées. De temps en temps ils rencontraient une autre bande, des soldats qui marchaient avec un battement de

fer sur la jambe, des matelots encore, des bour-
geois isolés, des employés de commerce. Partout,
s'ouvraient de nouvelles rues étroites, étoilées de
fanaux louches. Ils allaient toujours dans ce laby-
rinthe de bouges, sur ces pavés gras où suintaient
des eaux putrides, entre ces murs pleins de chair
de femme.

Enfin Duclos se décida et s'arrêtant devant une
maison d'assez belle apparence, il y fit entrer tout
son monde.

II

La fête fut complète ! Quatre heures durant, les
dix matelots se gorgèrent d'amour et de vin. Six
mois de solde y passèrent.

Dans la grande salle du café, ils étaient instal-
lés en maîtres, regardant d'un œil malveillant les
habitués ordinaires qui s'installaient aux petites
tables, dans les coins, où une des filles demeu-
rées libres, vêtue en gros baby ou en chanteuse
de café-concert[1], courait les servir, puis s'asseyait
près d'eux.

Chaque homme, en arrivant, avait choisi sa
compagne qu'il garda toute la soirée, car le popu-
laire n'est pas changeant. On avait rapproché trois
tables et, après la première rasade, la procession
dédoublée, accrue d'autant de femmes qu'il y
avait de mathurins[2], s'était reformée dans l'esca-
lier. Sur les marches de bois, les quatre pieds de
chaque couple sonnèrent longtemps, pendant que

s'engouffrait, dans la porte étroite qui menait aux chambres, ce long défilé d'amoureux.

Puis on redescendit pour boire, puis on remonta de nouveau, puis on redescendit encore.

Maintenant, presque gris, ils gueulaient ! Chacun d'eux, les yeux rouges, sa préférée sur les genoux, chantait ou criait, tapait à coups de poing la table, s'entonnait du vin dans la gorge, lâchait en liberté la brute humaine. Au milieu d'eux, Célestin Duclos, serrant contre lui une grande fille aux joues rouges, à cheval sur ses jambes, la regardait avec ardeur. Moins ivre que les autres, non qu'il eût moins bu, il avait encore d'autres pensées, et, plus tendre, cherchait à causer. Ses idées le fuyaient un peu, s'en allaient, revenaient et disparaissaient sans qu'il pût se souvenir au juste de ce qu'il avait voulu dire.

Il riait, répétant :

« Pour lors, pour lors... v'là longtemps que t'es ici ?

— Six mois », répondit la fille.

Il eut l'air content pour elle, comme si c'eût été une preuve de bonne conduite, et il reprit :

« Aimes-tu c'te vie là ? »

Elle hésita, puis résignée :

« On s'y fait. C'est pas plus embêtant qu'autre chose. Être servante ou bien rouleuse, c'est toujours des sales métiers. »

Il eut l'air d'approuver encore cette vérité.

« T'es pas d'ici ? » dit-il.

Elle fit « Non » de la tête, sans répondre.

« T'es de loin ? »

Elle fit « Oui » de la même façon.

« D'où ça ? »

Elle parut chercher, rassembler des souvenirs, puis murmura :

« De Perpignan. »

Il fut de nouveau très satisfait et dit :

« Ah oui ! »

À son tour elle demanda :

« Toi, t'es marin ?

— Oui, ma belle.

— Tu viens de loin ?

— Ah oui ! J'en ai vu des pays, des ports et de tout.

— T'as fait le tour du monde, peut-être ?

— Je te crois, plutôt deux fois qu'une. »

De nouveau elle parut hésiter, chercher en sa tête une chose oubliée, puis, d'une voix un peu différente, plus sérieuse :

« T'as rencontré beaucoup de navires dans tes voyages ?

— Je te crois, ma belle.

— T'aurais pas vu *Notre-Dame-des-Vents*, par hasard ? »

Il ricana :

« Pas plus tard que l'autre semaine. »

Elle pâlit, tout le sang quittant ses joues, et demanda :

« Vrai, bien vrai ?

— Vrai, comme je te parle.

— Tu mens pas, au moins ? »

Il leva la main.

« D'vant l'bon Dieu ! dit-il.

— Alors, sais-tu si Célestin Duclos est toujours dessus ? »

Il fut surpris, inquiet, voulut, avant de répondre, en savoir davantage.

« Tu l'connais ? »

À son tour, elle devint méfiante.

« Oh, pas moi ! c'est une femme qui l'connaît !

— Une femme d'ici ?

— Non, d'à côté.

— Dans la rue ?

— Non, dans l'autre.

— Qué femme ?

— Mais, une femme donc, une femme comme moi.

— Qué qué l'y veut, c'te femme ?

— Je sais t'y mé, quéque payse ! »

Ils se regardèrent au fond des yeux, pour s'épier, sentant, devinant que quelque chose de grave allait surgir entre eux.

Il reprit.

« Je peux t'y la voir, c'te femme ?

— Quoi que tu l'y dirais ?

— J'y dirais... j'y dirais... que j'ai vu Célestin Duclos.

— Il se portait ben, au moins ?

— Comme toi et moi, c'est un gars. »

Elle se tut encore rassemblant ses idées, puis, avec lenteur :

« Oùsqu'elle allait, *Notre-Dame-des-Vents* ?

— Mais, à Marseille, donc. »

Elle ne put réprimer un sursaut.

« Ben vrai ?

— Ben vrai !

— Tu l'connais Duclos ?

— Oui je l'connais. »

Elle hésita encore, puis tout doucement :

« Ben. C'est ben !

— Qué que tu l'y veux ?

— Écoute, tu y diras... non rien ! »

Il la regardait toujours de plus en plus gêné.
Enfin il voulut savoir.

« Tu l'connais itou, té ?

— Non, dit-elle.

— Alors qué que tu l'y veux ? »

Elle prit brusquement une résolution, se leva,
courut au comptoir où trônait la patronne, saisit
un citron qu'elle ouvrit et dont elle fit couler le
jus dans un verre, puis elle emplit d'eau pure ce
verre, et, le rapportant :

« Bois ça !

— Pourquoi ?

— Pour faire passer le vin. Je te parlerai d'en-
suite. »

Il but docilement, essuya ses lèvres d'un revers
de main, puis annonça :

« Ça y est, je t'écoute.

— Tu vas me promettre de ne pas l'y conter que
tu m'as vue, ni de qui tu sais ce que je te dirai.
Faut jurer. »

Il leva la main, sournois.

« Ça, je le jure.

— Su l'bon Dieu ?

— Su l'bon Dieu.

— Eh ben, tu l'y diras que son père est mort,
que sa mère est morte, que son frère est mort,
tous trois en un mois, de fièvre typhoïde, en jan-
vier 1883, v'là trois ans et demi. »

À son tour, il sentit que tout son sang lui

remuait dans le corps, et il demeura pendant quelques instants tellement saisi qu'il ne trouvait rien à répondre ; puis il douta et demanda :

« T'es sûre ?

— Je suis sûre.

— Qué qui te l'a dit ? »

Elle posa les mains sur ses épaules, et le regardant au fond des yeux :

« Tu jures de ne pas bavarder.

— Je le jure.

— Je suis sa sœur ! »

Il jeta ce nom, malgré lui :

« Françoise ? »

Elle le contempla de nouveau fixement, puis, soulevée par une épouvante folle, par une horreur profonde, elle murmura tout bas, presque dans sa bouche :

« Oh ! oh ! c'est toi, Célestin ? »

Ils ne bougèrent plus, les yeux dans les yeux.

Autour d'eux, les camarades hurlaient toujours. Le bruit des verres, des poings, des talons scandant les refrains et les cris aigus des femmes se mêlaient au vacarme des chants.

Il la sentait sur lui, enlacée à lui, chaude et terrifiée, sa sœur ! Alors, tout bas, de peur que quelqu'un l'écoutât, si bas qu'elle-même l'entendit à peine :

« Malheur ! j'avons fait de la belle besogne ! »

Elle eut, en une seconde, les yeux pleins de larmes et balbutia :

« C'est-il de ma faute ? »

Mais lui soudain :

« Alors ils sont morts ?

— Ils sont morts.

— Le pé, la mé, et le fré ?

— Les trois en un mois, comme je t'ai dit. J'ai resté seule, sans rien que mes hardes, vu que je devions le pharmacien, l'médecin et l'enterrement des trois défunts, que j'ai payé avec les meubles.

« J'entrai pour lors comme servante chez maît'e Cacheux, tu sais bien, l'boiteux. J'avais quinze ans tout juste à çu moment-là pisque t'es parti quand j'en avais point quatorze. J'ai fait une faute avec li. On est si bête quand on est jeune. Pi j'allai comme bonne du notaire, qui m'a aussi débauchée et qui me conduisit au Havre dans une chambre[1]. Bientôt il n'est point r'venu ; j'ai passé trois jours sans manger et pi ne trouvant pas d'ouvrage, je suis entrée en maison, comme bien d'autres. J'en ai vu aussi du pays, moi ! ah ! et du sale pays ! Rouen, Évreux, Lille, Bordeaux, Perpignan, Nice, et pi Marseille, où me v'là ! »

Les larmes lui sortaient des yeux et du nez, mouillaient ses joues, coulaient dans sa bouche.

Elle reprit :

« Je te croyais mort aussi, té ! mon pauv'e Célestin. »

Il dit :

« Je t'aurais point r'connue, mé, t'étais si p'tite alors, et te v'là si forte ! mais comment que tu ne m'as point reconnu, té ? »

Elle eut un geste désespéré.

« Je vois tant d'hommes qu'ils me semblent tous pareils. »

Il la regardait toujours au fond des yeux, étreint par une émotion confuse et si forte qu'il avait

envie de crier comme un petit enfant qu'on bat. Il
la tenait encore dans ses bras, à cheval sur lui, les
mains ouvertes dans le dos de la fille, et voilà qu'à
force de la regarder il la reconnut enfin, la petite
sœur laissée au pays avec tous ceux qu'elle avait
vus mourir, elle, pendant qu'il roulait sur les mers.
Alors prenant soudain dans ses grosses pattes de
marin cette tête retrouvée, il se mit à l'embrasser
comme on embrasse de la chair fraternelle. Puis des
sanglots d'homme, longs comme des vagues, mon-
tèrent dans sa gorge pareils à des hoquets d'ivresse.

Il balbutiait :

« Te v'là, te r'voilà, Françoise, ma p'tite Fran-
çoise... »

Puis tout à coup il se leva, se mit à jurer d'une
voix formidable en tapant sur la table un tel coup
de poing que les verres culbutés se brisèrent. Puis
il fit trois pas, chancela, étendit les bras, tomba
sur la face. Et il se roulait par terre en criant, en
battant le sol de ses quatre membres, et en pous-
sant de tels gémissements qu'ils semblaient des
râles d'agonie.

Tous ses camarades le regardaient en riant.

« Il est rien soûl, dit l'un.

— Faut le coucher, dit un autre, s'il sort on va
le fiche au bloc. »

Alors comme il avait de l'argent dans ses poches,
la patronne offrit un lit, et les camarades, ivres
eux-mêmes à ne pas tenir debout, le hissèrent par
l'étroit escalier jusqu'à la chambre de la femme
qui l'avait reçu tout à l'heure, et qui demeura sur
une chaise, au pied de la couche criminelle, en
pleurant autant que lui, jusqu'au matin[1].

ENSEMBLES

BOULE DE SUIF

Pendant plusieurs jours de suite des lambeaux d'armée en déroute avaient traversé la ville. Ce n'était point de la troupe, mais des hordes débandées. Les hommes avaient la barbe longue et sale, des uniformes en guenilles, et ils avançaient d'une allure molle, sans drapeau, sans régiment. Tous semblaient accablés, éreintés, incapables d'une pensée ou d'une résolution, marchant seulement par habitude, et tombant de fatigue sitôt qu'ils s'arrêtaient. On voyait surtout des mobilisés, gens pacifiques, rentiers tranquilles, pliant sous le poids du fusil ; des petits moblots alertes, faciles à l'épouvante et prompts à l'enthousiasme, prêts à l'attaque comme à la fuite ; puis, au milieu d'eux, quelques culottes rouges, débris d'une division moulue dans une grande bataille ; des artilleurs sombres alignés avec ces fantassins divers ; et, parfois, le casque brillant d'un dragon au pied pesant qui suivait avec peine la marche plus légère des lignards.

Des légions de francs-tireurs aux appellations héroïques : « les Vengeurs de la Défaite – les

Citoyens de la Tombe – les Partageurs de la Mort »
– passaient à leur tour, avec des airs de bandits.

Leurs chefs, anciens commerçants en draps ou
en graines, ex-marchands de suif ou de savon,
guerriers de circonstance, nommés officiers pour
leurs écus ou la longueur de leurs moustaches,
couverts d'armes, de flanelle et de galons, par-
laient d'une voix retentissante, discutaient plans
de campagne, et prétendaient soutenir seuls la
France agonisante sur leurs épaules de fanfa-
rons : mais ils redoutaient parfois leurs propres
soldats, gens de sac et de corde, souvent braves à
outrance, pillards et débauchés.

Les Prussiens allaient entrer dans Rouen, disait-
on.

La Garde nationale qui, depuis deux mois, fai-
sait des reconnaissances très prudentes dans les
bois voisins, fusillant parfois ses propres senti-
nelles, et se préparant au combat quand un petit
lapin remuait sous des broussailles, était rentrée
dans ses foyers. Ses armes, ses uniformes, tout son
attirail meurtrier dont elle épouvantait naguère les
bornes des routes nationales à trois lieues à la
ronde avaient subitement disparu[1].

Les derniers soldats français venaient enfin de
traverser la Seine pour gagner Pont-Audemer par
Saint-Sever et Bourg-Achard[2] ; et, marchant après
tous, le général, désespéré, ne pouvant rien tenter
avec ces loques disparates, éperdu lui-même dans
la grande débâcle d'un peuple habitué à vaincre
et désastreusement battu malgré sa bravoure
légendaire, s'en allait à pied, entre deux officiers
d'ordonnance.

Puis un calme profond, une attente épouvantée et silencieuse avaient plané sur la cité. Beaucoup de bourgeois bedonnants, émasculés par le commerce, attendaient anxieusement les vainqueurs, tremblant qu'on ne considérât comme une arme leurs broches à rôtir ou leurs grands couteaux de cuisine.

La vie semblait arrêtée ; les boutiques étaient closes, la rue muette. Quelquefois un habitant, intimidé par ce silence, filait rapidement le long des murs.

L'angoisse de l'attente faisait désirer la venue de l'ennemi.

Dans l'après-midi du jour qui suivit le départ des troupes françaises, quelques uhlans, sortis on ne sait d'où, traversèrent la ville avec célérité. Puis, un peu plus tard, une masse noire descendit de la côte Sainte-Catherine, tandis que deux autres flots envahisseurs apparaissaient par les routes de Darnétal et de Bois-Guillaume[1]. Les avant-gardes des trois corps, juste au même moment, se joignirent sur la place de l'Hôtel-de-Ville ; et, par toutes les rues voisines, l'armée allemande arrivait, déroulant ses bataillons qui faisaient sonner les pavés sous leur pas dur et rythmé.

Des commandements criés d'une voix inconnue et gutturale montaient le long des maisons qui semblaient mortes et désertes, tandis que, derrière les volets fermés, des yeux guettaient ces hommes victorieux, maîtres de la cité, des fortunes et des vies de par le « droit de la guerre ». Les habitants, dans leurs chambres assombries, avaient l'affolement que donnent les cataclysmes, les grands

bouleversements meurtriers de la terre, contre
lesquels toute sagesse et toute force sont inutiles.
Car la même sensation reparaît chaque fois que
l'ordre établi des choses est renversé, que la sécu-
rité n'existe plus, que tout ce que protégeaient les
lois des hommes ou celles de la nature se trouve
à la merci d'une brutalité inconsciente et féroce.
Le tremblement de terre écrasant sous les maisons
croulantes un peuple entier ; le fleuve débordé
qui roule les paysans noyés avec les cadavres des
bœufs et les poutres arrachées aux toits, ou l'ar-
mée glorieuse massacrant ceux qui se défendent,
emmenant les autres prisonniers, pillant au nom
du Sabre et remerciant un Dieu au son du canon,
sont autant de fléaux effrayants qui déconcertent
toute croyance à la justice éternelle, toute la
confiance qu'on nous enseigne en la protection
du ciel et la raison de l'homme.

Mais à chaque porte des petits détachements
frappaient, puis disparaissaient dans les maisons.
C'était l'occupation après l'invasion. Le devoir
commençait pour les vaincus de se montrer gra-
cieux envers les vainqueurs.

Au bout de quelque temps, une fois la première
terreur disparue, un calme nouveau s'établit. Dans
beaucoup de familles, l'officier prussien mangeait
à table. Il était parfois bien élevé, et, par politesse,
plaignait la France, disait sa répugnance en pre-
nant part à cette guerre. On lui était reconnais-
sant de ce sentiment ; puis on pouvait, un jour ou
l'autre, avoir besoin de sa protection. En le ména-
geant on obtiendrait peut-être quelques hommes
de moins à nourrir. Et pourquoi blesser quelqu'un

dont on dépendait tout à fait ? Agir ainsi serait moins de la bravoure que de la témérité. – Et la témérité n'est plus un défaut des bourgeois de Rouen, comme au temps des défenses héroïques où s'illustra leur cité. – On se disait enfin, raison suprême tirée de l'urbanité française, qu'il demeurait bien permis d'être poli dans son intérieur pourvu qu'on ne se montrât pas familier, en public, avec le soldat étranger. Au-dehors on ne se connaissait plus, mais dans la maison on causait volontiers, et l'Allemand demeurait plus longtemps, chaque soir, à se chauffer au foyer commun.

La ville même reprenait peu à peu de son aspect ordinaire. Les Français ne sortaient guère encore, mais les soldats prussiens grouillaient dans les rues. Du reste, les officiers de hussards bleus, qui traînaient avec arrogance leurs grands outils de mort sur le pavé, ne semblaient pas avoir pour les simples citoyens énormément plus de mépris que les officiers de chasseurs, qui, l'année d'avant, buvaient aux mêmes cafés.

Il y avait cependant quelque chose dans l'air, quelque chose de subtil et d'inconnu, une atmosphère étrangère intolérable, comme une odeur répandue, l'odeur de l'invasion. Elle emplissait les demeures et les places publiques, changeait le goût des aliments, donnait l'impression d'être en voyage, très loin, chez des tribus barbares et dangereuses.

Les vainqueurs exigeaient de l'argent, beaucoup d'argent. Les habitants payaient toujours ; ils étaient riches d'ailleurs. Mais plus un négociant

normand devient opulent et plus il souffre de tout
sacrifice, de toute parcelle de sa fortune qu'il voit
passer aux mains d'un autre.

Cependant, à deux ou trois lieues sous la ville,
en suivant le cours de la rivière, vers Croisset,
Dieppedalle ou Biessart[1], les mariniers et les
pêcheurs ramenaient souvent du fond de l'eau
quelque cadavre d'Allemand gonflé dans son uni-
forme, tué d'un coup de couteau ou de savate, la
tête écrasée par une pierre, ou jeté à l'eau d'une
poussée du haut d'un pont. Les vases du fleuve
ensevelissaient ces vengeances obscures, sau-
vages et légitimes, héroïsmes inconnus, attaques
muettes, plus périlleuses que les batailles au grand
jour et sans le retentissement de la gloire.

Car la haine de l'Étranger arme toujours
quelques Intrépides prêts à mourir pour une Idée.

Enfin, comme les envahisseurs, bien qu'assujet-
tissant la ville à leur inflexible discipline, n'avaient
accompli aucune des horreurs que la renommée
leur faisait commettre tout le long de leur marche
triomphale, on s'enhardit, et le besoin du négoce
travailla de nouveau le cœur des commerçants du
pays. Quelques-uns avaient de gros intérêts enga-
gés au Havre que l'armée française occupait, et ils
voulurent tenter de gagner ce port en allant par
terre à Dieppe où ils s'embarqueraient[2].

On employa l'influence des officiers allemands
dont on avait fait la connaissance, et une autori-
sation de départ fut obtenue du général en chef.

Donc, une grande diligence à quatre chevaux
ayant été retenue pour ce voyage, et dix personnes
s'étant fait inscrire chez le voiturier, on résolut de

partir un mardi matin, avant le jour, pour éviter tout rassemblement.

Depuis quelque temps déjà la gelée avait durci la terre, et le lundi, vers trois heures, de gros nuages noirs venant du nord apportèrent la neige qui tomba sans interruption pendant toute la soirée et toute la nuit.

À quatre heures et demie du matin, les voyageurs se réunirent dans la cour de l'Hôtel de Normandie[1], où l'on devait monter en voiture.

Ils étaient encore pleins de sommeil, et grelottaient de froid sous leurs couvertures. On se voyait mal dans l'obscurité ; et l'entassement des lourds vêtements d'hiver faisait ressembler tous ces corps à des curés obèses avec leurs longues soutanes. Mais deux hommes se reconnurent, un troisième les aborda, ils causèrent : – « J'emmène ma femme », – dit l'un. – « J'en fais autant. » – « Et moi aussi. » – Le premier ajouta : – « Nous ne reviendrons pas à Rouen, et si les Prussiens approchent du Havre nous gagnerons l'Angleterre. » – Tous avaient les mêmes projets, étant de complexion semblable.

Cependant on n'attelait pas la voiture. Une petite lanterne, que portait un valet d'écurie, sortait de temps à autre d'une porte obscure pour disparaître immédiatement dans une autre. Des pieds de chevaux frappaient la terre, amortis par le fumier des litières, et une voix d'homme parlant aux bêtes et jurant s'entendait au fond du bâtiment. Un léger murmure de grelots annonça qu'on maniait les harnais ; ce murmure devint bientôt un frémissement clair et continu, rythmé par le

mouvement de l'animal, s'arrêtant parfois, puis reprenant dans une brusque secousse qu'accompagnait le bruit mat d'un sabot ferré battant le sol.

La porte subitement se ferma. Tout bruit cessa. Les bourgeois gelés s'étaient tus ; ils demeuraient immobiles et roidis.

Un rideau de flocons blancs ininterrompu miroitait sans cesse en descendant vers la terre ; il effaçait les formes, poudrait les choses d'une mousse de glace ; et l'on n'entendait plus, dans le grand silence de la ville calme et ensevelie sous l'hiver que ce froissement vague innommable et flottant, de la neige qui tombe, plutôt sensation que bruit, entremêlement d'atomes légers qui semblaient emplir l'espace, couvrir le monde.

L'homme reparut, avec sa lanterne, tirant au bout d'une corde un cheval triste qui ne venait pas volontiers. Il le plaça contre le timon, attacha les traits, tourna longtemps autour pour assurer les harnais, car il ne pouvait se servir que d'une main, l'autre portant sa lumière. Comme il allait chercher la seconde bête, il remarqua tous ces voyageurs immobiles, déjà blancs de neige, et leur dit : – « Pourquoi ne montez-vous pas dans la voiture, vous serez à l'abri, au moins. »

Ils n'y avaient pas songé, sans doute, et ils se précipitèrent. Les trois hommes installèrent leurs femmes dans le fond, montèrent ensuite ; puis les autres formes indécises et voilées prirent à leur tour les dernières places sans échanger une parole.

Le plancher était couvert de paille où les pieds s'enfoncèrent. Les dames du fond, ayant apporté des petites chaufferettes en cuivre avec

un charbon chimique, allumèrent ces appareils, et, pendant quelque temps, à voix basse, elles en énumérèrent les avantages, se répétant des choses qu'elles savaient déjà depuis longtemps.

Enfin, la diligence étant attelée avec six chevaux au lieu de quatre à cause du tirage plus pénible, une voix du dehors demanda : – « Tout le monde est-il monté ? » – Une voix du dedans répondit : – « Oui. » – On partit.

La voiture avançait lentement, lentement, à tout petits pas. Les roues s'enfonçaient dans la neige ; le coffre entier geignait avec des craquements sourds ; les bêtes glissaient, soufflaient, fumaient ; et le fouet gigantesque du cocher claquait sans repos, voltigeait de tous les côtés, se nouant et se déroulant comme un serpent mince, et cinglant brusquement quelque croupe rebondie qui se tendait alors sous un effort plus violent.

Mais le jour imperceptiblement grandissait. Ces flocons légers qu'un voyageur, Rouennais pur sang, avait comparés à une pluie de coton[1], ne tombaient plus. Une lueur sale filtrait à travers de gros nuages obscurs et lourds qui rendaient plus éclatante la blancheur de la campagne où apparaissaient tantôt une ligne de grands arbres vêtus de givre, tantôt une chaumière avec un capuchon de neige.

Dans la voiture on se regardait curieusement, à la triste clarté de cette aurore.

Tout au fond, aux meilleures places, sommeillaient, en face l'un de l'autre, M. et Mme Loiseau, des marchands de vin en gros de la rue Grand-Pont[2].

Ancien commis d'un patron ruiné dans les affaires, Loiseau avait acheté le fonds et fait fortune. Il vendait à très bon marché de très mauvais vin aux petits débitants des campagnes et passait parmi ses connaissances et ses amis pour un fripon madré, un vrai Normand plein de ruses et de jovialité.

Sa réputation de filou était si bien établie, qu'un soir, à la préfecture, M. Tournel, auteur de fables et de chansons, esprit mordant et fin, une gloire locale, ayant proposé aux dames qu'il voyait un peu somnolentes de faire une partie de « Loiseau vole », le mot lui-même vola à travers les salons du préfet, puis, gagnant ceux de la ville, avait fait rire pendant un mois toutes les mâchoires de la province.

Loiseau était en outre célèbre par ses farces de toute nature, ses plaisanteries bonnes ou mauvaises ; et personne ne pouvait parler de lui sans ajouter immédiatement : – « Il est impayable, ce Loiseau. »

De taille exiguë, il présentait un ventre en ballon surmonté d'une face rougeaude entre deux favoris grisonnants.

Sa femme, grande, forte, résolue, avec la voix haute et la décision rapide, était l'ordre et l'arithmétique de la maison de commerce qu'il animait par son activité joyeuse.

À côté d'eux se tenait, plus digne, appartenant à une caste supérieure, M. Carré-Lamadon, homme considérable, posé dans les cotons, propriétaire de trois filatures, officier de la Légion d'honneur et membre du Conseil général. Il était resté, tout

le temps de l'Empire, chef de l'opposition bien-
veillante, uniquement pour se faire payer plus cher
son ralliement à la cause qu'il combattait avec
des armes courtoises, selon sa propre expression.
Mme Carré-Lamadon, beaucoup plus jeune que
son mari, demeurait la consolation des officiers
de bonne famille envoyés à Rouen en garnison.

Elle faisait vis-à-vis à son époux, toute petite,
toute mignonne, toute jolie, pelotonnée dans ses
fourrures, et regardait d'un œil navré l'intérieur
lamentable de la voiture.

Ses voisins, le comte et la comtesse Hubert de
Bréville, portaient un des noms les plus anciens
et les plus nobles de Normandie. Le comte, vieux
gentilhomme de grande tournure, s'efforçait d'ac-
centuer, par les artifices de sa toilette, sa ressem-
blance naturelle avec le roy Henri IV qui, suivant
une légende glorieuse pour la famille, avait rendu
grosse une dame de Bréville dont le mari, pour
ce fait, était devenu comte et gouverneur de pro-
vince.

Collègue de M. Carré-Lamadon au Conseil
général, le comte Hubert représentait le parti
orléaniste[1] dans le département. L'histoire de son
mariage avec la fille d'un petit armateur de Nantes
était toujours demeurée mystérieuse. Mais comme
la comtesse avait grand air, recevait mieux que
personne, passait même pour avoir été aimée par
un des fils de Louis-Philippe, toute la noblesse lui
faisait fête, et son salon demeurait le premier du
pays, le seul où se conservât la vieille galanterie,
et dont l'entrée fût difficile.

La fortune des Bréville, toute en biens-fonds,

atteignait, disait-on, cinq cent mille livres de revenu.

Ces six personnes formaient le fond de la voiture, le côté de la société rentée, sereine et forte, des honnêtes gens autorisés qui ont de la Religion et des Principes.

Par un hasard étrange, toutes les femmes se trouvaient sur le même banc ; et la comtesse avait encore pour voisines deux bonnes sœurs qui égrenaient de longs chapelets en marmottant des *Pater* et des *Ave*. L'une était vieille avec une face défoncée par la petite vérole comme si elle eût reçu à bout portant une bordée de mitraille en pleine figure. L'autre, très chétive, avait une tête jolie et maladive sur une poitrine de phtisique rongée par cette foi dévorante qui fait les martyrs et les illuminés.

En face des deux religieuses, un homme et une femme attiraient les regards de tous.

L'homme, bien connu, était Cornudet le démoc[1], la terreur des gens respectables. Depuis vingt ans, il trempait sa grande barbe rousse dans les bocks de tous les cafés démocratiques. Il avait mangé avec les frères et amis une assez belle fortune qu'il tenait de son père, ancien confiseur, et il attendait impatiemment la République pour obtenir enfin la place méritée par tant de consommations révolutionnaires. Au quatre septembre[2], par suite d'une farce peut-être, il s'était cru nommé préfet, mais quand il voulut entrer en fonctions, les garçons de bureau, demeurés seuls maîtres de la place, refusèrent de le reconnaître, ce qui le contraignit à la retraite. Fort bon garçon, du reste, inoffen-

sif et serviable, il s'était occupé avec une ardeur incomparable d'organiser la défense. Il avait fait creuser des trous dans les plaines, coucher tous les jeunes arbres des forêts voisines, semé des pièges sur toutes les routes, et, à l'approche de l'ennemi, satisfait de ses préparatifs, il s'était vivement replié vers la ville. Il pensait maintenant se rendre plus utile au Havre, où de nouveaux retranchements allaient être nécessaires.

La femme, une de celles appelées galantes, était célèbre par son embonpoint précoce qui lui avait valu le surnom de Boule de suif[1]. Petite, ronde de partout, grasse à lard, avec des doigts bouffis, étranglés aux phalanges, pareils à des chapelets de courtes saucisses ; avec une peau luisante et tendue, une gorge énorme qui saillait sous sa robe, elle restait cependant appétissante et courue, tant sa fraîcheur faisait plaisir à voir. Sa figure était une pomme rouge, un bouton de pivoine prêt à fleurir ; et là-dedans s'ouvraient, en haut, deux yeux noirs magnifiques, ombragés de grands cils épais qui mettaient une ombre dedans ; en bas, une bouche charmante, étroite, humide pour le baiser, meublée de quenottes luisantes et microscopiques.

Elle était de plus, disait-on, pleine de qualités inappréciables.

Aussitôt qu'elle fut reconnue, des chuchotements coururent parmi les femmes honnêtes, et les mots de « prostituée », de « honte publique » furent chuchotés si haut qu'elle leva la tête. Alors elle promena sur ses voisins un regard tellement provocant et hardi qu'un grand silence aussitôt

régna, et tout le monde baissa les yeux à l'exception de Loiseau, qui la guettait d'un air émoustillé.

Mais bientôt la conversation reprit entre les trois dames que la présence de cette fille avait rendues subitement amies, presque intimes. Elles devaient faire, leur semblait-il, comme un faisceau de leurs dignités d'épouses en face de cette vendue sans vergogne ; car l'amour légal le prend toujours de haut avec son libre confrère.

Les trois hommes aussi, rapprochés par un instinct de conservateurs à l'aspect de Cornudet, parlaient argent d'un certain ton dédaigneux pour les pauvres. Le comte Hubert disait les dégâts que lui avaient fait subir les Prussiens, les pertes qui résulteraient du bétail volé et des récoltes perdues, avec une assurance de grand seigneur dix fois millionnaire que ces ravages gêneraient à peine une année. M. Carré-Lamadon, fort éprouvé dans l'industrie cotonnière, avait eu soin d'envoyer six cent mille francs en Angleterre, une poire pour la soif qu'il se ménageait à toute occasion. Quant à Loiseau, il s'était arrangé pour vendre à l'Intendance française tous les vins communs qui lui restaient en cave, de sorte que l'État lui devait une somme formidable qu'il comptait bien toucher au Havre.

Et tous les trois se jetaient des coups d'œil rapides et amicaux. Bien que de conditions différentes, ils se sentaient frères par l'argent, de la grande franc-maçonnerie de ceux qui possèdent, qui font sonner de l'or en mettant la main dans la poche de leur culotte.

La voiture allait si lentement qu'à dix heures du matin on n'avait pas fait quatre lieues. Les

hommes descendirent trois fois pour monter des
côtes à pied. On commençait à s'inquiéter, car on
devait déjeuner à Tôtes¹ et l'on désespérait main-
tenant d'y parvenir avant la nuit. Chacun guettait
pour apercevoir un cabaret sur la route, quand la
diligence sombra dans un amoncellement de neige
et il fallut deux heures pour la dégager.

L'appétit grandissait, troublait les esprits ; et
aucune gargote, aucun marchand de vin ne se
montraient, l'approche des Prussiens et le pas-
sage des troupes françaises affamées ayant effrayé
toutes les industries.

Les messieurs coururent aux provisions dans les
fermes au bord du chemin, mais ils n'y trouvèrent
pas même de pain, car le paysan défiant cachait
ses réserves dans la crainte d'être pillé par les sol-
dats qui, n'ayant rien à se mettre sous la dent,
prenaient par force ce qu'ils découvraient.

Vers une heure de l'après-midi, Loiseau annonça
que décidément il se sentait un rude creux dans
l'estomac. Tout le monde souffrait comme lui
depuis longtemps ; et le violent besoin de manger,
augmentant toujours, avait tué les conversations.

De temps en temps quelqu'un bâillait ; un autre
presque aussitôt l'imitait ; et chacun, à tour de
rôle, suivant son caractère, son savoir-vivre et sa
position sociale, ouvrait la bouche avec fracas ou
modestement en portant vite sa main devant le
trou béant d'où sortait une vapeur.

Boule de suif, à plusieurs reprises, se pencha
comme si elle cherchait quelque chose sous ses
jupons. Elle hésitait une seconde, regardait ses
voisins, puis se redressait tranquillement. Les

figures étaient pâles et crispées. Loiseau affirma
qu'il payerait mille francs un jambonneau. Sa
femme fit un geste comme pour protester ; puis
elle se calma. Elle souffrait toujours en entendant
parler d'argent gaspillé, et ne comprenait même
pas les plaisanteries sur ce sujet. – « Le fait est
que je ne me sens pas bien, dit le comte, comment
n'ai-je pas songé à apporter des provisions ? » –
Chacun se faisait le même reproche.

Cependant Cornudet avait une gourde pleine de
rhum ; il en offrit ; on refusa froidement. Loiseau
seul en accepta deux gouttes, et, lorsqu'il rendit la
gourde, il remercia : – « C'est bon tout de même,
ça réchauffe, et ça trompe l'appétit. » – L'alcool le
mit en belle humeur et il proposa de faire comme
sur le petit navire de la chanson : de manger le
plus gras des voyageurs. Cette allusion indirecte à
Boule de suif choqua les gens bien élevés. On ne
répondit pas ; Cornudet seul eut un sourire. Les
deux bonnes sœurs avaient cessé de marmotter
leur rosaire, et, les mains enfoncées dans leurs
grandes manches, elles se tenaient immobiles,
baissant obstinément les yeux, offrant sans doute
au ciel la souffrance qu'il leur envoyait.

Enfin, à trois heures, comme on se trouvait au
milieu d'une plaine interminable, sans un seul vil-
lage en vue, Boule de suif se baissant vivement,
retira de sous la banquette un large panier couvert
d'une serviette blanche.

Elle en sortit d'abord une petite assiette de
faïence, une fine timbale en argent, puis une
vaste terrine dans laquelle deux poulets entiers,
tout découpés, avaient confi sous leur gelée ; et

l'on apercevait encore dans le panier d'autres
bonnes choses enveloppées, des pâtés, des fruits,
des friandises, les provisions préparées pour un
voyage de trois jours, afin de ne point toucher à la
cuisine des auberges. Quatre goulots de bouteilles
passaient entre les paquets de nourriture. Elle prit
une aile de poulet et, délicatement, se mit à la
manger avec un de ces petits pains qu'on appelle
« Régence » en Normandie[1].

Tous les regards étaient tendus vers elle. Puis
l'odeur se répandit, élargissant les narines, faisant
venir aux bouches une salive abondante avec une
contraction douloureuse de la mâchoire sous les
oreilles. Le mépris des dames pour cette fille deve-
nait féroce, comme une envie de la tuer, ou de la
jeter en bas de la voiture, dans la neige, elle, sa
timbale, son panier et ses provisions.

Mais Loiseau dévorait des yeux la terrine de
poulet. Il dit : – « À la bonne heure, madame a eu
plus de précaution que nous. Il y a des personnes
qui savent toujours penser à tout. » – Elle leva la
tête vers lui : – « Si vous en désirez, monsieur ?
C'est dur de jeûner depuis le matin. » – Il salua : –
« Ma foi, franchement, je ne refuse pas, je n'en
peux plus. À la guerre comme à la guerre, n'est-ce
pas, madame ? » – Et, jetant un regard circulaire,
il ajouta : – « Dans des moments comme celui-
ci, on est bien aise de trouver des gens qui vous
obligent. » – Il avait un journal qu'il étendit pour
ne point tacher son pantalon, et sur la pointe d'un
couteau toujours logé dans sa poche, il enleva une
cuisse toute vernie de gelée, la dépeça des dents,
puis la mâcha avec une satisfaction si évidente

qu'il y eut dans la voiture un grand soupir de détresse.

Mais Boule de suif, d'une voix humble et douce, proposa aux bonnes sœurs de partager sa collation. Elles acceptèrent toutes les deux instantanément, et, sans lever les yeux, se mirent à manger très vite après avoir balbutié des remerciements. Cornudet ne refusa pas non plus les offres de sa voisine, et l'on forma avec les religieuses une sorte de table en développant des journaux sur les genoux.

Les bouches s'ouvraient et se fermaient sans cesse, avalaient, mastiquaient, engloutissaient férocement. Loiseau, dans son coin, travaillait dur, et, à voix basse, il engageait sa femme à l'imiter. Elle résista longtemps, puis, après une crispation qui lui parcourut les entrailles, elle céda. Alors son mari, arrondissant sa phrase, demanda à leur « charmante compagne » si elle lui permettait d'offrir un petit morceau à Mme Loiseau. Elle dit : – « Mais oui, certainement, monsieur », avec un sourire aimable, et tendit la terrine.

Un embarras se produisit lorsqu'on eut débouché la première bouteille de bordeaux : il n'y avait qu'une timbale. On se la passa après l'avoir essuyée. Cornudet seul, par galanterie sans doute, posa ses lèvres à la place humide encore des lèvres de sa voisine.

Alors, entourés de gens qui mangeaient, suffoqués par les émanations des nourritures, le comte et la comtesse de Bréville, ainsi que M. et Mme Carré-Lamadon souffrirent ce supplice odieux qui a gardé le nom de Tantale. Tout d'un

coup la jeune femme du manufacturier poussa un
soupir qui fit retourner les têtes ; elle était aussi
blanche que la neige du dehors ; ses yeux se fer-
mèrent, son front tomba : elle avait perdu connais-
sance. Son mari, affolé, implorait le secours de
tout le monde. Chacun perdait l'esprit, quand la
plus âgée des bonnes sœurs, soutenant la tête de la
malade, glissa entre ses lèvres la timbale de Boule
de suif et lui fit avaler quelques gouttes de vin. La
jolie dame remua, ouvrit les yeux, sourit et déclara
d'une voix mourante qu'elle se sentait fort bien
maintenant. Mais, afin que cela ne se renouvelât
plus, la religieuse la contraignit à boire un plein
verre de bordeaux, et elle ajouta : – « C'est la faim,
pas autre chose. »

Alors Boule de suif, rougissante et embarrassée,
balbutia en regardant les quatre voyageurs restés
à jeun : – « Mon Dieu, si j'osais offrir à ces mes-
sieurs et à ces dames... » Elle se tut, craignant un
outrage. Loiseau prit la parole : – « Eh, parbleu,
dans des cas pareils tout le monde est frère et
doit s'aider. Allons, mesdames, pas de cérémo-
nie, acceptez, que diable ! Savons-nous si nous
trouverons seulement une maison où passer la
nuit ? Du train dont nous allons, nous ne serons
pas à Tôtes avant demain midi. » – On hésitait,
personne n'osant assumer la responsabilité du
« oui ».

Mais le comte trancha la question. Il se tourna
vers la grosse fille intimidée, et, prenant son grand
air de gentilhomme, il lui dit : – « Nous acceptons
avec reconnaissance, madame. »

Le premier pas seul coûtait. Une fois le Rubicon

passé on s'en donna carrément. Le panier fut vidé. Il contenait encore un pâté de foies gras, un pâté de mauviettes, un morceau de langue fumée, des poires de Crassane, un pavé de Pont-l'Évêque, des petits fours et une tasse pleine de cornichons et d'oignons au vinaigre : Boule de suif, comme toutes les femmes, adorant les crudités.

On ne pouvait manger les provisions de cette fille sans lui parler. Donc on causa, avec réserve d'abord, puis, comme elle se tenait fort bien, on s'abandonna davantage. Mmes de Bréville et Carré-Lamadon, qui avaient un grand savoir-vivre, se firent gracieuses avec délicatesse. La comtesse surtout montra cette condescendance aimable des très nobles dames qu'aucun contact ne peut salir, et fut charmante. Mais la forte Mme Loiseau, qui avait une âme de gendarme, resta revêche, parlant peu et mangeant beaucoup.

On s'entretint de la guerre naturellement. On raconta des faits horribles des Prussiens, des traits de bravoure des Français ; et tous ces gens qui fuyaient rendirent hommage au courage des autres. Les histoires personnelles commencèrent bientôt et Boule de suif raconta, avec une émotion vraie, avec cette chaleur de parole qu'ont parfois les filles pour exprimer leurs emportements naturels, comment elle avait quitté Rouen : – « J'ai cru d'abord que je pourrais rester, disait-elle. J'avais ma maison pleine de provisions, et j'aimais mieux nourrir quelques soldats que m'expatrier je ne sais où. Mais quand je les ai vus, ces Prussiens, ce fut plus fort que moi ! Ils m'ont tourné le sang de colère ; et j'ai pleuré de honte toute la journée.

Oh ! si j'étais un homme, allez ! Je les regardais de ma fenêtre, ces gros porcs avec leur casque à pointe, et ma bonne me tenait les mains pour m'empêcher de leur jeter mon mobilier sur le dos. Puis il en est venu pour loger chez moi ; alors j'ai sauté à la gorge du premier. Ils ne sont pas plus difficiles à étrangler que d'autres ! Et je l'aurais terminé, celui-là, si l'on ne m'avait pas tirée par les cheveux. Il a fallu me cacher après ça. Enfin, quand j'ai trouvé une occasion, je suis partie, et me voici. »

On la félicita beaucoup. Elle grandissait dans l'estime de ses compagnons qui ne s'étaient pas montrés si crânes ; et Cornudet, en l'écoutant, gardait un sourire approbateur et bienveillant d'apôtre ; de même un prêtre entend un dévot louer Dieu, car les démocrates à longue barbe ont le monopole du patriotisme comme les hommes en soutane ont celui de la religion. Il parla à son tour d'un ton doctrinaire, avec l'emphase apprise dans les proclamations qu'on collait chaque jour aux murs, et il finit par un morceau d'éloquence où il étrillait magistralement cette « crapule de Badinguet[1] ».

Mais Boule de suif aussitôt se fâcha, car elle était bonapartiste. Elle devenait plus rouge qu'une guigne, et, bégayant d'indignation : – « J'aurais bien voulu vous voir à sa place, vous autres. Ça aurait été du propre, ah oui ! C'est vous qui l'avez trahi, cet homme ! On n'aurait plus qu'à quitter la France si l'on était gouverné par des polissons comme vous ! » – Cornudet, impassible, gardait un sourire dédaigneux et supérieur, mais on sentait

que les gros mots allaient arriver quand le comte
s'interposa et calma, non sans peine, la fille exas-
pérée, en proclamant avec autorité que toutes les
opinions sincères étaient respectables. Cependant
la comtesse et la manufacturière, qui avaient dans
l'âme la haine irraisonnée des gens comme il faut
pour la République, et cette instinctive tendresse
que nourrissent toutes les femmes pour les gou-
vernements à panache et despotiques, se sentaient,
malgré elles, attirées vers cette prostituée pleine
de dignité, dont les sentiments ressemblaient si
fort aux leurs.

Le panier était vide. À dix on l'avait tari sans
peine, en regrettant qu'il ne fût pas plus grand.
La conversation continua quelque temps, un peu
refroidie néanmoins depuis qu'on avait fini de
manger.

La nuit tombait, l'obscurité peu à peu devint
profonde, et le froid, plus sensible pendant les
digestions, faisait frissonner Boule de suif, mal-
gré sa graisse. Alors Mme de Bréville lui pro-
posa sa chaufferette dont le charbon, depuis le
matin, avait été plusieurs fois renouvelé, et l'autre
accepta tout de suite, car elle se sentait les pieds
gelés. Mmes Carré-Lamadon et Loiseau donnèrent
les leurs aux religieuses.

Le cocher avait allumé ses lanternes. Elles
éclairaient d'une lueur vive un nuage de buée au-
dessus de la croupe en sueur des timoniers[1], et,
des deux côtés de la route, la neige qui semblait se
dérouler sous le reflet mobile des lumières.

On ne distinguait plus rien dans la voiture ;
mais tout à coup un mouvement se fit entre Boule

de suif et Cornudet ; et Loiseau, dont l'œil fouillait l'ombre, crut voir l'homme à la grande barbe s'écarter vivement comme s'il eût reçu quelque bon coup lancé sans bruit.

Des petits points de feu parurent en avant sur la route. C'était Tôtes. On avait marché onze heures, ce qui, avec les deux heures de repos laissées en quatre fois aux chevaux pour manger l'avoine et souffler, faisait quatorze[1]. On entra dans le bourg et devant l'Hôtel du Commerce on s'arrêta[2].

La portière s'ouvrit ! Un bruit bien connu fit tressaillir tous les voyageurs ; c'étaient les heurts d'un fourreau de sabre sur le sol. Aussitôt la voix d'un Allemand cria quelque chose.

Bien que la diligence fût immobile, personne ne descendait, comme si l'on se fût attendu à être massacré à la sortie. Alors le conducteur apparut tenant à la main une de ses lanternes qui éclaira subitement jusqu'au fond de la voiture les deux rangs de têtes effarées, dont les bouches étaient ouvertes et les yeux écarquillés de surprise et d'épouvante.

À côté du cocher se tenait, en pleine lumière, un officier allemand, un grand jeune homme excessivement mince et blond, serré dans son uniforme comme une fille en son corset, et portant sur le côté sa casquette plate et cirée qui le faisait ressembler au chasseur d'un hôtel anglais. Sa moustache démesurée, à longs poils droits, s'amincissant indéfiniment de chaque côté et terminée par un seul fil blond, si mince qu'on n'en apercevait pas la fin, semblait peser sur les coins

de sa bouche, et, tirant la joue, imprimait aux lèvres un pli tombant.

Il invita en français d'Alsacien les voyageurs à sortir, disant d'un ton raide : – « Foulez-fous tescentre, messieurs et tames ? »

Les deux bonnes sœurs obéirent les premières avec une docilité de saintes filles habituées à toutes les soumissions. Le comte et la comtesse parurent ensuite, suivis du manufacturier et de sa femme, puis de Loiseau poussant devant lui sa grande moitié. Celui-ci, en mettant pied à terre, dit à l'officier : – « Bonjour, monsieur », par un sentiment de prudence bien plus que de politesse. L'autre, insolent comme les gens tout-puissants, le regarda sans répondre.

Boule de suif et Cornudet, bien que près de la portière, descendirent les derniers, graves et hautains devant l'ennemi. La grosse fille tâchait de se dominer et d'être calme : le démoc tourmentait d'une main tragique et un peu tremblante sa longue barbe roussâtre. Ils voulaient garder de la dignité, comprenant qu'en ces rencontres-là chacun représente un peu son pays ; et pareillement révoltés par la souplesse de leurs compagnons, elle tâchait de se montrer plus fière que ses voisines, les femmes honnêtes, tandis que lui, sentant bien qu'il devait l'exemple, continuait en toute son attitude sa mission de résistance commencée au défoncement des routes.

On entra dans la vaste cuisine de l'auberge, et l'Allemand, s'étant fait présenter l'autorisation de départ signée par le général en chef et où étaient mentionnés les noms, le signalement et la profes-

sion de chaque voyageur, examina longuement
tout ce monde, comparant les personnes aux ren-
seignements écrits.

Puis il dit brusquement : – « C'est pien », et il
disparut.

Alors on respira. On avait faim encore ; le souper
fut commandé. Une demi-heure était nécessaire
pour l'apprêter ; et, pendant que deux servantes
avaient l'air de s'en occuper, on alla visiter les
chambres. Elles se trouvaient toutes dans un long
couloir que terminait une porte vitrée marquée
d'un numéro parlant[1].

Enfin on allait se mettre à table, quand le
patron de l'auberge parut lui-même. C'était un
ancien marchand de chevaux, un gros homme
asthmatique, qui avait toujours des sifflements,
des enrouements, des chants de glaires dans le
larynx. Son père lui avait transmis le nom de Fol-
lenvie.

Il demanda :

— « Mademoiselle Élisabeth Rousset ? »

Boule de suif tressaillit, se retourna :

— « C'est moi.

— Mademoiselle, l'officier prussien veut vous
parler immédiatement.

— À moi ?

— Oui, si vous êtes bien mademoiselle Élisa-
beth Rousset. »

Elle se troubla, réfléchit une seconde, puis
déclara carrément :

— « C'est possible, mais je n'irai pas. »

Un mouvement se fit autour d'elle ; chacun dis-

cutait, cherchait la cause de cet ordre. Le comte
s'approcha :

— « Vous avez tort, madame, car votre refus
peut amener des difficultés considérables, non
seulement pour vous, mais même pour tous vos
compagnons. Il ne faut jamais résister aux gens
qui sont les plus forts. Cette démarche assurément
ne peut présenter aucun danger ; c'est sans doute
pour quelque formalité oubliée. »

Tout le monde se joignit à lui, on la pria, on
la pressa, on la sermonna, et l'on finit par la
convaincre ; car tous redoutaient les complica-
tions qui pourraient résulter d'un coup de tête.
Elle dit enfin :

— « C'est pour vous que je le fais, bien sûr ! »

La comtesse lui prit la main :

— « Et nous vous en remercions. »

Elle sortit. On l'attendit pour se mettre à table.

Chacun se désolait de n'avoir pas été demandé
à la place de cette fille violente et irascible, et pré-
parait mentalement des platitudes pour le cas où
on l'appellerait à son tour.

Mais, au bout de dix minutes, elle reparut, souf-
flant, rouge à suffoquer, exaspérée. Elle balbu-
tiait : – « Oh la canaille ! la canaille ! »

Tous s'empressaient pour savoir, mais elle ne
dit rien ; et comme le comte insistait, elle répondit
avec une grande dignité : – « Non, cela ne vous
regarde pas, je ne peux pas parler. »

Alors on s'assit autour d'une haute soupière
d'où sortait un parfum de choux. Malgré cette
alerte, le souper fut gai. Le cidre était bon, le
ménage Loiseau et les bonnes sœurs en prirent,

par économie. Les autres demandèrent du vin ; Cornudet réclama de la bière. Il avait une façon particulière de déboucher la bouteille, de faire mousser le liquide, de le considérer en penchant le verre, qu'il élevait ensuite entre la lampe et son œil pour bien apprécier la couleur. Quand il buvait, sa grande barbe, qui avait gardé la nuance de son breuvage aimé, semblait tressaillir de tendresse ; ses yeux louchaient pour ne point perdre de vue sa chope, et il avait l'air de remplir l'unique fonction pour laquelle il était né. On eût dit qu'il établissait en son esprit un rapprochement et comme une affinité entre les deux grandes passions qui occupaient toute sa vie : le Pale Ale et la Révolution ; et assurément il ne pouvait déguster l'un sans songer à l'autre.

M. et Mme Follenvie dînaient tout au bout de la table. L'homme, râlant comme une locomotive crevée, avait trop de tirage dans la poitrine pour pouvoir parler en mangeant ; mais la femme ne se taisait jamais. Elle raconta toutes ses impressions à l'arrivée des Prussiens, ce qu'ils faisaient, ce qu'ils disaient, les exécrant, d'abord, parce qu'ils lui coûtaient de l'argent, et, ensuite, parce qu'elle avait deux fils à l'armée. Elle s'adressait surtout à la comtesse, flattée de causer avec une dame de qualité.

Puis elle baissait la voix pour dire les choses délicates, et son mari, de temps en temps, l'interrompait : – « Tu ferais mieux de te taire, madame Follenvie. » – Mais elle n'en tenait aucun compte, et continuait :

— « Oui, madame, ces gens-là, ça ne fait que

manger des pommes de terre et du cochon, et puis du cochon et des pommes de terre. Et il ne faut pas croire qu'ils sont propres. – Oh non ! – Ils ordurent partout, sauf le respect que je vous dois. Et si vous les voyiez faire l'exercice pendant des heures et des jours ; ils sont là tous dans un champ : – et marche en avant, et marche en arrière, et tourne par-ci, et tourne par-là. – S'ils cultivaient la terre au moins, ou s'ils travaillaient aux routes dans leur pays ! – Mais non, madame, ces militaires, ça n'est profitable à personne ! Faut-il que le pauvre peuple les nourrisse pour n'apprendre rien qu'à massacrer ! – Je ne suis qu'une vieille femme sans éducation, c'est vrai, mais en les voyant qui s'esquintent le tempérament à piétiner du matin au soir, je me dis : – Quand il y a des gens qui font tant de découvertes pour être utiles, faut-il que d'autres se donnent tant de mal pour être nuisibles ! Vraiment, n'est-ce pas une abomination de tuer des gens, qu'ils soient Prussiens, ou bien Anglais, ou bien Polonais, ou bien Français ? – Si l'on se revenge sur quelqu'un qui vous a fait tort, c'est mal, puisqu'on vous condamne ; mais quand on extermine nos garçons comme du gibier, avec des fusils, c'est donc bien, puisqu'on donne des décorations à celui qui en détruit le plus ? – Non, voyez-vous, je ne comprendrai jamais ça ! »

Cornudet éleva la voix :

— « La guerre est une barbarie quand on attaque un voisin paisible ; c'est un devoir sacré quand on défend la patrie. »

La vieille femme baissa la tête :

— « Oui, quand on se défend, c'est autre chose ;

mais si l'on ne devrait pas plutôt tuer tous les rois qui font ça pour leur plaisir ? »

L'œil de Cornudet s'enflamma :

— « Bravo citoyenne ! » dit-il.

M. Carré-Lamadon réfléchissait profondément. Bien qu'il fût fanatique des illustres capitaines, le bon sens de cette paysanne le faisait songer à l'opulence qu'apporteraient dans un pays tant de bras inoccupés et par conséquent ruineux, tant de forces qu'on entretient improductives, si on les employait aux grands travaux industriels qu'il faudra des siècles pour achever.

Mais Loiseau, quittant sa place, alla causer tout bas avec l'aubergiste. Le gros homme riait, toussait, crachait ; son énorme ventre sautillait de joie aux plaisanteries de son voisin, et il lui acheta six feuillettes[1] de bordeaux pour le printemps, quand les Prussiens seraient partis.

Le souper à peine achevé, comme on était brisé de fatigue, on se coucha.

Cependant Loiseau, qui avait observé les choses, fit mettre au lit son épouse, puis colla tantôt son oreille et tantôt son œil au trou de la serrure, pour tâcher de découvrir ce qu'il appelait : « les mystères du corridor ».

Au bout d'une heure environ, il entendit un frôlement, regarda bien vite, et aperçut Boule de suif qui paraissait plus replète encore sous un peignoir[2] de cachemire bleu, bordé de dentelles blanches. Elle tenait un bougeoir à la main et se dirigeait vers le gros numéro[3] tout au fond du couloir. Mais une porte, à côté, s'entrouvrit, et, quand elle revint au bout de quelques minutes, Cornu-

det, en bretelles, la suivait. Ils parlaient bas, puis ils s'arrêtèrent. Boule de suif semblait défendre l'entrée de sa chambre avec énergie. Loiseau, malheureusement, n'entendait pas les paroles, mais, à la fin, comme ils élevaient la voix, il put en saisir quelques-unes. Cornudet insistait avec vivacité. Il disait :

— « Voyons, vous êtes bête, qu'est-ce que ça vous fait ? »

Elle avait l'air indignée et répondit :

— « Non, mon cher, il y a des moments où ces choses-là ne se font pas ; et puis, ici, ce serait une honte. »

Il ne comprenait point, sans doute, et demanda pourquoi. Alors elle s'emporta, élevant encore le ton :

— « Pourquoi ? Vous ne comprenez pas pourquoi ? Quand il y a des Prussiens dans la maison, dans la chambre à côté, peut-être ? »

Il se tut. Cette pudeur patriotique de catin qui ne se laissait point caresser près de l'ennemi, dut réveiller en son cœur sa dignité défaillante, car, après l'avoir seulement embrassée, il regagna sa porte à pas de loup.

Loiseau, très allumé, quitta la serrure, battit un entrechat dans sa chambre, mit son madras[1], souleva le drap sous lequel gisait la dure carcasse de sa compagne qu'il réveilla d'un baiser en murmurant : – « M'aimes-tu, chérie ? »

Alors toute la maison devint silencieuse. Mais bientôt s'éleva quelque part, dans une direction indéterminée qui pouvait être la cave aussi bien que le grenier, un ronflement puissant, mono-

tone, régulier, un bruit sourd et prolongé, avec des tremblements de chaudière sous pression. M. Follenvie dormait.

Comme on avait décidé qu'on partirait à huit heures le lendemain, tout le monde se trouva dans la cuisine ; mais la voiture, dont la bâche avait un toit de neige, se dressait solitaire au milieu de la cour, sans chevaux et sans conducteur. On chercha en vain celui-ci dans les écuries, dans les fourrages, dans les remises. Alors tous les hommes se résolurent à battre le pays et ils sortirent. Ils se trouvèrent sur la place, avec l'église au fond et, des deux côtés, des maisons basses où l'on apercevait des soldats prussiens. Le premier qu'ils virent épluchait des pommes de terre. Le second, plus loin, lavait la boutique du coiffeur. Un autre, barbu jusqu'aux yeux, embrassait un mioche qui pleurait et le berçait sur ses genoux pour tâcher de l'apaiser ; et les grosses paysannes dont les hommes étaient à « l'armée de la guerre », indiquaient par signes à leurs vainqueurs obéissants le travail qu'il fallait entreprendre : fendre du bois, tremper la soupe, moudre le café ; un d'eux même lavait le linge de son hôtesse, une aïeule tout impotente.

Le comte, étonné, interrogea le bedeau qui sortait du presbytère. Le vieux rat d'église lui répondit :

— « Oh ! ceux-là ne sont pas méchants ; c'est pas des Prussiens à ce qu'on dit. Ils sont de plus loin ; je ne sais pas bien d'où ; et ils ont tous laissé une femme et des enfants au pays ; ça ne les amuse pas, la guerre, allez ! Je suis sûr qu'on pleure bien

aussi là-bas après les hommes ; et ça fournira une fameuse misère chez eux comme chez nous. Ici, encore, on n'est pas trop malheureux pour le moment, parce qu'ils ne font pas de mal et qu'ils travaillent comme s'ils étaient dans leurs maisons. Voyez-vous, monsieur, entre pauvres gens, faut bien qu'on s'aide... C'est les grands qui font la guerre. »

Cornudet, indigné de l'entente cordiale établie entre les vainqueurs et les vaincus, se retira, préférant s'enfermer dans l'auberge. Loiseau eut un mot pour rire : – « Ils repeuplent. » M. Carré-Lamadon eut un mot grave : – « Ils réparent. » Mais on ne trouvait pas le cocher. À la fin on le découvrit dans le café du village, attablé fraternellement avec l'ordonnance de l'officier. Le comte l'interpella :

— « Ne vous avait-on pas donné l'ordre d'atteler pour huit heures ?

— Ah bien oui, mais on m'en a donné un autre depuis.

— Lequel ?

— De ne pas atteler du tout.

— Qui vous a donné cet ordre ?

— Ma foi ! le commandant prussien.

— Pourquoi ?

— Je n'en sais rien. Allez lui demander. On me défend d'atteler, moi je n'attelle pas. – Voilà.

— C'est lui-même qui vous a dit cela ?

— Non, monsieur, c'est l'aubergiste qui m'a donné l'ordre de sa part.

— Quand ça ?

— Hier soir, comme j'allais me coucher. »

Les trois hommes rentrèrent fort inquiets.

On demanda M. Follenvie, mais la servante répondit que monsieur, à cause de son asthme, ne se levait jamais avant dix heures. Il avait même formellement défendu de le réveiller plus tôt, excepté en cas d'incendie.

On voulut voir l'officier, mais cela était impossible absolument, bien qu'il logeât dans l'auberge M. Follenvie seul était autorisé à lui parler pour les affaires civiles. Alors on attendit. Les femmes remontèrent dans leurs chambres, et des futilités les occupèrent.

Cornudet s'installa sous la haute cheminée de la cuisine où flambait un grand feu. Il se fit apporter là une des petites tables du café, une canette, et il tira sa pipe qui jouissait parmi les démocrates d'une considération presque égale à la sienne, comme si elle avait servi la patrie en servant à Cornudet. C'était une superbe pipe en écume admirablement culottée, aussi noire que les dents de son maître, mais parfumée, recourbée, luisante, familière à sa main, et complétant sa physionomie. Et il demeura immobile, les yeux tantôt fixés sur la flamme du foyer, tantôt sur la mousse qui couronnait sa chope ; et chaque fois qu'il avait bu, il passait d'un air satisfait ses longs doigts maigres dans ses longs cheveux gras pendant qu'il humait sa moustache frangée d'écume.

Loiseau, sous prétexte de se dégourdir les jambes, alla placer du vin aux débitants du pays. Le comte et le manufacturier se mirent à causer politique. Ils prévoyaient l'avenir de la France. L'un croyait aux d'Orléans, l'autre à un sauveur

inconnu, un héros qui se révélerait quand tout
serait désespéré : un du Guesclin, une Jeanne
d'Arc peut-être ? ou un autre Napoléon Ier ? Ah !
si le prince impérial n'était pas si jeune[1] ? Cornu-
det, les écoutant, souriait en homme qui sait le
mot des destinées. Sa pipe embaumait la cuisine.

Comme dix heures sonnaient, M. Follenvie
parut. On l'interrogea bien vite ; mais il ne put
que répéter deux ou trois fois, sans une variante,
ces paroles : – « L'officier m'a dit comme ça :
"Monsieur Follenvie, vous défendrez qu'on attelle
demain la voiture de ces voyageurs. Je ne veux
pas qu'ils partent sans mon ordre. Vous entendez.
Ça suffit." »

Alors on voulut voir l'officier. Le comte lui
envoya sa carte où M. Carré-Lamadon ajouta son
nom et tous ses titres. Le Prussien fit répondre
qu'il admettrait ces deux hommes à lui parler
quand il aurait déjeuné, c'est-à-dire vers une
heure.

Les dames reparurent et l'on mangea quelque
peu, malgré l'inquiétude. Boule de suif semblait
malade et prodigieusement troublée.

On achevait le café quand l'ordonnance vint
chercher ces messieurs.

Loiseau se joignit aux deux premiers ; mais
comme on essayait d'entraîner Cornudet pour
donner plus de solennité à leur démarche, il
déclara fièrement qu'il entendait n'avoir jamais
aucun rapport avec les Allemands ; et il se remit
dans sa cheminée, demandant une autre canette.

Les trois hommes montèrent et furent intro-
duits dans la plus belle chambre de l'auberge où

l'officier les reçut, étendu dans un fauteuil, les pieds sur la cheminée, fumant une longue pipe de porcelaine, et enveloppé par une robe de chambre flamboyante, dérobée sans doute dans la demeure abandonnée de quelque bourgeois de mauvais goût. Il ne se leva pas, ne les salua pas, ne les regarda pas. Il présentait un magnifique échantillon de la goujaterie naturelle au militaire victorieux.

Au bout de quelques instants il dit enfin :

— « Qu'est-ce que fous foulez ? »

Le comte prit la parole : – « Nous désirons partir, monsieur.

— Non.

— Oserai-je vous demander la cause de ce refus ?

— Parce que che ne feux pas.

— Je vous ferai respectueusement observer, monsieur, que votre général en chef nous a délivré une permission de départ pour gagner Dieppe ; et je ne pense pas que nous ayons rien fait pour mériter vos rigueurs.

— Che ne feux pas... foilà tout... Fous poufez tescentre. »

S'étant inclinés tous les trois ils se retirèrent.

L'après-midi fut lamentable. On ne comprenait rien à ce caprice d'Allemand ; et les idées les plus singulières troublaient les têtes. Tout le monde se tenait dans la cuisine et l'on discutait sans fin, imaginant des choses invraisemblables. On voulait peut-être les garder comme otages – mais dans quel but ? – ou les emmener prisonniers ? ou, plutôt, leur demander une rançon considé-

rable ? À cette pensée une panique les affola. Les plus riches étaient les plus épouvantés, se voyant déjà contraints, pour racheter leur vie, de verser des sacs pleins d'or entre les mains de ce soldat insolent. Ils se creusaient la cervelle pour découvrir des mensonges acceptables, dissimuler leurs richesses, se faire passer pour pauvres, très pauvres. Loiseau enleva sa chaîne de montre et la cacha dans sa poche. La nuit qui tombait augmenta les appréhensions. La lampe fut allumée, et comme on avait encore deux heures avant le dîner, Mme Loiseau proposa une partie de trente et un[1]. Ce serait une distraction. On accepta. Cornudet lui-même, ayant éteint sa pipe par politesse, y prit part.

Le comte battit les cartes – donna – Boule de suif avait trente et un d'emblée ; et bientôt l'intérêt de la partie apaisa la crainte qui hantait les esprits. Mais Cornudet s'aperçut que le ménage Loiseau s'entendait pour tricher.

Comme on allait se mettre à table, M. Follenvie reparut ; et, de sa voix graillonnante, il prononça : « L'officier prussien fait demander à Mlle Élisabeth Rousset si elle n'a pas encore changé d'avis. »

Boule de suif resta debout, toute pâle ; puis, devenant subitement cramoisie, elle eut un tel étouffement de colère qu'elle ne pouvait plus parler. Enfin elle éclata : « Vous lui direz à cette crapule, à ce saligaud, à cette charogne de Prussien, que jamais je ne voudrai ; vous entendez bien, jamais, jamais, jamais. »

Le gros aubergiste sortit. Alors Boule de suif fut entourée, interrogée, sollicitée par tout le monde

de dévoiler le mystère de sa visite. Elle résista
d'abord ; mais l'exaspération l'emporta bientôt :
– « Ce qu'il veut ?… ce qu'il veut ? Il veut coucher
avec moi ! » cria-t-elle. Personne ne se choqua du
mot, tant l'indignation fut vive. Cornudet brisa
sa chope en la reposant violemment sur la table.
C'était une clameur de réprobation contre ce
soudard ignoble, un souffle de colère, une union
de tous pour la résistance, comme si l'on eût
demandé à chacun une partie du sacrifice exigé
d'elle. Le comte déclara avec dégoût que ces gens-
là se conduisaient à la façon des anciens barbares.
Les femmes surtout témoignèrent à Boule de suif
une commisération énergique et caressante. Les
bonnes sœurs, qui ne se montraient qu'aux repas,
avaient baissé la tête et ne disaient rien.

On dîna néanmoins lorsque la première fureur
fut apaisée ; mais on parla peu, on songeait.

Les dames se retirèrent de bonne heure ; et les
hommes, tout en fumant, organisèrent un écarté[1]
auquel fut convié M. Follenvie qu'on avait l'in-
tention d'interroger habilement sur les moyens
à employer pour vaincre la résistance de l'offi-
cier. Mais il ne songeait qu'à ses cartes, sans rien
écouter, sans rien répondre ; et il répétait sans
cesse : – « Au jeu, messieurs, au jeu. » Son atten-
tion était si tendue qu'il en oubliait de cracher, ce
qui lui mettait parfois des points d'orgue dans la
poitrine. Ses poumons sifflants donnaient toute
la gamme de l'asthme, depuis les notes graves et
profondes jusqu'aux enrouements aigus des jeunes
coqs essayant de chanter.

Il refusa même de monter, quand sa femme, qui

tombait de sommeil, vint le chercher. Alors elle
partit toute seule, car elle était « du matin », tou-
jours levée avec le soleil, tandis que son homme
était « du soir », toujours prêt à passer la nuit avec
des amis. Il lui cria : – « Tu placeras mon lait
de poule[1] devant le feu », et se remit à sa partie.
Quand on vit bien qu'on n'en pourrait rien tirer
on déclara qu'il était temps de s'en aller, et chacun
gagna son lit.

On se leva encore d'assez bonne heure le lende-
main, avec un espoir indéterminé, un désir plus
grand de s'en aller, une terreur du jour à passer
dans cette horrible petite auberge.

Hélas ! les chevaux restaient à l'écurie, le cocher
demeurait invisible. On alla, par désœuvrement,
tourner autour de la voiture.

Le déjeuner fut bien triste ; et il s'était produit
comme un refroidissement vis-à-vis de Boule de
suif, car la nuit, qui porte conseil, avait un peu
modifié les jugements. On en voulait presque à
cette fille, maintenant, de n'avoir pas été trou-
ver secrètement le Prussien, afin de ménager,
au réveil, une bonne surprise à ses compagnons.
Quoi de plus simple ? Qui l'eût su, d'ailleurs ? Elle
aurait pu sauver les apparences en faisant dire à
l'officier qu'elle prenait en pitié leur détresse. Pour
elle, ça avait si peu d'importance !

Mais personne n'avouait encore ces pensées.

Dans l'après-midi, comme on s'ennuyait à périr,
le comte proposa de faire une promenade aux
alentours du village. Chacun s'enveloppa avec soin
et la petite société partit, à l'exception de Cornu-
det, qui préférait rester près du feu, et des bonnes

sœurs, qui passaient leurs journées dans l'église ou chez le curé.

Le froid, plus intense de jour en jour, piquait cruellement le nez et les oreilles ; les pieds devenaient si douloureux que chaque pas était une souffrance ; et lorsque la campagne se découvrit, elle leur apparut si effroyablement lugubre sous cette blancheur illimitée que tout le monde aussitôt retourna, l'âme glacée et le cœur serré.

Les quatre femmes marchaient devant, les trois hommes suivaient, un peu derrière.

Loiseau, qui comprenait la situation, demanda tout à coup si cette « garce-là » allait les faire rester longtemps encore dans un pareil endroit. Le comte, toujours courtois, dit qu'on ne pouvait exiger d'une femme un sacrifice aussi pénible, et qu'il devait venir d'elle-même. M. Carré-Lamadon remarqua que si les Français faisaient, comme il en était question, un retour offensif par Dieppe, la rencontre ne pourrait avoir lieu qu'à Tôtes. Cette réflexion rendit les deux autres soucieux. – « Si l'on se sauvait à pied », – dit Loiseau. Le comte haussa les épaules : – « Y songez-vous, dans cette neige ? avec nos femmes ? Et puis nous serions tout de suite poursuivis, rattrapés en dix minutes, et ramenés prisonniers à la merci des soldats. » – C'était vrai ; on se tut.

Les dames parlaient toilette ; mais une certaine contrainte semblait les désunir.

Tout à coup, au bout de la rue, l'officier parut. Sur la neige qui fermait l'horizon, il profilait sa grande taille de guêpe en uniforme, et marchait, les genoux écartés, de ce mouvement particulier

aux militaires qui s'efforcent de ne point maculer leurs bottes soigneusement cirées.

Il s'inclina en passant près des dames, et regarda dédaigneusement les hommes qui eurent, du reste, la dignité de ne se point découvrir, bien que Loiseau ébauchât un geste pour retirer sa coiffure.

Boule de suif était devenue rouge jusqu'aux oreilles ; et les trois femmes mariées ressentaient une grande humiliation d'être ainsi rencontrées par ce soldat, dans la compagnie de cette fille qu'il avait si cavalièrement traitée.

Alors on parla de lui, de sa tournure, de son visage. Mme Carré-Lamadon, qui avait connu beaucoup d'officiers et qui les jugeait en connaisseur, trouvait celui-là pas mal du tout ; elle regrettait même qu'il ne fût pas Français, parce qu'il ferait un fort joli hussard dont toutes les femmes assurément raffoleraient.

Une fois rentrés, on ne sut plus que faire. Des paroles aigres furent même échangées à propos de choses insignifiantes. Le dîner, silencieux, dura peu, et chacun monta se coucher, espérant dormir pour tuer le temps.

On descendit le lendemain avec des visages fatigués et des cœurs exaspérés. Les femmes parlaient à peine à Boule de suif.

Une cloche tinta. C'était pour un baptême. La grosse fille avait un enfant élevé chez des paysans d'Yvetot. Elle ne le voyait pas une fois l'an, et n'y songeait jamais ; mais la pensée de celui qu'on allait baptiser lui jeta au cœur une tendresse subite et violente pour le sien, et elle voulut absolument assister à la cérémonie.

Aussitôt qu'elle fut partie, tout le monde se regarda, puis on rapprocha les chaises, car on sentait bien qu'à la fin il fallait décider quelque chose. Loiseau eut une inspiration : il était d'avis de proposer à l'officier de garder Boule de suif toute seule, et de laisser partir les autres.

M. Follenvie se chargea encore de la commission, mais il redescendit presque aussitôt. L'Allemand, qui connaissait la nature humaine, l'avait mis à la porte. Il prétendait retenir tout le monde tant que son désir ne serait pas satisfait.

Alors le tempérament populacier de Mme Loiseau éclata : – « Nous n'allons pourtant pas mourir de vieillesse ici. Puisque c'est son métier, à cette gueuse, de faire ça avec tous les hommes, je trouve qu'elle n'a pas le droit de refuser l'un plutôt que l'autre. Je vous demande un peu, ça a pris tout ce qu'elle a trouvé dans Rouen, même des cochers ! oui, madame, le cocher de la préfecture ! Je le sais bien, moi, il achète son vin à la maison. Et aujourd'hui qu'il s'agit de nous tirer d'embarras, elle fait la mijaurée, cette morveuse !... Moi, je trouve qu'il se conduit très bien, cet officier. Il est peut-être privé depuis longtemps ; et nous étions là trois qu'il aurait sans doute préférées. Mais non, il se contente de celle à tout le monde. Il respecte les femmes mariées. Songez donc, il est le maître. Il n'avait qu'à dire : "Je veux", et il pouvait nous prendre de force avec ses soldats. »

Les deux femmes eurent un petit frisson. Les yeux de la jolie Mme Carré-Lamadon brillaient, et elle était un peu pâle, comme si elle se sentait déjà prise de force par l'officier.

Les hommes, qui discutaient à l'écart, se rappro-
chèrent. Loiseau, furibond, voulait livrer « cette
misérable » pieds et poings liés à l'ennemi. Mais le
comte, issu de trois générations d'ambassadeurs,
et doué d'un physique de diplomate, était partisan
de l'habileté : « Il faudrait la décider », – dit-il.

Alors on conspira.

Les femmes se serrèrent, le ton de la voix fut
baissé, et la discussion devint générale, chacun
donnant son avis. C'était fort convenable du reste.
Ces dames surtout trouvaient des délicatesses de
tournures, des subtilités d'expression charmantes,
pour dire les choses les plus scabreuses. Un étran-
ger n'aurait rien compris tant les précautions du
langage étaient observées. Mais la légère tranche
de pudeur dont est bardée toute femme du monde
ne recouvrant que la surface, elles s'épanouis-
saient dans cette aventure polissonne, s'amusaient
follement au fond, se sentant dans leur élément,
tripotant de l'amour avec la sensualité d'un cuisi-
nier gourmand qui prépare le souper d'un autre.

La gaieté revenait d'elle-même, tant l'histoire
leur semblait drôle à la fin. Le comte trouva des
plaisanteries un peu risquées, mais si bien dites
qu'elles faisaient sourire. À son tour Loiseau lâcha
quelques grivoiseries plus raides dont on ne se
blessa point ; et la pensée brutalement exprimée
par sa femme dominait tous les esprits : « Puisque
c'est son métier à cette fille, pourquoi refuserait-
elle celui-là plus qu'un autre ? » La gentille
Mme Carré-Lamadon semblait même penser qu'à
sa place elle refuserait celui-là moins qu'un autre.

On prépara longuement le blocus, comme pour

une forteresse investie. Chacun convint du rôle qu'il jouerait, des arguments dont il s'appuierait, des manœuvres qu'il devrait exécuter. On régla le plan des attaques, les ruses à employer, et les surprises de l'assaut, pour forcer cette citadelle vivante à recevoir l'ennemi dans la place.

Cornudet cependant restait à l'écart, complètement étranger à cette affaire.

Une attention si profonde tendait les esprits, qu'on n'entendit point rentrer Boule de suif. Mais le comte souffla un léger : « Chut » qui fit relever tous les yeux. Elle était là. On se tut brusquement et un certain embarras empêcha d'abord de lui parler. La comtesse, plus assouplie que les autres aux duplicités des salons, l'interrogea :

— « Était-ce amusant, ce baptême ? »

La grosse fille, encore émue, raconta tout, et les figures, et les attitudes, et l'aspect même de l'église. Elle ajouta : – « C'est si bon de prier quelquefois. »

Cependant, jusqu'au déjeuner, ces dames se contentèrent d'être aimables avec elle, pour augmenter sa confiance et sa docilité à leurs conseils.

Aussitôt à table, on commença les approches. Ce fut d'abord une conversation vague sur le dévouement. On cita des exemples anciens[1] : Judith et Holopherne, puis, sans aucune raison, Lucrèce avec Sextus, Cléopâtre faisant passer par sa couche tous les généraux ennemis, et les réduisant à des servilités d'esclave. Alors se déroula une histoire fantaisiste, éclose dans l'imagination de ces millionnaires ignorants, où les citoyennes de Rome allaient endormir à Capoue Annibal entre

leurs bras et, avec lui, ses lieutenants, et les pha-
langes des mercenaires. On cita toutes les femmes
qui ont arrêté des conquérants, fait de leur corps
un champ de bataille, un moyen de dominer, une
arme, qui ont vaincu par leurs caresses héroïques
des êtres hideux ou détestés, et sacrifié leur chas-
teté à la vengeance et au dévouement.

On parla même en termes voilés de cette
Anglaise de grande famille qui s'était laissé ino-
culer une horrible et contagieuse maladie pour la
transmettre à Bonaparte sauvé miraculeusement,
par une faiblesse subite, à l'heure du rendez-vous
fatal.

Et tout cela était raconté d'une façon conve-
nable et modérée, où parfois éclatait un enthou-
siasme voulu propre à exciter l'émulation.

On aurait pu croire, à la fin, que le seul rôle de
la femme, ici-bas, était un perpétuel sacrifice de
sa personne, un abandon continu aux caprices
des soldatesques.

Les deux bonnes sœurs ne semblaient point
entendre, perdues en des pensées profondes,
Boule de suif ne disait rien.

Pendant toute l'après-midi on la laissa réflé-
chir. Mais au lieu de l'appeler « madame » comme
on avait fait jusque-là, on lui disait simplement
« mademoiselle », sans que personne sût bien
pourquoi, comme si l'on avait voulu la faire des-
cendre d'un degré dans l'estime qu'elle avait esca-
ladée, lui faire sentir sa situation honteuse.

Au moment où l'on servit le potage, M. Fol-
lenvie reparut, répétant sa phrase de la veille :
– « L'officier prussien fait demander à Mlle Éli-

sabeth Rousset si elle n'a point encore changé d'avis. »

Boule de suif répondit sèchement : – « Non, monsieur. »

Mais au dîner la coalition faiblit. Loiseau eut trois phrases malheureuses. Chacun se battait les flancs pour découvrir des exemples nouveaux et ne trouvait rien, quand la comtesse, sans préméditation peut-être, éprouvant un vague besoin de rendre hommage à la Religion, interrogea la plus âgée des bonnes sœurs sur les grands faits de la vie des saints. Or, beaucoup avaient commis des actes qui seraient des crimes à nos yeux ; mais l'Église absout sans peine ces forfaits quand ils sont accomplis pour la gloire de Dieu, ou pour le bien du prochain. C'était un argument puissant ; la comtesse en profita. Alors, soit par une de ces ententes tacites, de ces complaisances voilées, où excelle quiconque porte un habit ecclésiastique, soit simplement par l'effet d'une inintelligence heureuse, d'une secourable bêtise, la vieille religieuse apporta à la conspiration un formidable appui. On la croyait timide, elle se montra hardie, verbeuse, violente. Celle-là n'était pas troublée par les tâtonnements de la casuistique ; sa doctrine semblait une barre de fer ; sa foi n'hésitait jamais ; sa conscience n'avait point de scrupules. Elle trouvait tout simple le sacrifice d'Abraham, car elle aurait immédiatement tué père et mère sur un ordre venu d'en haut ; et rien, à son avis, ne pouvait déplaire au Seigneur quand l'intention était louable. La comtesse, mettant à profit l'autorité sacrée de sa complice inattendue, lui fit faire

comme une paraphrase édifiante de cet axiome de morale : « La fin justifie les moyens. »

Elle l'interrogeait.

— « Alors, ma sœur, vous pensez que Dieu accepte toutes les voies, et pardonne le fait quand le motif est pur ?

— Qui pourrait en douter, madame ? Une action blâmable en soi devient souvent méritoire par la pensée qui l'inspire. »

Et elles continuaient ainsi, démêlant les volontés de Dieu, prévoyant ses décisions, le faisant s'intéresser à des choses qui, vraiment, ne le regardaient guère.

Tout cela était enveloppé, habile, discret. Mais chaque parole de la sainte fille en cornette faisait brèche dans la résistance indignée de la courtisane. Puis, la conversation se détournant un peu, la femme aux chapelets pendants parla des maisons de son ordre, de sa supérieure, d'elle-même, et de sa mignonne voisine, la chère sœur Saint-Nicéphore. On les avait demandées au Havre pour soigner dans les hôpitaux des centaines de soldats atteints de la petite vérole. Elle les dépeignit, ces misérables, détailla leur maladie. Et tandis qu'elles étaient arrêtées en route par les caprices de ce Prussien, un grand nombre de Français pouvaient mourir qu'elles auraient sauvés peut-être ! C'était sa spécialité, à elle, de soigner les militaires ; elle avait été en Crimée, en Italie, en Autriche, et, racontant ses campagnes, elle se révéla tout à coup une de ces religieuses à tambours et à trompettes qui semblaient faites pour suivre les camps, ramasser des blessés dans les

remous des batailles, et, mieux qu'un chef, domp-
ter d'un mot les grands soudards indisciplinés ;
une vraie bonne sœur Ran-tan-plan dont la figure
ravagée, crevée de trous sans nombre, paraissait
une image des dévastations de la guerre.

Personne ne dit rien après elle, tant l'effet sem-
blait excellent.

Aussitôt le repas terminé, on remonta bien vite
dans les chambres pour ne descendre, le lende-
main, qu'assez tard dans la matinée.

Le déjeuner fut tranquille. On donnait à la
graine semée la veille le temps de germer et de
pousser ses fruits.

La comtesse proposa de faire une promenade
dans l'après-midi ; alors le comte, comme il était
convenu, prit le bras de Boule de suif, et demeura
derrière les autres, avec elle.

Il lui parla de ce ton familier, paternel, un peu
dédaigneux, que les hommes posés emploient avec
les filles, l'appelant : « ma chère enfant », la trai-
tant du haut de sa position sociale, de son hono-
rabilité indiscutée. Il pénétra tout de suite au vif
de la question :

— « Donc vous préférez nous laisser ici, expo-
sés comme vous-même à toutes les violences qui
suivraient un échec des troupes prussiennes, plu-
tôt que de consentir à une de ces complaisances
que vous avez eues si souvent en votre vie ? »

Boule de suif ne répondit rien.

Il la prit par la douceur, par le raisonnement,
par les sentiments. Il sut rester « monsieur le
comte », tout en se montrant galant quand il le
fallut, complimenteur, aimable enfin. Il exalta le

service qu'elle leur rendrait, parla de leur recon-
naissance ; puis soudain, la tutoyant gaiement :
– « Et tu sais, ma chère, il pourrait se vanter
d'avoir goûté d'une jolie fille comme il n'en trou-
vera pas beaucoup dans son pays. »
Boule de suif ne répondit pas et rejoignit la
société.

Aussitôt rentrée, elle monta chez elle et ne repa-
rut plus. L'inquiétude était extrême. Qu'allait-elle
faire ? Si elle résistait, quel embarras !

L'heure du dîner sonna ; on l'attendit en
vain. M. Follenvie, entrant alors, annonça que
Mlle Rousset se sentait indisposée, et qu'on
pouvait se mettre à table. Tout le monde dressa
l'oreille. Le comte s'approcha de l'aubergiste, et,
tout bas : – « Ça y est ? » – « Oui. » – Par conve-
nance, il ne dit rien à ses compagnons, mais il leur
fit seulement un léger signe de la tête. Aussitôt un
grand soupir de soulagement sortit de toutes les
poitrines, une allégresse parut sur les visages. Loi-
seau cria : – « Saperlipopette ! je paye du cham-
pagne si l'on en trouve dans l'établissement » ; – et
Mme Loiseau eut une angoisse lorsque le patron
revint avec quatre bouteilles aux mains. Chacun
était devenu subitement communicatif et bruyant ;
une joie égrillarde emplissait les cœurs. Le comte
parut s'apercevoir que Mme Carré-Lamadon était
charmante, le manufacturier fit des compliments
à la comtesse. La conversation fut vive, enjouée,
pleine de traits.

Tout à coup, Loiseau, la face anxieuse et levant
les bras, hurla : – « Silence ! » – Tout le monde se
tut, surpris, presque effrayé déjà. Alors il tendit

l'oreille en faisant « Chut » des deux mains, leva les yeux vers le plafond, écouta de nouveau, et reprit, de sa voix naturelle : – « Rassurez-vous, tout va bien. »

On hésitait à comprendre, mais bientôt un sourire passa.

Au bout d'un quart d'heure il recommença la même farce, la renouvela souvent dans la soirée ; et il faisait semblant d'interpeller quelqu'un à l'étage au-dessus, en lui donnant des conseils à double sens puisés dans son esprit de commis voyageur. Par moments il prenait un air triste pour soupirer : – « Pauvre fille » ; – ou bien il murmurait entre ses dents d'un air rageur : – « Gueux de Prussien, va ! » – Quelquefois, au moment où l'on n'y songeait plus, il poussait d'une voix vibrante plusieurs : – « Assez ! assez ! » – et ajoutait, comme se parlant à lui-même : – « Pourvu que nous la revoyions ; qu'il ne l'en fasse pas mourir, le misérable ! »

Bien que ces plaisanteries fussent d'un goût déplorable, elles amusaient et ne blessaient personne, car l'indignation dépend des milieux comme le reste, et l'atmosphère qui s'était peu à peu créée autour d'eux était chargée de pensées grivoises.

Au dessert, les femmes elles-mêmes firent des allusions spirituelles et discrètes. Les regards luisaient ; on avait bu beaucoup. Le comte, qui conservait même en ses écarts sa grande apparence de gravité, trouva une comparaison fort goûtée sur la fin des hivernages au pôle et la joie

des naufragés qui voient s'ouvrir une route vers le sud.

Loiseau, lancé, se leva, un verre de champagne à la main : – « Je bois à notre délivrance ! » – Tout le monde fut debout ; on l'acclamait. Les deux bonnes sœurs, elles-mêmes, sollicitées par ces dames, consentirent à tremper leurs lèvres dans ce vin mousseux dont elles n'avaient jamais goûté. Elles déclarèrent que cela ressemblait à la limonade gazeuse, mais que c'était plus fin cependant. Loiseau résuma la situation.

— « C'est malheureux de ne pas avoir de piano parce qu'on pourrait pincer un quadrille[1]. »

Cornudet n'avait pas dit un mot, pas fait un geste ; il paraissait même plongé dans des pensées très graves, et tirait parfois, d'un geste furieux, sa grande barbe qu'il semblait vouloir allonger encore. Enfin, vers minuit, comme on allait se séparer, Loiseau qui titubait, lui tapa soudain sur le ventre et lui dit en bredouillant : – « Vous n'êtes pas farce, vous, ce soir ; vous ne dites rien, citoyen ? » – Mais Cornudet releva brusquement la tête, et parcourant la société d'un regard luisant et terrible : – « Je vous dis à tous que vous venez de faire une infamie ! » – Il se leva, gagna la porte, répéta encore une fois : « Une infamie ! » et disparut.

Cela jeta un froid d'abord. Loiseau interloqué restait bête ; mais il reprit son aplomb, puis, tout à coup, se tordit en répétant : – « Ils sont trop verts mon vieux, ils sont trop verts. » – Comme on ne comprenait pas, il raconta les « mystères du corridor ». Alors il y eut une reprise de gaieté

formidable. Ces dames s'amusaient comme des folles. Le comte et M. Carré-Lamadon pleuraient à force de rire. Ils ne pouvaient croire.

— « Comment ! Vous êtes sûr ? Il voulait...

— Je vous dis que je l'ai vu.

— Et, elle a refusé...

— Parce que le Prussien était dans la chambre à côté.

— Pas possible ?

— Je vous le jure. »

Le comte étouffait. L'industriel se comprimait le ventre à deux mains. Loiseau continuait :

— « Et, vous comprenez, ce soir, il ne la trouve pas drôle, mais pas du tout. »

Et tous les trois repartaient, malades, essoufflés.

On se sépara là-dessus. Mais Mme Loiseau, qui était de la nature des orties, fit remarquer à son mari, au moment où ils se couchaient, que « cette chipie » de petite Carré-Lamadon avait ri jaune toute la soirée : – « Tu sais, les femmes, quand ça en tient pour l'uniforme, qu'il soit Français ou bien Prussien ça leur est, ma foi, bien égal. Si ce n'est pas une pitié, Seigneur Dieu ! »

Et toute la nuit, dans l'obscurité du corridor coururent comme des frémissements, des bruits légers à peine sensibles, pareils à des souffles, des effleurements de pieds nus, d'imperceptibles craquements. Et l'on ne dormit que très tard, assurément, car des filets de lumière glissèrent longtemps sous les portes. Le champagne a de ces effets-là ; il trouble, dit-on, le sommeil.

Le lendemain, un clair soleil d'hiver rendait la neige éblouissante. La diligence, attelée enfin,

attendait devant la porte, tandis qu'une armée de pigeons blancs, rengorgés dans leurs plumes épaisses, avec un œil rose, taché, au milieu, d'un point noir, se promenaient gravement entre les jambes des six chevaux, et cherchaient leur vie dans le crottin fumant qu'ils éparpillaient.

Le cocher, enveloppé dans sa peau de mouton, grillait une pipe sur le siège, et tous les voyageurs radieux faisaient rapidement empaqueter des provisions pour le reste du voyage.

On n'attendait plus que Boule de suif. Elle parut.

Elle semblait un peu troublée, honteuse ; et elle s'avança timidement vers ses compagnons, qui, tous, d'un même mouvement, se détournèrent comme s'ils ne l'avaient pas aperçue. Le comte prit avec dignité le bras de sa femme et l'éloigna de ce contact impur.

La grosse fille s'arrêta, stupéfaite ; alors, ramassant tout son courage, elle aborda la femme du manufacturier d'un « bonjour, madame » humblement murmuré. L'autre fit de la tête seule un petit salut impertinent qu'elle accompagna d'un regard de vertu outragée. Tout le monde semblait affairé, et l'on se tenait loin d'elle comme si elle eût apporté une infection dans ses jupes. Puis on se précipita vers la voiture où elle arriva seule, la dernière, et reprit en silence la place qu'elle avait occupée pendant la première partie de la route.

On semblait ne pas la voir, ne pas la connaître ; mais Mme Loiseau, la considérant de loin avec indignation, dit à mi-voix à son mari : – « Heureusement que je ne suis pas à côté d'elle. »

La lourde voiture s'ébranla, et le voyage recommença.

On ne parla point d'abord. Boule de suif n'osait pas lever les yeux. Elle se sentait en même temps indignée contre tous ses voisins, et humiliée d'avoir cédé, souillée par les baisers de ce Prussien entre les bras duquel on l'avait hypocritement jetée.

Mais la comtesse, se tournant vers Mme Carré-Lamadon, rompit bientôt ce pénible silence.

— « Vous connaissez, je crois, Mme d'Étrelles ?

— Oui, c'est une de mes amies.

— Quelle charmante femme !

— Ravissante ! Une vraie nature d'élite, fort instruite d'ailleurs, et artiste jusqu'au bout des doigts ; elle chante à ravir et dessine dans la perfection. »

Le manufacturier causait avec le comte, et au milieu du fracas des vitres un mot parfois jaillissait : « Coupon – échéance – prime – à terme. »

Loiseau, qui avait chipé le vieux jeu de cartes de l'auberge engraissé par cinq ans de frottement sur les tables mal essuyées, attaqua un bésigue[1] avec sa femme.

Les bonnes sœurs prirent à leur ceinture le long rosaire qui pendait, firent ensemble le signe de la croix, et tout à coup leurs lèvres se mirent à remuer vivement se hâtant de plus en plus, précipitant leur vague murmure comme pour une course d'*oremus* ; et de temps en temps elles baisaient une médaille, se signaient de nouveau, puis recommençaient leur marmottement rapide et continu.

Cornudet songeait, immobile.

Au bout de trois heures de route, Loiseau ramassa ses cartes : – « Il fait faim », dit-il.

Alors sa femme atteignit un paquet ficelé d'où elle fit sortir un morceau de veau froid. Elle le découpa proprement par tranches minces et fermes, et tous deux se mirent à manger.

— « Si nous en faisions autant », – dit la comtesse. On y consentit et elle déballa les provisions préparées pour les deux ménages. C'était, dans un de ces vases allongés dont le couvercle porte un lièvre en faïence, pour indiquer qu'un lièvre en pâté gît au-dessous, une charcuterie succulente, où de blanches rivières de lard traversaient la chair brune du gibier, mêlée à d'autres viandes hachées fin. Un beau carré de gruyère, apporté dans un journal, gardait imprimé : « faits divers » sur sa pâte onctueuse.

Les deux bonnes sœurs développèrent un rond de saucisson qui sentait l'ail ; et Cornudet, plongeant les deux mains en même temps dans les vastes poches de son paletot sac, tira de l'une quatre œufs durs et de l'autre le croûton d'un pain. Il détacha la coque, la jeta sous ses pieds dans la paille et se mit à mordre à même les œufs, faisant tomber sur sa vaste barbe des parcelles de jaune clair qui semblaient, là-dedans, des étoiles.

Boule de suif, dans la hâte et l'effarement de son lever, n'avait pu songer à rien ; et elle regardait, exaspérée, suffoquant de rage, tous ces gens qui mangeaient placidement. Une colère tumultueuse la crispa d'abord, et elle ouvrit la bouche pour leur crier leur fait avec un flot d'injures qui lui montait

aux lèvres ; mais elle ne pouvait pas parler tant l'exaspération l'étranglait.

Personne ne la regardait, ne songeait à elle. Elle se sentait noyée dans le mépris de ces gredins honnêtes qui l'avaient sacrifiée d'abord, rejetée ensuite, comme une chose malpropre et inutile. Alors elle songea à son grand panier tout plein de bonnes choses qu'ils avaient goulûment dévorées, à ses deux poulets luisants de gelée, à ses pâtés, à ses poires, à ses quatre bouteilles de bordeaux ; et sa fureur tombant soudain, comme une corde trop tendue qui casse, elle se sentit prête à pleurer. Elle fit des efforts terribles, se raidit, avala ses sanglots comme les enfants, mais les pleurs montaient, luisaient au bord de ses paupières, et bientôt deux grosses larmes se détachant des yeux roulèrent lentement sur ses joues. D'autres les suivirent plus rapides, coulant comme les gouttes d'eau qui filtrent d'une roche, et tombant régulièrement sur la courbe rebondie de sa poitrine. Elle restait droite, le regard fixe, la face rigide et pâle, espérant qu'on ne la verrait pas.

Mais la comtesse s'en aperçut et prévint son mari d'un signe. Il haussa les épaules comme pour dire : « Que voulez-vous, ce n'est pas ma faute. » Mme Loiseau eut un rire muet de triomphe et murmura : – « Elle pleure sa honte. »

Les deux bonnes sœurs s'étaient remises à prier, après avoir roulé dans un papier le reste de leur saucisson.

Alors Cornudet, qui digérait ses œufs, étendit ses longues jambes sous la banquette d'en face, se renversa, croisa ses bras, sourit comme un

homme qui vient de trouver une bonne farce, et se mit à siffloter la *Marseillaise*[1].

Toutes les figures se rembrunirent. Le chant populaire, assurément, ne plaisait point à ses voisins. Ils devinrent nerveux, agacés, et avaient l'air prêts à hurler comme des chiens qui entendent un orgue de Barbarie. Il s'en aperçut, ne s'arrêta plus. Parfois même il fredonnait les paroles :

> *Amour sacré de la patrie,*
> *Conduis, soutiens, nos bras vengeurs.*
> *Liberté, liberté chérie,*
> *Combats avec tes défenseurs !*

On fuyait plus vite, la neige étant plus dure ; et jusqu'à Dieppe, pendant les longues heures mornes du voyage, à travers les cahots du chemin, par la nuit tombante, puis dans l'obscurité profonde de la voiture, il continua, avec une obstination féroce, son sifflement vengeur et monotone, contraignant les esprits las et exaspérés à suivre le chant d'un bout à l'autre, à se rappeler chaque parole qu'ils appliquaient sur chaque mesure.

Et Boule de suif pleurait toujours ; et parfois un sanglot qu'elle n'avait pu retenir passait, entre deux couplets, dans les ténèbres.

LA MAISON TELLIER

I

On allait là, chaque soir, vers onze heures, comme au café, simplement.

Ils s'y retrouvaient à six ou huit, toujours les mêmes, non pas des noceurs, mais des hommes honorables, des commerçants, des jeunes gens de la ville ; et l'on prenait sa chartreuse en lutinant quelque peu les filles, ou bien on causait sérieusement avec *Madame*, que tout le monde respectait.

Puis on rentrait se coucher avant minuit. Les jeunes gens quelquefois restaient.

La maison était familiale, toute petite, peinte en jaune, à l'encoignure d'une rue derrière l'église Saint-Étienne[1] ; et, par les fenêtres, on apercevait le bassin plein de navires qu'on déchargeait, le grand marais salant appelé « la Retenue » et, derrière, la côte de la Vierge avec sa vieille chapelle toute grise[2].

Madame, issue d'une bonne famille de paysans du département de l'Eure, avait accepté cette

profession absolument comme elle serait deve-
nue modiste ou lingère. Le préjugé du déshon-
neur[1] attaché à la prostitution, si violent et si
vivace dans les villes, n'existe pas dans la cam-
pagne normande. Le paysan dit : – « C'est un bon
métier » ; – et il envoie son enfant tenir un harem
de filles comme il l'enverrait diriger un pensionnat
de demoiselles.

Cette maison, du reste, était venue par héri-
tage d'un vieil oncle qui la possédait. *Monsieur*
et *Madame*, autrefois aubergistes près d'Yvetot,
avaient immédiatement liquidé, jugeant l'affaire
de Fécamp plus avantageuse pour eux ; et ils
étaient arrivés un beau matin prendre la direc-
tion de l'entreprise qui périclitait en l'absence des
patrons.

C'étaient de braves gens qui se firent aimer tout
de suite de leur personnel et des voisins.

Monsieur mourut d'un coup de sang deux ans
plus tard. Sa nouvelle profession l'entretenant
dans la mollesse et l'immobilité, il était devenu
très gros, et la santé l'avait étouffé.

Madame, depuis son veuvage, était vainement
désirée par tous les habitués de l'établissement ;
mais on la disait absolument sage, et les pension-
naires elles-mêmes n'étaient parvenues à rien
découvrir.

Elle était grande, charnue, avenante. Son teint,
pâli dans l'obscurité de ce logis toujours clos, lui-
sait comme sous un vernis gras. Une mince gar-
niture de cheveux follets, faux et frisés, entourait
son front, et lui donnait un aspect juvénile qui
jurait avec la maturité de ses formes. Invaria-

blement gaie et la figure ouverte, elle plaisantait volontiers, avec une nuance de retenue que ses occupations nouvelles n'avaient pas encore pu lui faire perdre. Les gros mots la choquaient toujours un peu ; et quand un garçon mal élevé appelait de son nom propre l'établissement qu'elle dirigeait, elle se fâchait, révoltée. Enfin elle avait l'âme délicate, et bien que traitant ses femmes en amies, elle répétait volontiers qu'elles « n'étaient point du même panier ».

Parfois, durant la semaine, elle partait en voiture de louage avec une fraction de sa troupe ; et l'on allait folâtrer sur l'herbe au bord de la petite rivière qui coule dans les fonds de Valmont[1]. C'étaient alors des parties de pensionnaires échappées, des courses folles, des jeux enfantins, toute une joie de recluses grisées par le grand air. On mangeait de la charcuterie sur le gazon en buvant du cidre, et l'on rentrait à la nuit tombante avec une fatigue délicieuse, un attendrissement doux ; et dans la voiture on embrassait Madame comme une mère très bonne, pleine de mansuétude et de complaisance.

La maison avait deux entrées. À l'encoignure, une sorte de café borgne s'ouvrait, le soir, aux gens du peuple et aux matelots. Deux des personnes chargées du commerce spécial du lieu étaient particulièrement destinées aux besoins de cette partie de la clientèle. Elles servaient, avec l'aide du garçon, nommé Frédéric, un petit blond imberbe et fort comme un bœuf, les chopines de vin et les canettes[2] sur les tables de marbre branlantes, et, les bras jetés au cou des buveurs, assises

en travers de leurs jambes, elles poussaient à la consommation.

Les trois autres dames (elles n'étaient que cinq) formaient une sorte d'aristocratie, et demeuraient réservées à la compagnie du premier, à moins pourtant qu'on n'eût besoin d'elles en bas et que le premier fût vide.

Le salon de Jupiter, où se réunissaient les bourgeois de l'endroit, était tapissé de papier bleu et agrémenté d'un grand dessin représentant Léda étendue sous un cygne. On parvenait dans ce lieu au moyen d'un escalier tournant terminé par une porte étroite, humble d'apparence, donnant sur la rue, et au-dessus de laquelle brillait toute la nuit, derrière un treillage, une petite lanterne comme celles qu'on allume encore en certaines villes aux pieds des madones encastrées dans les murs.

Le bâtiment, humide et vieux, sentait légèrement le moisi. Par moments, un souffle d'eau de Cologne passait dans les couloirs, ou bien une porte entrouverte en bas faisait éclater dans toute la demeure, comme une explosion de tonnerre, les cris populaciers des hommes attablés au rez-de-chaussée, et mettait sur la figure des messieurs du premier une moue inquiète et dégoûtée.

Madame, familière avec les clients ses amis, ne quittait point le salon, et s'intéressait aux rumeurs de la ville qui lui parvenaient par eux. Sa conversation grave faisait diversion aux propos sans suite des trois femmes ; elle était comme un repos dans le badinage polisson des particuliers ventrus qui se livraient chaque soir à cette débauche hon-

nête et médiocre de boire un verre de liqueur en compagnie de filles publiques.

Les trois dames du premier s'appelaient Fernande, Raphaële[1] et Rosa la Rosse.

Le personnel étant restreint, on avait tâché que chacune d'elles fût comme un échantillon, un résumé de type féminin, afin que tout consommateur pût trouver là, à peu près du moins, la réalisation de son idéal.

Fernande représentait la *belle blonde*, très grande, presque obèse, molle, fille des champs dont les taches de rousseur se refusaient à disparaître, et dont la chevelure filasse, écourtée, claire et sans couleur, pareille à du chanvre peigné, lui couvrait insuffisamment le crâne.

Raphaële, une Marseillaise, roulure des ports de mer, jouait le rôle indispensable de la *belle Juive*, maigre, avec des pommettes saillantes plâtrées de rouge. Ses cheveux noirs, lustrés à la moelle de bœuf, formaient des crochets sur ses tempes. Ses yeux eussent paru beaux si le droit n'avait été marqué d'une taie. Son nez arqué tombait sur une mâchoire accentuée où deux dents neuves, en haut, faisaient tache à côté de celles du bas qui avaient pris en vieillissant une teinte foncée comme les bois anciens.

Rosa la Rosse, une petite boule de chair tout en ventre[2] avec des jambes minuscules, chantait du matin au soir, d'une voix éraillée, des couplets alternativement grivois ou sentimentaux, racontait des histoires interminables et insignifiantes, ne cessait de parler que pour manger et de manger que pour parler, remuait toujours, souple comme

un écureuil malgré sa graisse et l'exiguïté de ses
pattes ; et son rire, une cascade de cris aigus, écla-
tait sans cesse, de-ci, de-là, dans une chambre, au
grenier, dans le café, partout, à propos de rien.

Les deux femmes du rez-de-chaussée, Louise,
surnommée Cocote, et Flora, dite Balançoire
parce qu'elle boitait un peu, l'une toujours en
Liberté avec une ceinture tricolore, l'autre en
Espagnole de fantaisie avec des sequins de cuivre
qui dansaient dans ses cheveux carotte à chacun
de ses pas inégaux, avaient l'air de filles de cuisine
habillées pour un carnaval. Pareilles à toutes les
femmes du peuple, ni plus laides, ni plus belles,
vraies servantes d'auberge, on les désignait dans
le port sous le sobriquet des deux Pompes.

Une paix jalouse, mais rarement troublée,
régnait entre ces cinq femmes, grâce à la sagesse
conciliante de Madame et à son intarissable bonne
humeur.

L'établissement, unique dans la petite ville, était
assidûment fréquenté. Madame avait su lui don-
ner une tenue si comme il faut ; elle se montrait
si aimable, si prévenante envers tout le monde ;
son bon cœur était si connu, qu'une sorte de
considération l'entourait. Les habitués faisaient
des frais pour elle, triomphaient quand elle leur
témoignait une amitié plus marquée ; et lorsqu'ils
se rencontraient dans le jour pour leurs affaires,
ils se disaient : « À ce soir, où vous savez », comme
on se dit : « Au café, n'est-ce pas ? après dîner. »

Enfin la maison Tellier était une ressource, et
rarement quelqu'un manquait au rendez-vous
quotidien.

Or, un soir, vers la fin du mois de mai, le premier arrivé, M. Poulin, marchand de bois et ancien maire, trouva la porte close. La petite lanterne, derrière son treillage, ne brillait point ; aucun bruit ne sortait du logis, qui semblait mort. Il frappa, doucement d'abord, avec plus de force ensuite ; personne ne répondit. Alors il remonta la rue à petits pas, et, comme il arrivait sur la place du Marché, il rencontra M. Duvert, l'armateur, qui se rendait au même endroit. Ils y retournèrent ensemble sans plus de succès. Mais un grand bruit éclata soudain tout près d'eux, et, ayant tourné la maison, ils aperçurent un rassemblement de matelots anglais et français qui heurtaient à coups de poing les volets fermés du café.

Les deux bourgeois aussitôt s'enfuirent pour n'être pas compromis ; mais un léger « pss't » les arrêta : c'était M. Tournevau, le saleur de poisson, qui, les ayant reconnus, les hélait. Ils lui dirent la chose, dont il fut d'autant plus affecté que lui, marié, père de famille et fort surveillé, ne venait là que le samedi, « *securitatis causa*[1] », disait-il, faisant allusion à une mesure de police sanitaire dont le docteur Borde, son ami, lui avait révélé les périodiques retours[2]. C'était justement son soir et il allait se trouver ainsi privé pour toute la semaine.

Les trois hommes firent un grand crochet jusqu'au quai, trouvèrent en route le jeune M. Philippe, fils du banquier, un habitué, et M. Pimpesse, le percepteur. Tous ensemble revinrent alors par la rue « aux Juifs » pour essayer une dernière tentative. Mais les matelots exaspérés faisaient le

siège de la maison, jetaient des pierres, hurlaient ;
et les cinq clients du premier étage, rebroussant
chemin le plus vite possible, se mirent à errer par
les rues.

Ils rencontrèrent encore M. Dupuis, l'agent
d'assurances, puis M. Vasse, le juge au tribunal
de commerce ; et une longue promenade com-
mença qui les conduisit à la jetée d'abord. Ils
s'assirent en ligne sur le parapet de granit et
regardèrent moutonner les flots. L'écume, sur
la crête des vagues, faisait dans l'ombre des
blancheurs lumineuses, éteintes presque aus-
sitôt qu'apparues, et le bruit monotone de la
mer brisant contre les rochers se prolongeait
dans la nuit tout le long de la falaise. Lorsque
les tristes promeneurs furent restés là quelque
temps, M. Tournevau déclara : – « Ça n'est pas
gai. » – « Non certes », reprit M. Pimpesse ; et ils
repartirent à petits pas.

Après avoir longé la rue que domine la côte
et qu'on appelle : « Sous-le-bois[1] », ils revinrent
par le pont de planches sur la Retenue, passèrent
près du chemin de fer et débouchèrent de nou-
veau place du Marché, où une querelle commença
tout à coup entre le percepteur, M. Pimpesse, et le
saleur, M. Tournevau, à propos d'un champignon
comestible que l'un d'eux affirmait avoir trouvé
dans les environs.

Les esprits étant aigris par l'ennui, on en serait
peut-être venu aux voies de fait si les autres ne
s'étaient interposés. M. Pimpesse, furieux, se
retira ; et aussitôt une nouvelle altercation s'éleva
entre l'ancien maire, M. Poulin, et l'agent d'assu-

rances, M. Dupuis, au sujet des appointements
du percepteur et des bénéfices qu'il pouvait se
créer. Les propos injurieux pleuvaient des deux
côtés, quand une tempête de cris formidables
se déchaîna, et la troupe des matelots, fatigués
d'attendre en vain devant une maison fermée,
déboucha sur la place. Ils se tenaient par le bras,
deux par deux, formant une longue procession,
et ils vociféraient furieusement. Le groupe des
bourgeois se dissimula sous une porte, et la horde
hurlante disparut dans la direction de l'abbaye[1].
Longtemps encore on entendit la clameur dimi-
nuant comme un orage qui s'éloigne ; et le silence
se rétablit.

M. Poulin et M. Dupuis, enragés l'un contre
l'autre, partirent, chacun de son côté, sans se
saluer.

Les quatre autres se remirent en marche, et
redescendirent instinctivement vers l'établisse-
ment Tellier. Il était toujours clos, muet, impé-
nétrable. Un ivrogne, tranquille et obstiné, tapait
des petits coups dans la devanture du café, puis
s'arrêtait pour appeler à mi-voix le garçon Frédé-
ric. Voyant qu'on ne lui répondait point, il prit
le parti de s'asseoir sur la marche de la porte, et
d'attendre les événements.

Les bourgeois allaient se retirer quand la bande
tumultueuse des hommes du port reparut au
bout de la rue. Les matelots français braillaient
la *Marseillaise*, les anglais le *Rule Britannia*[2]. Il y
eut un ruement général contre les murs, puis le
flot de brutes reprit son cours vers le quai, où une
bataille éclata entre les marins des deux nations.

Dans la rixe, un Anglais eut le bras cassé, et un Français le nez fendu.

L'ivrogne, qui était resté devant la porte, pleurait maintenant comme pleurent les pochards ou les enfants contrariés.

Les bourgeois, enfin, se dispersèrent.

Peu à peu le calme revint sur la cité troublée. De place en place, encore par instants, un bruit de voix s'élevait, puis s'éteignait dans le lointain.

Seul, un homme errait toujours, M. Tournevau, le saleur, désolé d'attendre au prochain samedi ; et il espérait on ne sait quel hasard, ne comprenant pas, s'exaspérant que la police laissât fermer ainsi un établissement d'utilité publique qu'elle surveille et tient sous sa garde.

Il y retourna, flairant les murs, cherchant la raison ; et il s'aperçut que sur l'auvent une pancarte était collée. Il alluma bien vite une allumette-bougie[1], et lut ces mots tracés d'une grande écriture inégale : « *Fermé pour cause de première communion.* »

Alors il s'éloigna, comprenant bien que c'était fini.

L'ivrogne maintenant dormait, étendu tout de son long en travers de la porte inhospitalière.

Et le lendemain, tous les habitués, l'un après l'autre, trouvèrent moyen de passer dans la rue avec des papiers sous le bras pour se donner une contenance ; et, d'un coup d'œil furtif, chacun lisait l'avertissement mystérieux : « *Fermé pour cause de première communion.* »

II

C'est que Madame avait un frère établi menui-
sier en leur pays natal, Virville, dans l'Eure[1]. Du
temps que Madame était encore aubergiste à Yve-
tot, elle avait tenu sur les fonts baptismaux la fille
de ce frère qu'elle nomma Constance, Constance
Rivet ; étant elle-même une Rivet par son père. Le
menuisier, qui savait sa sœur en bonne position,
ne la perdait pas de vue, bien qu'ils ne se rencon-
trassent pas souvent, retenus tous les deux par
leurs occupations et habitant du reste loin l'un de
l'autre. Mais comme la fillette allait avoir douze
ans, et faisait, cette année-là, sa première commu-
nion, il saisit cette occasion d'un rapprochement,
il écrivit à sa sœur qu'il comptait sur elle pour la
cérémonie. Les vieux parents étaient morts, elle
ne pouvait refuser à sa filleule ; elle accepta. Son
frère, qui s'appelait Joseph, espérait qu'à force de
prévenances il arriverait peut-être à obtenir qu'on
fît un testament en faveur de la petite, Madame
étant sans enfants.

La profession de sa sœur ne gênait nullement
ses scrupules, et, du reste, personne dans le pays
ne savait rien. On disait seulement en parlant
d'elle : « Madame Tellier est une bourgeoise de
Fécamp », ce qui laissait supposer qu'elle pouvait
vivre de ses rentes. De Fécamp à Virville on comp-
tait au moins vingt lieues ; et vingt lieues de terre
pour des paysans sont plus difficiles à franchir
que l'Océan pour un civilisé. Les gens de Virville

n'avaient jamais dépassé Rouen ; rien n'attirait
ceux de Fécamp dans un petit village de cinq cents
feux, perdu au milieu des plaines et faisant partie
d'un autre département. Enfin on ne savait rien.

Mais, l'époque de la communion approchant,
Madame éprouva un grand embarras. Elle n'avait
point de sous-maîtresse, et ne se souciait nulle-
ment de laisser sa maison, même pendant un jour.
Toutes les rivalités entre les dames d'en haut et
celles d'en bas éclateraient infailliblement ; puis
Frédéric se griserait sans doute, et quand il était
gris, il assommait les gens pour un oui ou pour
un non. Enfin elle se décida à emmener tout son
monde, sauf le garçon à qui elle donna sa liberté
jusqu'au surlendemain.

Le frère consulté ne fit aucune opposition, et se
chargea de loger la compagnie entière pour une
nuit. Donc, le samedi matin, le train express de
huit heures emportait Madame et ses compagnes
dans un wagon de seconde classe[1].

Jusqu'à Beuzeville[2] elles furent seules et jacas-
sèrent comme des pies. Mais à cette gare un
couple monta. L'homme, vieux paysan, vêtu d'une
blouse bleue, avec un col plissé, des manches
larges serrées aux poignets et ornées d'une petite
broderie blanche, couvert d'un antique chapeau
de forme haute dont le poil roussi semblait
hérissé, tenait d'une main un immense parapluie
vert, et de l'autre un vaste panier qui laissait pas-
ser les têtes effarées de trois canards. La femme,
raide en sa toilette rustique, avait une physiono-
mie de poule avec un nez pointu comme un bec.
Elle s'assit en face de son homme et demeura

sans bouger, saisie de se trouver au milieu d'une
si belle société.

Et c'était, en effet, dans le wagon un éblouis-
sement de couleurs éclatantes. Madame, tout en
bleu, en soie bleue des pieds à la tête, portait
là-dessus un châle de faux cachemire français[1],
rouge, aveuglant, fulgurant. Fernande soufflait
dans une robe écossaise dont le corsage, lacé à
toute force par ses compagnes, soulevait sa crou-
lante poitrine en un double dôme toujours agité
qui semblait liquide sous l'étoffe.

Raphaële, avec une coiffure emplumée simulant
un nid plein d'oiseaux, portait une toilette lilas,
pailletée d'or, quelque chose d'oriental qui seyait
à sa physionomie de Juive. Rosa la Rosse, en jupe
rose à larges volants, avait l'air d'une enfant trop
grasse, d'une naine obèse ; et les deux Pompes
semblaient s'être taillé des accoutrements étranges
au milieu de vieux rideaux de fenêtre, ces vieux
rideaux à ramages datant de la Restauration.

Sitôt qu'elles ne furent plus seules dans le com-
partiment, ces dames prirent une contenance
grave, et se mirent à parler de choses relevées
pour donner bonne opinion d'elles. Mais à Bol-
bec[2] apparut un monsieur à favoris blonds, avec
des bagues et une chaîne en or, qui mit dans le
filet sur sa tête plusieurs paquets enveloppés de
toile cirée. Il avait un air farceur et bon enfant.
Il salua, sourit et demanda avec aisance : – « Ces
dames changent de garnison ? » – Cette question
jeta dans le groupe une confusion embarrassée.
Madame enfin reprit contenance, et elle répon-
dit sèchement, pour venger l'honneur du corps :

– « Vous pourriez bien être poli ! » – Il s'excusa :
– « Pardon, je voulais dire de monastère. » –
Madame, ne trouvant rien à répliquer, ou jugeant
peut-être la rectification suffisante, fit un salut
digne en pinçant les lèvres.

Alors le monsieur, qui se trouvait assis entre
Rosa la Rosse et le vieux paysan, se mit à cligner
de l'œil aux trois canards dont les têtes sortaient
du grand panier ; puis, quand il sentit qu'il cap-
tivait déjà son public, il commença à chatouil-
ler ces animaux sous le bec, en leur tenant des
discours drôles pour dérider la société : « Nous
avons quitté notre petite ma-mare ! couen !
couen ! couen ! – pour faire connaissance avec la
petite bro-broche – couen ! couen ! couen ! » – Les
malheureuses bêtes tournaient le cou afin d'évi-
ter les caresses, faisaient des efforts affreux pour
sortir de leur prison d'osier ; puis soudain toutes
trois ensemble poussèrent un lamentable cri de
détresse : – Couen ! couen ! couen ! couen ! – Alors
ce fut une explosion de rires parmi les femmes.
Elles se penchaient, elles se poussaient pour voir ;
on s'intéressait follement aux canards ; et le mon-
sieur redoublait de grâce, d'esprit et d'agaceries.

Rosa s'en mêla, et, se penchant par-dessus les
jambes de son voisin, elle embrassa les trois bêtes
sur le nez. Aussitôt chaque femme voulut les bai-
ser à son tour ; et le monsieur asseyait ces dames
sur ses genoux, les faisait sauter, les pinçait ; tout
à coup il les tutoya.

Les deux paysans, plus affolés encore que leurs
volailles, roulaient des yeux de possédés sans oser
faire un mouvement, et leurs vieilles figures plis-

sées n'avaient pas un sourire, pas un tressaille-
ment.

Alors le monsieur, qui était commis voyageur,
offrit par farce des bretelles à ces dames, et, s'em-
parant d'un de ses paquets, il l'ouvrit. C'était une
ruse, le paquet contenait des jarretières.

Il y en avait en soie bleue, en soie rose, en soie
rouge, en soie violette, en soie mauve, en soie pon-
ceau, avec des boucles de métal formées par deux
amours enlacés et dorés. Les filles poussèrent des
cris de joie, puis examinèrent les échantillons,
reprises par la gravité naturelle à toute femme qui
tripote un objet de toilette. Elles se consultaient
de l'œil ou d'un mot chuchoté, se répondaient de
même, et Madame maniait avec envie une paire de
jarretières orangées, plus larges, plus imposantes
que les autres : de vraies jarretières de patronne.

Le monsieur attendait, nourrissant une idée :
– « Allons, mes petites chattes, dit-il, il faut les
essayer. » – Ce fut une tempête d'exclamations ;
et elles serraient leurs jupes entre leurs jambes
comme si elles eussent craint des violences.
Lui, tranquille, attendait son heure. Il déclara :
– « Vous ne voulez pas, je remballe. » Puis fine-
ment : – « J'offrirai une paire, au choix, à celles
qui feront l'essai. » – Mais elles ne voulaient pas,
très dignes, la taille redressée. Les deux Pompes
cependant semblaient si malheureuses qu'il leur
renouvela la proposition. Flora Balançoire sur-
tout, torturée de désir, hésitait visiblement. Il la
pressa : – « Vas-y, ma fille, un peu de courage ;
tiens, la paire lilas, elle ira bien avec ta toilette. »
Alors elle se décida, et, relevant sa robe, montra

une forte jambe de vachère, mal serrée en un bas
grossier. Le monsieur, se baissant, accrocha la
jarretière sous le genou d'abord, puis au-dessus ;
et il chatouillait doucement la fille pour lui faire
pousser des petits cris avec de brusques tressail-
lements. Quand il eut fini, il donna la paire lilas
et demanda : – « À qui le tour ? » Toutes ensemble
s'écrièrent : – « À moi ! à moi ! » Il commença par
Rosa la Rosse, qui découvrit une chose informe,
toute ronde, sans cheville, un vrai « boudin de
jambe », comme disait Raphaële. Fernande fut
complimentée par le commis voyageur qu'enthou-
siasmèrent ses puissantes colonnes. Les maigres
tibias de la belle Juive eurent moins de succès.
Louise Cocote, par plaisanterie, coiffa le mon-
sieur de sa jupe ; et Madame fut obligée d'inter-
venir pour arrêter cette farce inconvenante. Enfin
Madame elle-même tendit sa jambe, une belle
jambe normande, grasse et musclée ; et le voya-
geur, surpris et ravi, ôta galamment son chapeau
pour saluer ce maître mollet en vrai chevalier
français.

Les deux paysans, figés dans l'ahurissement,
regardaient de côté, d'un seul œil ; et ils ressem-
blaient si absolument à des poulets que l'homme
aux favoris blonds, en se relevant, leur fit dans le
nez « Co-co-ri-co ». Ce qui déchaîna de nouveau
un ouragan de gaieté.

Les vieux descendirent à Motteville[1] avec leur
panier, leurs canards et leur parapluie ; et l'on
entendit la femme dire à son homme en s'éloi-
gnant : – « C'est des traînées qui s'en vont encore
à ce satané Paris. »

Le plaisant commis porte-balle[1] descendit lui-
même à Rouen, après s'être montré si grossier que
Madame se vit obligée de le remettre vertement à
sa place. Elle ajouta, comme morale : – « Ça nous
apprendra à causer au premier venu. »

À Oissel[2], elles changèrent de train, et trou-
vèrent à une gare suivante M. Joseph Rivet qui
les attendait avec une grande charrette pleine de
chaises et attelée d'un cheval blanc.

Le menuisier embrassa poliment toutes ces
dames et les aida à monter dans sa carriole. Trois
s'assirent sur trois chaises au fond ; Raphaële,
Madame et son frère, sur les trois chaises de
devant, et Rosa, n'ayant point de siège, se plaça
tant bien que mal sur les genoux de la grande
Fernande ; puis l'équipage se mit en route. Mais,
aussitôt, le trot saccadé du bidet secoua si terri-
blement la voiture que les chaises commencèrent
à danser, jetant les voyageuses en l'air, à droite,
à gauche, avec des mouvements de pantins, des
grimaces effarées, des cris d'effroi, coupés sou-
dain par une secousse plus forte. Elles se cram-
ponnaient aux côtés du véhicule ; les chapeaux
tombaient dans le dos, sur le nez ou vers l'épaule ;
et le cheval blanc allait toujours, allongeant la
tête, et la queue droite, une petite queue de rat
sans poil dont il se battait les fesses de temps en
temps. Joseph Rivet, un pied tendu sur le bran-
card, l'autre jambe repliée sous lui, les coudes très
élevés, tenait les rênes, et de sa gorge s'échappait à
tout instant une sorte de gloussement qui, faisant
dresser les oreilles au bidet, accélérait son allure.

Des deux côtés de la route la campagne verte se

déroulait. Les colzas en fleur mettaient de place
en place une grande nappe jaune ondulante d'où
s'élevait une saine et puissante odeur, une odeur
pénétrante et douce, portée très loin par le vent.
Dans les seigles déjà grands des bluets montraient
leurs petites têtes azurées que les femmes vou-
laient cueillir, mais M. Rivet refusa d'arrêter. Puis
parfois, un champ tout entier semblait arrosé de
sang tant les coquelicots l'avaient envahi. Et au
milieu de ces plaines colorées ainsi par les fleurs
de la terre, la carriole, qui paraissait porter elle-
même un bouquet de fleurs aux teintes plus
ardentes, passait au trot du cheval blanc, dispa-
raissait derrière les grands arbres d'une ferme,
pour reparaître au bout du feuillage et promener
de nouveau à travers les récoltes jaunes et vertes,
piquées de rouge ou de bleu, cette éclatante char-
retée de femmes qui fuyait sous le soleil.

Une heure sonnait quand on arriva devant la
porte du menuisier.

Elles étaient brisées de fatigue et pâles de faim,
n'ayant rien pris depuis le départ. Mme Rivet se
précipita, les fit descendre l'une après l'autre, les
embrassant aussitôt qu'elles touchaient terre ; et
elle ne se lassait point de bécoter sa belle-sœur,
qu'elle désirait accaparer. On mangea dans l'ate-
lier débarrassé des établis pour le dîner du len-
demain.

Une bonne omelette que suivit une andouille
grillée[1], arrosée de bon cidre piquant, rendit la
gaieté à tout le monde. Rivet, pour trinquer, avait
pris un verre, et sa femme servait, faisait la cui-
sine, apportait les plats, les enlevait, murmurant

à l'oreille de chacune : – « En avez-vous à votre désir ? » – Des tas de planches dressées contre les murs et des empilements de copeaux balayés dans les coins répandaient un parfum de bois varlopé, une odeur de menuiserie, ce souffle résineux qui pénètre au fond des poumons.

On réclama la petite, mais elle était à l'église, ne devant rentrer que le soir.

La compagnie alors sortit pour faire un tour dans le pays.

C'était un tout petit village que traversait une grand'route. Une dizaine de maisons rangées le long de cette voie unique abritaient les commerçants de l'endroit, le boucher, l'épicier, le menuisier, le cafetier, le savetier et le boulanger. L'église, au bout de cette sorte de rue, était entourée d'un étroit cimetière ; et quatre tilleuls démesurés, plantés devant son portail, l'ombrageaient tout entière. Elle était bâtie en silex taillé, sans style aucun, et coiffée d'un clocher d'ardoises. Après elle la campagne recommençait, coupée çà et là de bouquets d'arbres cachant les fermes.

Rivet, par cérémonie, et bien qu'en vêtements d'ouvrier, avait pris le bras de sa sœur qu'il promenait avec majesté. Sa femme, tout émue par la robe à filets d'or de Raphaële, s'était placée entre elle et Fernande. La boulotte Rosa trottait derrière avec Louise Cocote et Flora Balançoire, qui boitaillait[1], exténuée.

Les habitants venaient aux portes, les enfants arrêtaient leurs jeux, un rideau soulevé laissait entrevoir une tête coiffée d'un bonnet d'indienne ; une vieille à béquille et presque aveugle se signa

comme devant une procession ; et chacun suivait
longtemps du regard toutes les belles dames de
la ville qui étaient venues de si loin pour la pre-
mière communion de la petite à Joseph Rivet. Une
immense considération rejaillissait sur le menui-
sier.

En passant devant l'église, elles entendirent des
chants d'enfants : un cantique crié vers le ciel par
des petites voix aiguës ; mais Madame empêcha
qu'on entrât, pour ne point troubler ces chérubins.

Après un tour dans la campagne, et l'énumé-
ration des principales propriétés, du rendement
de la terre et de la production du bétail, Joseph
Rivet ramena son troupeau de femmes et l'installa
dans son logis.

La place étant fort restreinte, on les avait répar-
ties deux par deux dans les pièces.

Rivet, pour cette fois, dormirait dans l'atelier,
sur les copeaux ; sa femme partagerait son lit avec
sa belle-sœur, et, dans la chambre à côté, Fer-
nande et Raphaële reposeraient ensemble. Louise
et Flora se trouvaient installées dans la cuisine
sur un matelas jeté par terre ; et Rosa occupait
seule un petit cabinet noir au-dessus de l'escalier,
contre l'entrée d'une soupente étroite où couche-
rait, cette nuit-là, la communiante.

Lorsque rentra la petite fille, ce fut sur elle
une pluie de baisers ; toutes les femmes la vou-
laient caresser, avec ce besoin d'expansion tendre,
cette habitude professionnelle de chatteries, qui,
dans le wagon, les avait fait toutes embrasser les
canards. Chacune l'assit sur ses genoux, mania
ses fins cheveux blonds, la serra dans ses bras

en des élans d'affection véhémente et spontanée. L'enfant bien sage, toute pénétrée de piété, comme fermée par l'absolution, se laissait faire, patiente et recueillie.

La journée ayant été pénible pour tout le monde, on se coucha bien vite après dîner. Ce silence illimité des champs qui semble presque religieux enveloppait le petit village, un silence tranquille, pénétrant, et large jusqu'aux astres. Les filles, accoutumées aux soirées tumultueuses du logis public, se sentaient émues par ce muet repos de la campagne endormie. Elles avaient des frissons sur la peau, non de froid, mais des frissons de solitude venus du cœur inquiet et troublé.

Sitôt qu'elles furent en leur lit, deux par deux, elles s'étreignirent comme pour se défendre contre cet envahissement du calme et profond sommeil de la terre. Mais Rosa la Rosse, seule en son cabinet noir, et peu habituée à dormir les bras vides, se sentit saisie par une émotion vague et pénible. Elle se retournait sur sa couche, ne pouvant obtenir le sommeil, quand elle entendit, derrière la cloison de bois contre sa tête, de faibles sanglots comme ceux d'un enfant qui pleure. Effrayée, elle appela faiblement, et une petite voix entrecoupée lui répondit. C'était la fillette qui, couchant toujours dans la chambre de sa mère, avait peur en sa soupente étroite.

Rosa, ravie, se leva, et doucement, pour ne réveiller personne, alla chercher l'enfant. Elle l'amena dans son lit bien chaud, la pressa contre sa poitrine en l'embrassant, la dorlota, l'enveloppa de sa tendresse aux manifestations exagérées,

puis, calmée elle-même, s'endormit. Et jusqu'au jour la communiante reposa son front sur le sein nu de la prostituée.

Dès cinq heures, à l'*Angélus*, la petite cloche de l'église sonnant à toute volée réveilla ces dames qui dormaient ordinairement leur matinée entière, seul repos des fatigues nocturnes. Les paysans dans le village étaient déjà debout. Les femmes du pays allaient affairées de porte en porte, causant vivement, apportant avec précaution de courtes robes de mousseline empesées comme du carton, ou des cierges démesurés, avec un nœud de soie frangée d'or au milieu, et des découpures de cire indiquant la place de la main. Le soleil déjà haut rayonnait dans un ciel tout bleu qui gardait vers l'horizon une teinte un peu rosée, comme une trace affaiblie de l'aurore. Des familles de poules se promenaient devant leurs maisons ; et, de place en place, un coq noir au cou luisant levait sa tête coiffée de pourpre, battait des ailes, et jetait au vent son chant de cuivre que répétaient les autres coqs.

Des carrioles arrivaient des communes voisines, déchargeant au seuil des portes les hautes Normandes en robes sombres, au fichu croisé sur la poitrine et retenu par un bijou d'argent séculaire. Les hommes avaient passé la blouse bleue sur la redingote neuve ou sur le vieil habit de drap vert dont les deux basques passaient.

Quand les chevaux furent à l'écurie, il y eut ainsi tout le long de la grande route une double ligne de guimbardes rustiques, charrettes, cabriolets, tilburys, chars à bancs, voitures de toute forme et

de tout âge, penchées sur le nez ou bien cul par terre et les brancards au ciel.

La maison du menuisier était pleine d'une acti-vité de ruche. Ces dames, en caraco[1] et en jupon, les cheveux répandus sur le dos, des cheveux maigres et courts qu'on aurait dits ternis et ron-gés par l'usage, s'occupaient à habiller l'enfant.

La petite, debout sur une table, ne remuait pas, tandis que Mme Tellier dirigeait les mouvements de son bataillon volant. On la débarbouilla, on la peigna, on la coiffa, on la vêtit, et, à l'aide d'une multitude d'épingles, on disposa les plis de la robe, on pinça la taille trop large, on organisa l'élégance de la toilette. Puis quand ce fut terminé, on fit asseoir la patiente en lui recommandant de ne plus bouger ; et la troupe agitée des femmes courut se parer à son tour.

La petite église recommençait à sonner. Son tintement frêle de cloche pauvre montait se perdre à travers le ciel, comme une voix trop faible, vite noyée dans l'immensité bleue.

Les communiants sortaient des portes, allaient vers le bâtiment communal qui contenait les deux écoles et la mairie, et situé tout au bout du pays, tandis que la « maison de Dieu » occupait l'autre bout.

Les parents, en tenue de fête avec une physio-nomie gauche et ces mouvements inhabiles des corps toujours courbés sur le travail, suivaient leurs mioches. Les petites filles disparaissaient dans un nuage de tulle neigeux semblable à de la crème fouettée, tandis que les petits hommes, pareils à des embryons de garçons de café, la tête

encollée de pommade, marchaient les jambes
écartées, pour ne point tacher leur culotte noire.

C'était une gloire pour une famille quand un
grand nombre des parents, venus de loin, entou-
raient l'enfant : aussi le triomphe du menuisier
fut-il complet. Le régiment Tellier, patronne en
tête, suivait Constance ; et le père donnant le bras
à sa sœur, la mère marchant à côté de Raphaële,
Fernande avec Rosa, et les deux Pompes ensemble,
la troupe se déployait majestueusement comme
un état-major en grand uniforme.

L'effet dans le village fut foudroyant.

À l'école, les filles se rangèrent sous la cornette
de la bonne sœur, les garçons sous le chapeau de
l'instituteur[1], un bel homme qui représentait ; et
l'on partit en attaquant un cantique.

Les enfants mâles en tête allongeaient leurs
deux files entre les deux rangs de voitures déte-
lées, les filles suivaient dans le même ordre ; et
tous les habitants ayant cédé le pas aux dames de
la ville par considération, elles arrivaient immé-
diatement après les petites, prolongeant encore
la double ligne de la procession, trois à gauche
et trois à droite, avec leurs toilettes éclatantes
comme un bouquet de feu d'artifice.

Leur entrée dans l'église affola la population.
On se pressait, on se retournait, on se poussait
pour les voir. Et des dévotes parlaient presque
haut, stupéfaites par le spectacle de ces dames
plus chamarrées que les chasubles des chantres.
Le maire offrit son banc, le premier banc à droite
auprès du chœur, et Mme Tellier y prit place avec
sa belle-sœur, Fernande et Raphaële. Rosa la

Rosse et les deux Pompes occupèrent le second banc en compagnie du menuisier.

Le chœur de l'église était plein d'enfants à genoux, filles d'un côté, garçons de l'autre, et les longs cierges qu'ils tenaient en main semblaient des lances inclinées en tous sens.

Devant le lutrin, trois hommes debout chantaient d'une voix pleine. Ils prolongeaient indéfiniment les syllabes du latin sonore, éternisant les *Amen* avec des *a-a* indéfinis que le serpent[1] soutenait de sa note monotone poussée sans fin, mugie par l'instrument de cuivre à large gueule. La voix pointue d'un enfant donnait la réplique, et, de temps en temps, un prêtre assis dans une stalle et coiffé d'une barrette carrée se levait, bredouillait quelque chose et s'asseyait de nouveau, tandis que les trois chantres repartaient, l'œil fixé sur le gros livre de plain-chant ouvert devant eux et porté par les ailes déployées d'un aigle de bois monté sur pivot.

Puis un silence se fit. Toute l'assistance, d'un seul mouvement, se mit à genoux, et l'officiant parut, vieux, vénérable, avec des cheveux blancs, incliné sur le calice qu'il portait de sa main gauche. Devant lui marchaient les deux servants en robe rouge, et derrière, apparut une foule de chantres à gros souliers qui s'alignèrent des deux côtés du chœur.

Une petite clochette tinta au milieu du grand silence. L'office divin commençait. Le prêtre circulait lentement devant le tabernacle d'or, faisait des génuflexions, psalmodiait de sa voix cassée, chevrotante de vieillesse, les prières préparatoires.

· Aussitôt qu'il s'était tu, tous les chantres et le serpent éclataient d'un seul coup, et des hommes aussi chantaient dans l'église, d'une voix moins forte, plus humble, comme doivent chanter les assistants.

Soudain le *Kyrie Eleison* jaillit vers le ciel, poussé par toutes les poitrines et tous les cœurs. Des grains de poussière et des fragments de bois vermoulu tombèrent même de la voûte ancienne secouée par cette explosion de cris. Le soleil qui frappait sur les ardoises du toit faisait une fournaise de la petite église ; et une grande émotion, une attente anxieuse, les approches de l'ineffable mystère, étreignaient le cœur des enfants, serraient la gorge de leurs mères.

Le prêtre, qui s'était assis quelque temps, remonta vers l'autel, et, tête nue, couvert de ses cheveux d'argent, avec des gestes tremblants, il approchait de l'acte surnaturel.

Il se tourna vers les fidèles, et, les mains tendues vers eux, prononça : « *Orate, fratres* », « priez, mes frères ».

Ils priaient tous. Le vieux curé balbutiait maintenant tout bas les paroles mystérieuses et suprêmes ; la clochette tintait coup sur coup ; la foule prosternée appelait Dieu ; les enfants défaillaient d'une anxiété démesurée.

C'est alors que Rosa, le front dans ses mains, se rappela tout à coup sa mère, l'église de son village, sa première communion. Elle se crut revenue à ce jour-là, quand elle était si petite, toute noyée en sa robe blanche, et elle se mit à pleurer. Elle pleura doucement d'abord : les larmes

lentes sortaient de ses paupières, puis, avec ses
souvenirs, son émotion grandit, et, le cou gonflé,
la poitrine battante, elle sanglota. Elle avait tiré
son mouchoir, s'essuyait les yeux, se tamponnait
le nez et la bouche pour ne point crier : ce fut
en vain ; une espèce de râle sortit de sa gorge,
et deux autres soupirs profonds, déchirants, lui
répondirent ; car ses deux voisines, abattues près
d'elle, Louise et Flora, étreintes des mêmes sou-
venances lointaines, gémissaient aussi avec des
torrents de larmes.

Mais comme les larmes sont contagieuses,
Madame, à son tour, sentit bientôt ses paupières
humides, et, se tournant vers sa belle-sœur, elle
vit que tout son banc pleurait aussi.

Le prêtre engendrait le corps de Dieu. Les
enfants n'avaient plus de pensée, jetés sur les
dalles par une espèce de peur dévote ; et, dans
l'église, de place en place, une femme, une mère,
une sœur, saisie par l'étrange sympathie des émo-
tions poignantes, bouleversée aussi par ces belles
dames à genoux que secouaient des frissons et des
hoquets, trempait son mouchoir d'indienne à car-
reaux et, de la main gauche, pressait violemment
son cœur bondissant.

Comme la flammèche qui jette le feu à tra-
vers un champ mûr, les larmes de Rosa et de
ses compagnes gagnèrent en un instant toute la
foule. Hommes, femmes, vieillards, jeunes gars en
blouse neuve, tous bientôt sanglotèrent, et sur leur
tête semblait planer quelque chose de surhumain,
une âme épandue, le souffle prodigieux d'un être
invisible et tout-puissant.

Alors, dans le chœur de l'église, un petit coup sec retentit : la bonne sœur, en frappant sur son livre, donnait le signal de la communion ; et les enfants, grelottant d'une fièvre divine, s'approchèrent de la table sainte.

Toute une file s'agenouillait. Le vieux curé, tenant en main le ciboire d'argent doré, passait devant eux, leur offrant, entre deux doigts, l'hostie sacrée, le corps du Christ, la rédemption du monde. Ils ouvraient la bouche avec des spasmes, des grimaces nerveuses, les yeux fermés, la face toute pâle ; et la longue nappe étendue sous leurs mentons frémissait comme de l'eau qui coule.

Soudain dans l'église une sorte de folie courut, une rumeur de foule en délire, une tempête de sanglots avec des cris étouffés. Cela passa comme ces coups de vent qui courbent les forêts ; et le prêtre restait debout, immobile, une hostie à la main, paralysé par l'émotion, se disant : « C'est Dieu, c'est Dieu qui est parmi nous, qui manifeste sa présence, qui descend à ma voix sur son peuple agenouillé. » Et il balbutiait des prières affolées, sans trouver les mots, des prières de l'âme, dans un élan furieux vers le ciel.

Il acheva de donner la communion avec une telle surexcitation de foi que ses jambes défaillaient sous lui, et quand lui-même eut bu le sang de son Seigneur, il s'abîma dans un acte de remerciement éperdu.

Derrière lui le peuple peu à peu se calmait. Les chantres, relevés dans la dignité du surplis blanc, repartaient d'une voix moins sûre, encore mouil-

lée ; et le serpent aussi semblait enroué comme si l'instrument lui-même eût pleuré.

Alors, le prêtre, levant les mains, leur fit signe de se taire, et passant entre les deux haies de communiants perdus en des extases de bonheur, il s'approcha jusqu'à la grille du chœur.

L'assemblée s'était assise au milieu d'un bruit de chaises, et tout le monde à présent se mouchait avec force. Dès qu'on aperçut le curé, on fit silence, et il commença à parler d'un ton très bas, hésitant, voilé. – « Mes chers frères, mes chères sœurs, mes enfants, je vous remercie du fond du cœur ; vous venez de me donner la plus grande joie de ma vie. J'ai senti Dieu qui descendait sur nous à mon appel. Il est venu, il était là, présent, qui emplissait vos âmes, faisait déborder vos yeux. Je suis le plus vieux prêtre du diocèse, j'en suis aussi, aujourd'hui, le plus heureux. Un miracle s'est fait parmi nous, un vrai, un grand, un sublime miracle. Pendant que Jésus-Christ pénétrait pour la première fois dans le corps de ces petits, le Saint-Esprit, l'oiseau céleste, le souffle de Dieu, s'est abattu sur vous, s'est emparé de vous, vous a saisis, courbés comme des roseaux sous la brise. »

Puis, d'une voix plus claire, se tournant vers les deux bancs où se trouvaient les invitées du menuisier : – « Merci surtout à vous, mes chères sœurs, qui êtes venues de si loin, et dont la présence parmi nous, dont la foi visible, dont la piété si vive ont été pour tous un salutaire exemple. Vous êtes l'édification de ma paroisse ; votre émotion a échauffé les cœurs ; sans vous, peut-être, ce grand

jour n'aurait pas eu ce caractère vraiment divin. Il suffit parfois d'une seule brebis d'élite pour décider le Seigneur à descendre sur le troupeau. »

La voix lui manquait. Il ajouta : « C'est la grâce que je vous souhaite. Ainsi soit-il. » Et il remonta vers l'autel pour terminer l'office.

Maintenant on avait hâte de partir. Les enfants eux-mêmes s'agitaient, las d'une si longue tension d'esprit. Ils avaient faim, d'ailleurs, et les parents peu à peu s'en allaient, sans attendre le dernier évangile, pour terminer les apprêts du repas.

Ce fut une cohue à la sortie, une cohue bruyante, un charivari de voix criardes où chantait l'accent normand. La population formait deux haies, et lorsque parurent les enfants, chaque famille se précipita sur le sien.

Constance se trouva saisie, entourée, embrassée par toute la maisonnée de femmes. Rosa surtout ne se lassait pas de l'étreindre. Enfin elle lui prit une main, Mme Tellier s'empara de l'autre ; Raphaële et Fernande relevèrent sa longue jupe de mousseline pour qu'elle ne traînât point dans la poussière ; Louise et Flora fermaient la marche avec Mme Rivet ; et l'enfant, recueillie, toute pénétrée par le Dieu qu'elle portait en elle, se mit en route au milieu de cette escorte d'honneur.

Le festin était servi dans l'atelier sur de longues planches portées par des traverses.

La porte ouverte, donnant sur la rue, laissait entrer toute la joie du village. On se régalait partout. Par chaque fenêtre on apercevait des tablées de monde endimanché, et des cris sortaient des maisons en goguette. Les paysans, en bras de che-

mise, buvaient du cidre pur à plein verre, et au milieu de chaque compagnie on apercevait deux enfants, ici deux filles, là deux garçons, dînant dans l'une des deux familles.

Quelquefois, sous la lourde chaleur de midi, un char à bancs traversait le pays au trot sautillant d'un vieux bidet, et l'homme en blouse qui conduisait jetait un regard d'envie sur toute cette ripaille étalée.

Dans la demeure du menuisier, la gaieté gardait un certain air de réserve, un reste de l'émotion du matin. Rivet seul était en train et buvait outre mesure. Mme Tellier regardait l'heure à tout moment, car pour ne point chômer deux jours de suite on devait reprendre le train de 3 h 55 qui les mettrait à Fécamp vers le soir.

Le menuisier faisait tous ses efforts pour détourner l'attention et garder son monde jusqu'au lendemain ; mais Madame ne se laissait point distraire ; et elle ne plaisantait jamais quand il s'agissait des affaires.

Aussitôt que le café fut pris, elle ordonna à ses pensionnaires de se préparer bien vite ; puis, se tournant vers son frère : – « Toi, tu vas atteler tout de suite » ; et elle-même alla terminer ses derniers préparatifs.

Quand elle redescendit, sa belle-sœur l'attendait pour lui parler de la petite ; et une longue conversation eut lieu où rien ne fut résolu. La paysanne finassait, faussement attendrie, et Mme Tellier, qui tenait l'enfant sur ses genoux, ne s'engageait à rien, promettait vaguement : on s'occuperait d'elle, on avait du temps, on se reverrait d'ailleurs.

Cependant la voiture n'arrivait point, et les femmes ne descendaient pas. On entendait même en haut de grands rires, des bousculades, des poussées de cris, des battements de mains. Alors, tandis que l'épouse du menuisier se rendait à l'écurie pour voir si l'équipage était prêt, Madame, à la fin, monta.

Rivet, très pochard et à moitié dévêtu, essayait, mais en vain, de violenter Rosa qui défaillait de rire. Les deux Pompes le retenaient par les bras, et tentaient de le calmer, choquées de cette scène après la cérémonie du matin ; mais Raphaële et Fernande l'excitaient, tordues de gaieté, se tenant les côtes ; et elles jetaient des cris aigus à chacun des efforts inutiles de l'ivrogne. L'homme furieux, la face rouge, tout débraillé, secouant en des efforts violents les deux femmes cramponnées à lui, tirait de toutes ses forces sur la jupe de Rosa en bredouillant : – « Salope, tu ne veux pas ? » – Mais Madame, indignée, s'élança, saisit son frère par les épaules, et le jeta dehors si violemment qu'il alla frapper contre le mur.

Une minute plus tard, on l'entendait dans la cour qui se pompait de l'eau sur la tête ; et quand il reparut dans sa carriole, il était déjà tout apaisé.

On se remit en route comme la veille, et le petit cheval blanc repartit de son allure vive et dansante.

Sous le soleil ardent, la joie assoupie pendant le repas se dégageait. Les filles s'amusaient maintenant des cahots de la guimbarde, poussaient même les chaises des voisines, éclataient de rire

à tout instant, mises en train d'ailleurs par les vaines tentatives de Rivet.

Une lumière folle emplissait les champs, une lumière miroitant aux yeux ; et les roues soulevaient deux sillons de poussière qui voltigeaient longtemps derrière la voiture sur la grand'route.

Tout à coup Fernande, qui aimait la musique, supplia Rosa de chanter ; et celle-ci entama gaillardement *Le Gros Curé de Meudon*. Mais Madame tout de suite la fit taire, trouvant cette chanson peu convenable en ce jour. Elle ajouta : – « Chante-nous plutôt quelque chose de Béranger[1]. » – Alors Rosa, après avoir hésité quelques secondes, fixa son choix, et de sa voix usée commença la *Grand'mère*[2] :

> *Ma grand'mère, un soir à sa fête,*
> *De vin pur ayant bu deux doigts,*
> *Nous disait, en branlant la tête :*
> *Que d'amoureux j'eus autrefois !*
>
> *Combien je regrette*
> *Mon bras si dodu,*
> *Ma jambe bien faite,*
> *Et le temps perdu !*

Et le chœur des filles, que Madame elle-même conduisait, reprit :

> *Combien je regrette*
> *Mon bras si dodu,*
> *Ma jambe bien faite,*
> *Et le temps perdu !*

— « Ça, c'est tapé ! » déclara Rivet, allumé par la cadence ; et Rosa aussitôt continua :

> *Quoi, maman, vous n'étiez pas sage ?*
> *— Non, vraiment ! et de mes appas,*
> *Seule, à quinze ans, j'appris l'usage,*
> *Car, la nuit, je ne dormais pas.*

Tous ensemble hurlèrent le refrain ; et Rivet tapait du pied sur son brancard, battait la mesure avec les rênes sur le dos du bidet blanc qui, comme s'il eût été lui-même enlevé par l'entrain du rythme, prit le galop, un galop de tempête, précipitant ces dames en tas les unes sur les autres dans le fond de la voiture.

Elles se relevèrent en riant comme des folles. Et la chanson continua, braillée à tue-tête à travers la campagne, sous le ciel brûlant, au milieu des récoltes mûrissantes, au train enragé du petit cheval qui s'emballait maintenant à tous les retours du refrain, et piquait chaque fois ses cent mètres de galop, à la grande joie des voyageurs.

De place en place, quelque casseur de cailloux se redressait, et regardait à travers son loup de fil de fer cette carriole enragée et hurlante emportée dans la poussière.

Quand on descendit devant la gare, le menuisier s'attendrit : – « C'est dommage que vous partiez, on aurait bien rigolé. »

Madame lui répondit sensément : – « Toute chose a son temps, on ne peut pas s'amuser toujours. » – Alors une idée illumina l'esprit de Rivet : – « Tiens, dit-il, j'irai vous voir à Fécamp le mois

prochain. » Et il regarda Rosa d'un air rusé, avec un œil brillant et polisson. – « Allons, conclut Madame, il faut être sage ; tu viendras si tu veux, mais tu ne feras point de bêtises. »

Il ne répondit pas, et comme on entendait siffler le train, il se mit immédiatement à embrasser tout le monde. Quand ce fut au tour de Rosa, il s'acharna à trouver sa bouche que celle-ci, riant derrière ses lèvres fermées, lui dérobait chaque fois par un rapide mouvement de côté. Il la tenait en ses bras ; mais il n'en pouvait venir à bout, gêné par son grand fouet qu'il avait gardé à sa main et que, dans ses efforts, il agitait désespérément derrière le dos de la fille.

— « Les voyageurs pour Rouen, en voiture ! » cria l'employé. Elles montèrent.

Un mince coup de sifflet partit, répété tout de suite par le sifflement puissant de la machine qui cracha bruyamment son premier jet de vapeur pendant que les roues commençaient à tourner un peu avec un effort visible.

Rivet, quittant l'intérieur de la gare, courut à la barrière pour voir encore une fois Rosa ; et comme le wagon plein de cette marchandise humaine passait devant lui, il se mit à faire claquer son fouet en sautant et chantant de toutes ses forces :

> *Combien je regrette*
> *Mon bras si dodu,*
> *Ma jambe bien faite,*
> *Et le temps perdu !*

Puis il regarda s'éloigner un mouchoir blanc qu'on agitait.

III

Elles dormirent jusqu'à l'arrivée, du sommeil paisible des consciences satisfaites ; et quand elles rentrèrent au logis, rafraîchies, reposées pour la besogne de chaque soir, Madame ne put s'empêcher de dire : – « C'est égal, il m'ennuyait déjà de la maison. »

On soupa vite, puis, quand on eut repris le costume de combat, on attendit les clients habituels ; et la petite lanterne allumée, la petite lanterne de madone, indiquait aux passants que dans la bergerie le troupeau était revenu.

En un clin d'œil la nouvelle se répandit, on ne sait comment, on ne sait par qui. M. Philippe, le fils du banquier, poussa même la complaisance jusqu'à prévenir par un exprès M. Tournevau, emprisonné dans sa famille.

Le saleur avait justement chaque dimanche plusieurs cousins à dîner, et l'on prenait le café quand un homme se présenta avec une lettre à la main. M. Tournevau, très ému, rompit l'enveloppe et devint pâle : il n'y avait que ces mots tracés au crayon : « *Chargement de morues retrouvé ; navire entré au port ; bonne affaire pour vous. Venez vite.* »

Il fouilla dans ses poches, donna vingt centimes au porteur, et rougissant soudain jusqu'aux oreilles : « Il faut, dit-il, que je sorte. » Et il ten-

dit à sa femme le billet laconique et mystérieux. Il sonna, puis, lorsque parut la bonne : – « Mon pardessus vite vite, et mon chapeau. » – À peine dans la rue, il se mit à courir en sifflant un air, et le chemin lui parut deux fois plus long tant son impatience était vive.

L'établissement Tellier avait un air de fête. Au rez-de-chaussée les voix tapageuses des hommes du port faisaient un assourdissant vacarme. Louise et Flora ne savaient à qui répondre, buvaient avec l'un, buvaient avec l'autre, méritaient mieux que jamais leur sobriquet des « deux Pompes ». On les appelait partout à la fois : elles ne pouvaient déjà suffire à la besogne, et la nuit pour elles s'annonçait laborieuse.

Le cénacle du premier fut au complet dès neuf heures. M. Vasse, le juge au tribunal de commerce, le soupirant attitré mais platonique de Madame, causait tout bas avec elle dans un coin ; et ils souriaient tous les deux comme si une entente était près de se faire. M. Poulin, l'ancien maire, tenait Rosa à cheval sur ses jambes ; et elle, nez à nez avec lui, promenait ses mains courtes dans les favoris blancs du bonhomme. Un bout de cuisse nue passait sous la jupe de soie jaune relevée, coupant le drap noir du pantalon, et les bas rouges étaient serrés par une jarretière bleue, cadeau du commis voyageur.

La grande Fernande, étendue sur le sopha, avait les deux pieds sur le ventre de M. Pimpesse, le percepteur, et le torse sur le gilet du jeune M. Philippe dont elle accrochait le cou de sa main droite, tandis que de la gauche elle tenait une cigarette.

Raphaële semblait en pourparlers avec M. Dupuis, l'agent d'assurances, et elle termina l'entretien par ces mots : – « Oui, mon chéri, ce soir, je veux bien. » – Puis, faisant seule un tour de valse rapide à travers le salon : « Ce soir, tout ce qu'on voudra », cria-t-elle.

La porte s'ouvrit brusquement et M. Tournevau parut. Des cris d'enthousiasme éclatèrent : – « Vive Tournevau ! » Et Raphaële, qui pivotait toujours, alla tomber sur son cœur. Il la saisit d'un enlacement formidable, et sans dire un mot, l'enlevant de terre comme une plume, il traversa le salon, gagna la porte du fond, et disparut dans l'escalier des chambres avec son fardeau vivant, au milieu des applaudissements.

Rosa, qui allumait l'ancien maire, l'embrassant coup sur coup et tirant sur ses deux favoris en même temps pour maintenir droite sa tête, profita de l'exemple : – « Allons, fais comme lui » –, dit-elle. Alors le bonhomme se leva, et rajustant son gilet, suivit la fille en fouillant dans la poche où dormait son argent.

Fernande et Madame restèrent seules avec les quatre hommes, et M. Philippe s'écria : – « Je paye du champagne ; madame Tellier, envoyez chercher trois bouteilles. »

Alors Fernande l'étreignant lui demanda dans l'oreille : – « Fais-nous danser, dis, tu veux ? » Il se leva, et, s'asseyant devant l'épinette[1] séculaire endormie en un coin, fit sortir une valse, une valse enrouée, larmoyante, du ventre geignant de la machine. La grande fille enlaça le percepteur, Madame s'abandonna aux bras de M. Vasse ; et

les deux couples tournèrent en échangeant des baisers. M. Vasse, qui avait jadis dansé dans le monde, faisait des grâces, et Madame le regardait d'un œil captivé, de cet œil qui répond « oui », un « oui » plus discret et plus délicieux qu'une parole !

Frédéric apporta le champagne. Le premier bouchon partit, et M. Philippe exécuta l'invitation d'un quadrille.

Les quatre danseurs le marchèrent à la façon mondaine, convenablement, dignement, avec des manières, des inclinations et des saluts[1].

Après quoi l'on se mit à boire. Alors M. Tournevau reparut, satisfait, soulagé, radieux. Il s'écria : – « Je ne sais pas ce qu'a Raphaële, mais elle est parfaite ce soir. » – Puis, comme on lui tendait un verre, il le vida d'un trait en murmurant : – « Bigre, rien que ça de luxe ! »

Sur-le-champ M. Philippe entama une polka vive, et M. Tournevau s'élança avec la belle Juive qu'il tenait en l'air, sans laisser ses pieds toucher terre. M. Pimpesse et M. Vasse étaient repartis d'un nouvel élan. De temps en temps un des couples s'arrêtait près de la cheminée pour lamper une flûte de vin mousseux ; et cette danse menaçait de s'éterniser, quand Rosa entrouvrit la porte avec un bougeoir à la main. Elle était en cheveux, en savates, en chemise, tout animée, toute rouge : – « Je veux danser », cria-t-elle. Raphaële demanda : – « Et ton vieux ? » – Rosa s'esclaffa : – « Lui ? il dort déjà, il dort tout de suite. » Elle saisit M. Dupuis resté sans emploi sur le divan, et la polka recommença.

Mais les bouteilles étaient vides : « J'en paye une », déclara M. Tournevau ; – « Moi aussi », annonça M. Vasse. – « Moi de même », conclut M. Dupuis. Alors tout le monde applaudit.

Cela s'organisait, devenait un vrai bal. De temps en temps même, Louise et Flora montaient bien vite, faisaient rapidement un tour de valse, pendant que leurs clients, en bas, s'impatientaient ; puis elles retournaient en courant à leur café, avec le cœur gonflé de regrets.

À minuit, on dansait encore. Parfois une des filles disparaissait, et quand on la cherchait pour faire un vis-à-vis, on s'apercevait tout à coup qu'un des hommes aussi manquait.

— « D'où venez-vous donc ? » demanda plaisamment M. Philippe, juste au moment où M. Pimpesse rentrait avec Fernande. – « De voir dormir M. Poulin », répondit le percepteur. Le mot eut un succès énorme ; et tous, à tour de rôle, montaient voir dormir M. Poulin avec l'une ou l'autre des demoiselles, qui se montrèrent, cette nuit-là, d'une complaisance inconcevable. Madame fermait les yeux : et elle avait dans les coins de longs apartés avec M. Vasse comme pour régler les derniers détails d'une affaire entendue déjà.

Enfin, à une heure, les deux hommes mariés, M. Tournevau et M. Pimpesse, déclarèrent qu'ils se retiraient, et voulurent régler leur compte. On ne compta que le champagne, et, encore, à six francs la bouteille au lieu de dix francs, prix ordinaire. Et comme ils s'étonnaient de cette générosité, Madame, radieuse, leur répondit :

— « Ça n'est pas tous les jours fête. »

PARTENAIRES

L'AMI PATIENCE

— Sais-tu ce qu'est devenu Leremy ?
— Il est capitaine au 6ᵉ dragons.
— Et Pinson ?
— Sous-préfet.
— Et Racollet ?
— Mort.

Nous cherchions d'autres noms qui nous rappe-
laient des figures jeunes coiffées du képi à galons
d'or. Nous avions retrouvé plus tard quelques-uns
de ces camarades barbus, chauves, mariés, pères
de plusieurs enfants et ces rencontres avec ces
changements nous avaient donné des frissons
désagréables, nous montrant comme la vie est
courte, comme tout passe, comme tout change[1].

Mon ami demanda :

— Et Patience, le gros Patience ?

Je poussai une sorte de hurlement.

— Oh ! quant à celui-là, écoute un peu. J'étais,
voici quatre ou cinq ans, en tournée d'inspection à
Limoges, attendant l'heure du dîner. Assis devant
le grand café de la place du Théâtre, je m'ennuyais
ferme[2]. Les commerçants s'en venaient, à deux,

trois ou quatre, prendre l'absinthe ou le vermouth, parlaient tout haut de leurs affaires et de celles des autres, riaient violemment ou baissaient le ton pour se communiquer des choses importantes et délicates.

Je me disais : « Que vais-je faire après dîner. » Et je songeais à la longue soirée dans cette ville de province, à la promenade lente et sinistre à travers les rues inconnues, à la tristesse accablante qui se dégage, pour le voyageur solitaire, de ces gens qui passent et qui vous sont étrangers en tout, par tout, par la forme du veston provincial, du chapeau et de la culotte, par les habitudes et l'accent local, tristesse pénétrante venue aussi des maisons, des boutiques, des voitures aux formes singulières, des bruits ordinaires auxquels on n'est point accoutumé, tristesse harcelante qui vous fait presser peu à peu le pas comme si on était perdu dans un pays dangereux qui vous oppresse, vous fait désirer l'hôtel, le hideux hôtel dont la chambre a conservé mille odeurs suspectes, dont le lit fait hésiter, dont la cuvette garde un cheveu collé dans la poussière du fond.

Je songeais à tout cela en regardant allumer le gaz, sentant ma détresse d'isolé accrue par la tombée des ombres. Que vais-je faire après dîner ? J'étais seul, tout seul, perdu lamentablement.

Un gros homme vint s'asseoir à la table voisine, et il commanda d'une voix formidable :

— Garçon, mon bitter[1] !

Le *mon* sonna dans la phrase comme un coup de canon. Je compris aussitôt que tout était à lui, bien à lui, dans l'existence, et pas à un autre, qu'il

avait son caractère, nom d'un nom, son appétit, son pantalon, *son* n'importe quoi d'une façon propre, absolue, plus complète que n'importe qui. Puis il regarda autour de lui d'un air satisfait. On lui apporta son bitter, et il appela :

— Mon journal !

Je me demandais : « Quel peut bien être son journal ? » Le titre, certes, allait me révéler son opinion, ses théories, ses principes, ses marottes, ses naïvetés.

Le garçon apporta *Le Temps*[1]. Je fus surpris. Pourquoi *Le Temps*, journal grave, gris, doctrinaire, pondéré ? Je pensai :

— C'est donc un homme sage, de mœurs sérieuses, d'habitudes régulières, un bon bourgeois, enfin.

Il posa sur son nez des lunettes d'or, se renversa et avant de commencer à lire, il jeta de nouveau un regard circulaire. Il m'aperçut et se mit aussitôt à me considérer d'une façon insistante et gênante. J'allais même lui demander la raison de cette attention, quand il me cria de sa place :

— Nom d'une pipe, c'est bien Gontran Lardois.

Je répondis :

— Oui, monsieur, vous ne vous trompez pas.

Alors il se leva brusquement, et s'en vint, les mains tendues :

— Ah ! mon vieux, comment vas-tu ?

Je demeurais fort gêné, ne le reconnaissant pas du tout. Je balbutiai :

— Mais... très bien... et... vous ?

Il se mit à rire :

— Je parie que tu ne me reconnais pas ?

— Non, pas tout à fait… Il me semble… cependant.

Il me tapa sur l'épaule :

— Allons, pas de blague. Je suis Patience, Robert Patience, ton copain, ton camarade.

Je le reconnus. Oui, Robert Patience, mon camarade de collège. C'était cela. Je serrai la main qu'il me tendait :

— Et toi, tu vas bien ?

— Moi, comme un charme.

Son sourire chantait le triomphe.

Il demanda :

— Qu'est-ce que tu viens faire ici ?

J'expliquai que j'étais inspecteur des finances en tournée.

Il reprit, montrant ma décoration :

— Alors, tu as réussi ?

Je répondis :

— Oui, pas mal, et toi ?

— Oh ! moi, très bien !

— Qu'est-ce que tu fais ?

— Je suis dans les affaires.

— Tu gagnes de l'argent ?

— Beaucoup, je suis très riche. Mais, viens donc me demander à déjeuner, demain matin, midi, 17, rue du Coq-qui-Chante[1] ; tu verras mon installation.

Il parut hésiter une seconde, puis reprit :

— Tu es toujours le bon zig d'autrefois ?

— Mais… je l'espère !

— Pas marié, n'est-ce pas ?

— Non.

— Tant mieux. Et tu aimes toujours la joie et les pommes de terre ?

Je commençais à le trouver déplorablement commun. Je répondis néanmoins :

— Mais oui.

— Et les belles filles ?

— Quant à ça, oui.

Il se mit à rire d'un bon rire satisfait :

— Tant mieux, tant mieux. Te rappelles-tu notre première farce à Bordeaux, quand nous avons été souper à l'estaminet Roupie. Hein, quelle noce ?

Je me rappelais, en effet, cette noce ; et ce souvenir m'égaya. D'autres faits me revinrent à la mémoire, d'autres encore, nous disions :

— Dis donc, et cette fois où nous avons enfermé le pion dans la cave du père Latoque[1] ?

Et il riait, tapait du poing sur la table, reprenait.

— Oui... oui... oui..., et te rappelles-tu la gueule du professeur de géographie, M. Marin, quand nous avons fait partir un pétard dans la mappemonde au moment où il pérorait sur les principaux volcans du globe.

Mais, brusquement, je lui demandai :

— Et toi, es-tu marié ?

Il cria :

— Depuis dix ans, mon cher, et j'ai quatre enfants, des mioches étonnants. Mais tu les verras avec la mère.

Nous parlions fort ; les voisins se retournaient pour nous considérer avec étonnement.

Tout à coup, mon ami regarda l'heure à sa montre, un chronomètre gros comme une citrouille, et il cria :

— Tonnerre, c'est embêtant, mais il faut que je te quitte ; le soir, je ne suis pas libre.

Il se leva, me prit les deux mains, les secoua comme s'il voulait m'arracher les bras et prononça :

— À demain, midi, c'est entendu !

— C'est entendu.

*

Je passai la matinée à travailler chez le trésorier-payeur général. Il voulait me retenir à déjeuner, mais j'annonçai que j'avais rendez-vous chez un ami. Devant sortir, il m'accompagna.

Je lui demandai :

— Savez-vous où est la rue du Coq-qui-Chante ?

Il répondit :

— Oui, c'est à cinq minutes d'ici. Comme je n'ai rien à faire, je vais vous conduire.

Et nous nous mîmes en route.

J'atteignis bientôt la rue cherchée. Elle était grande, assez belle, sur la limite de la ville et des champs. Je regardais les maisons et j'aperçus le 17. C'était une sorte d'hôtel avec un jardin derrière. La façade ornée de fresques à la mode italienne me parut de mauvais goût. On voyait des déesses penchant des urnes, d'autres dont un nuage cachait les beautés secrètes. Deux amours de pierre tenaient le numéro.

Je dis au trésorier-payeur général :

— C'est ici que je vais.

Et je tendis la main pour le quitter. Il fit un

geste brusque et singulier, mais ne dit rien et serra
la main que je lui présentais.

Je sonnai. Une bonne apparut. Je demandai :

— Monsieur Patience, s'il vous plaît.

Elle répondit :

— C'est ici, monsieur... C'est à lui-même que
vous désirez parler ?

— Mais, oui.

Le vestibule était également orné de peintures
dues au pinceau de quelque artiste du lieu. Des
Paul et des Virginie s'embrassaient sous des pal-
miers noyés dans une lumière rose[1]. Une lanterne
orientale et hideuse pendait au plafond. Plusieurs
portes étaient masquées par des tentures écla-
tantes.

Mais ce qui me frappait surtout, c'était l'odeur.
Une odeur écœurante et parfumée, rappelant la
poudre de riz et la moisissure des caves. Une
odeur indéfinissable dans une atmosphère lourde,
accablante comme celle des étuves où l'on pétrit
des corps humains. Je montai, derrière la bonne,
un escalier de marbre que couvrait un tapis de
genre oriental, et on m'introduisit dans un somp-
tueux salon.

Resté seul, je regardai autour de moi.

La pièce était richement meublée, mais avec
une prétention de parvenu polisson. Des gravures
du siècle dernier, assez belles d'ailleurs, repré-
sentaient des femmes à haute coiffure poudrée, à
moitié nues, surprises par des messieurs galants
en des postures intéressantes. Une autre dame
couchée en un grand lit ravagé batifolait du pied
avec un petit chien noyé dans les draps ; une autre

résistait avec complaisance à son amant dont la main fuyait sous les jupes. Un dessin montrait quatre pieds dont les corps se devinaient cachés derrière un rideau[1]. La vaste pièce, entourée de divans moelleux, était tout entière imprégnée de cette odeur énervante et fade qui m'avait déjà saisi. Quelque chose de suspect se dégageait des murs, des étoffes, du luxe exagéré, de tout.

Je m'approchai de la fenêtre pour regarder le jardin dont j'apercevais les arbres. Il était fort grand, ombragé, superbe. Un large chemin contournait un gazon où s'égrenait dans l'air un jet d'eau, entrait sous des massifs, en ressortait plus loin. Et tout à coup, là-bas, tout au fond, entre deux taillis d'arbustes, trois femmes apparurent. Elles marchaient lentement, se tenant par le bras, vêtues de longs peignoirs blancs ennuagés de dentelles. Deux étaient blondes, et l'autre brune. Elles rentrèrent aussitôt sous les arbres. Je demeurai saisi, ravi, devant cette courte et charmante apparition qui fit surgir en moi tout un monde poétique. Elles s'étaient montrées à peine, dans le jour qu'il fallait, dans ce cadre de feuilles, dans ce fond de parc secret et délicieux. J'avais revu, d'un seul coup, les belles dames de l'autre siècle errant sous les charmilles, ces belles dames dont les gravures galantes des murs rappelaient les légères amours. Et je pensais au temps heureux, fleuri, spirituel et tendre où les mœurs étaient si douces et les lèvres si faciles…

Une grosse voix me fit bondir sur place. Patience était entré, et, radieux, me tendit les mains.

Il me regarda au fond des yeux de l'air sournois

qu'on prend pour les confidences amoureuses, et, d'un geste large et circulaire, d'un geste de Napoléon, il me montra son salon somptueux, son parc, les trois femmes qui repassaient au fond, puis, d'une voix triomphante où chantait l'orgueil :

— Et dire que j'ai commencé avec rien... ma femme et ma belle-sœur.

ÇA IRA

J'étais descendu à Barviller[1] uniquement parce que j'avais lu dans un guide (je ne sais plus lequel) : Beau musée, deux Rubens, un Téniers, un Ribera.

Donc je pensais : « Allons voir ça. Je dînerai à l'hôtel de l'Europe, que le guide affirme excellent, et je repartirai le lendemain. »

Le musée était fermé : on ne l'ouvre que sur la demande des voyageurs ; il fut donc ouvert à ma requête, et je pus contempler quelques croûtes attribuées par un conservateur fantaisiste aux premiers maîtres de la peinture.

Puis je me trouvai tout seul, et n'ayant absolument rien à faire, dans une longue rue de petite ville inconnue, bâtie au milieu de plaines interminables, je parcourus cette *artère*[2], j'examinai quelques pauvres magasins ; puis, comme il était quatre heures, je fus saisi par un de ces découragements qui rendent fous les plus énergiques.

Que faire ? Mon Dieu, que faire ? J'aurais payé cinq cents francs l'idée d'une distraction quel-

conque ! Me trouvant à sec d'inventions, je me décidai tout simplement à fumer un bon cigare et je cherchai le bureau de tabac. Je le reconnus bientôt à sa lanterne rouge, j'entrai. La marchande me tendit plusieurs boîtes au choix ; ayant regardé les cigares, que je jugeai détestables, je considérai, par hasard, la patronne.

C'était une femme de quarante-cinq ans environ, forte et grisonnante. Elle avait une figure grasse, respectable, en qui il me sembla trouver quelque chose de familier. Pourtant je ne connaissais point cette dame ? Non, je ne la connaissais pas assurément. Mais ne se pouvait-il faire que je l'eusse rencontrée ? Oui, c'était possible ! Ce visage-là devait être une connaissance de mon œil, une vieille connaissance perdue de vue, et changée, engraissée énormément sans doute.

Je murmurai :

« Excusez-moi, madame, de vous examiner ainsi, mais il me semble que je vous connais depuis longtemps. »

Elle répondit en rougissant :

« C'est drôle… Moi aussi. »

Je poussai un cri : « Ah ! Ça ira ! »

Elle leva ses deux mains avec un désespoir comique, épouvantée de ce mot et balbutiant :

« Oh ! oh ! Si on vous entendait… » Puis soudain elle s'écria à son tour : « Tiens, c'est toi, Georges ! » Puis elle regarda avec frayeur si on ne l'avait point écoutée. Mais nous étions seuls, bien seuls !

« Ça ira. » Comment avais-je pu reconnaître *Ça ira*, la pauvre *Ça ira*, la maigre *Ça ira*, la désolée

Ça ira, dans cette tranquille et grasse fonction-
naire du gouvernement[1] ?

Ça ira ! Que de souvenirs s'éveillèrent brusque-
ment en moi : Bougival, La Grenouillère, Chatou,
le restaurant Fournaise[2], les longues journées en
yole au bord des berges, dix ans de ma vie passés
dans ce coin de pays, sur ce délicieux bout de
rivière.

Nous étions alors une bande d'une douzaine,
habitant la maison Galopois, à Chatou, et vivant
là d'une drôle de façon, toujours à moitié nus
et à moitié gris. Les mœurs des canotiers d'au-
jourd'hui ont bien changé. Ces messieurs portent
des monocles.

Or notre bande possédait une vingtaine de cano-
tières, régulières et irrégulières. Dans certains
dimanches, nous en avions quatre ; dans certains
autres, nous les avions toutes. Quelques-unes
étaient là, pour ainsi dire, à demeure, les autres
venaient quand elles n'avaient rien de mieux à
faire. Cinq ou six vivaient sur le commun, sur les
hommes sans femmes, et, parmi celles-là, *Ça ira*.

C'était une pauvre fille maigre et qui boi-
tait. Cela lui donnait des allures de sauterelle.
Elle était timide, gauche, maladroite en tout ce
qu'elle faisait. Elle s'accrochait avec crainte, au
plus humble, au plus inaperçu, au moins riche
de nous, qui la gardait un jour ou un mois, sui-
vant ses moyens. Comment s'était-elle trouvée
parmi nous, personne ne le savait plus. L'avait-
on rencontrée, un soir de pochardise, au bal des
Canotiers et emmenée dans une de ces rafles de
femmes que nous faisions souvent ? L'avions-

nous invitée à déjeuner, en la voyant seule, assise à une petite table, dans un coin ? Aucun de nous ne l'aurait pu dire ; mais elle faisait partie de la bande.

Nous l'avions baptisée *Ça ira,* parce qu'elle se plaignait toujours de la destinée, de sa mal[e]-chance, de ses déboires. On lui disait chaque dimanche : « Eh bien, *Ça ira,* ça va-t-il ? » Et elle répondait toujours : « Non, pas trop, mais faut espérer que ça ira mieux un jour. »

Comment ce pauvre être disgracieux et gauche était-il arrivé à faire le métier qui demande le plus de grâce, d'adresse, de ruse et de beauté ? Mystère. Paris, d'ailleurs, est plein de filles d'amour laides à dégoûter un gendarme[1].

Que faisait-elle pendant les six autres jours de la semaine ? Plusieurs fois, elle nous avait dit qu'elle travaillait. À quoi ? Nous l'ignorions, indifférents à son existence.

Et puis, je l'avais à peu près perdue de vue. Notre groupe s'était émietté peu à peu, laissant la place à une autre génération, à qui nous avions aussi laissé *Ça ira.* Je l'appris en allant déjeuner chez Fournaise de temps en temps.

Nos successeurs, ignorant pourquoi nous l'avions baptisée ainsi, avaient cru à un nom d'Orientale et la nommaient Zaïra[2] ; puis ils avaient cédé à leur tour leurs canots et quelques canotières à la génération suivante. (Une génération de canotiers vit, en général, trois ans sur l'eau, puis quitte la Seine pour entrer dans la magistrature, la médecine ou la politique.)

Zaïra était alors devenue Zara, puis, plus tard,

Zara s'était encore modifié en Sarah. On la crut alors israélite.

Les tout derniers, ceux à monocle, l'appelaient donc tout simplement « La Juive[1] ».

Puis elle disparut.

Et voilà que je la retrouvais marchande de tabac à Barviller.

Je lui dis :

« Eh bien, ça va donc, à présent ? »

Elle répondit : « Un peu mieux. »

Une curiosité me saisit de connaître la vie de cette femme. Autrefois je n'y aurais point songé ; aujourd'hui, je me sentais intrigué, attiré, tout à fait intéressé. Je lui demandai :

« Comment as-tu fait pour avoir de la chance ?

— Je ne sais pas. Ça m'est arrivé comme je m'y attendais le moins.

— Est-ce à Chatou que tu l'as rencontrée ?

— Oh non !

— Où ça donc ?

— À Paris, dans l'hôtel que j'habitais.

— Ah ! Est-ce que tu n'avais pas une place à Paris ?

— Oui, j'étais chez Mme Ravelet.

— Qui ça, Mme Ravelet ?

— Tu ne connais pas Mme Ravelet ? Oh !

— Mais non.

— La modiste, la grande modiste de la rue de Rivoli[2]. »

Et la voilà qui se met à me raconter mille choses de sa vie ancienne, mille choses secrètes de la vie parisienne, l'intérieur d'une maison de modes,

l'existence de ces demoiselles, leurs aventures, leurs idées, toute l'histoire d'un cœur d'ouvrière, cet épervier de trottoir qui chasse par les rues, le matin, en allant au magasin, le midi, en flânant, nu-tête, après le repas, et le soir en montant chez elle.

Elle disait, heureuse de parler de l'autrefois :

Si tu savais comme on est canaille... et comme on en fait de roides. Nous nous les racontions chaque jour. Vrai, on se moque des hommes, tu sais !

Moi, la première rosserie que j'ai faite, c'est au sujet d'un parapluie. J'en avais un vieux en alpaga, un parapluie à en être honteuse. Comme je le fermais en arrivant, un jour de pluie, voilà la grande Louise qui me dit : « Comment ! tu oses sortir avec ça !

— Mais je n'en ai pas d'autre, et en ce moment, les fonds sont bas. »

Ils étaient toujours bas, les fonds !

Elle me répond : « Va en chercher un à la Madeleine. »

Moi ça m'étonne.

Elle reprend : « C'est là que nous les prenons, toutes ; on en a autant qu'on veut. » Et elle m'explique la chose. C'est bien simple.

Donc, je m'en allai avec Irma à la Madeleine. Nous trouvons le sacristain et nous lui expliquons comment nous avons oublié un parapluie la semaine d'avant. Alors il nous demande si nous nous rappelons son manche, et je lui fais l'explication d'un manche avec une pomme d'agate. Il

nous introduit dans une chambre où il y avait plus de cinquante parapluies perdus ; nous les regardons tous et nous ne trouvons pas le mien ; mais moi j'en choisis un beau, un très beau, à manche d'ivoire sculpté. Louise est allée le réclamer quelques jours après. Elle l'a décrit avant de l'avoir vu, et on le lui a donné sans méfiance.

Pour faire ça, on s'habillait très chic.

Et elle riait en ouvrant et laissant retomber le couvercle à charnières de la grande boîte à tabac.

Elle reprit :

Oh ! on en avait des tours, et on en avait de si drôles. Tiens, nous étions cinq à l'atelier, quatre ordinaires et une très bien, Irma, la belle Irma. Elle était très distinguée, et elle avait un amant au conseil d'État. Ça ne l'empêchait pas de lui en faire porter joliment. Voilà qu'un hiver elle nous dit : « Vous ne savez pas, nous allons en faire une bien bonne. » Et elle nous conta son idée.

Tu sais Irma, elle avait une tournure à troubler la tête de tous les hommes, et puis une taille, et puis des hanches qui leur faisaient venir l'eau à la bouche. Donc, elle imagina de nous faire gagner cent francs à chacune pour nous acheter des bagues, et elle arrangea la chose que voici :

Tu sais que je n'étais pas riche, à ce moment-là, les autres non plus ; ça n'allait guère, nous gagnions cent francs par mois au magasin, rien de plus. Il fallait trouver. Je sais bien que nous avions chacune deux ou trois amants habitués qui donnaient un peu, mais pas beaucoup. À la

promenade de midi, il arrivait quelquefois qu'on amorçait un monsieur qui revenait le lendemain ; on le faisait poser quinze jours, et puis on cédait. Mais ces hommes-là, ça ne rapporte jamais gros. Ceux de Chatou, c'était pour le plaisir ! Oh ! si tu savais les ruses que nous avions ; vrai, c'était à mourir de rire. Donc, quand Irma nous proposa de nous faire gagner cent francs, nous voilà toutes allumées. C'est très vilain ce que je vais te raconter, mais ça ne fait rien ; tu connais la vie, toi, et puis quand on est resté quatre ans à Chatou...

Donc elle nous dit : « Nous allons lever au bal de l'Opéra ce qu'il y a de mieux à Paris comme hommes, les plus distingués et les plus riches. Moi, je les connais. »

Nous n'avons pas cru, d'abord, que c'était vrai ; parce que ces hommes-là ne sont pas faits pour les modistes, pour Irma oui, mais pour nous, non. Oh ! elle était d'un chic, cette Irma ! Tu sais, nous avions coutume de dire à l'atelier que si l'empereur l'avait connue, il l'aurait certainement épousée.

Pour lors, elle nous fit habiller de ce que nous avions de mieux et elle nous dit : « Vous, vous n'entrerez pas au bal, vous allez rester chacune dans un fiacre dans les rues voisines. Un monsieur viendra qui montera dans votre voiture. Dès qu'il sera entré, vous l'embrasserez le plus gentiment que vous pourrez ; et puis vous pousserez un grand cri pour montrer que vous vous êtes trompée, que vous en attendiez un autre. Ça allumera le pigeon de voir qu'il prend la place d'un autre et il voudra rester par force ; vous résisterez, vous

ferez les cent coups pour le chasser... et puis...
vous irez souper avec lui... Alors il vous devra un
bon dédommagement. »

Tu ne comprends point encore, n'est-ce pas ? Eh
bien, voici ce qu'elle fit, la rosse.

Elle nous fit monter toutes les quatre dans
quatre voitures, des voitures de cercle, des voi-
tures bien comme il faut, puis elle nous plaça dans
des rues voisines de l'Opéra. Alors, elle alla au
bal, toute seule. Comme elle connaissait, par leur
nom, les hommes les plus marquants de Paris,
parce que la patronne fournissait leurs femmes,
elle en choisit d'abord un pour l'intriguer. Elle
lui en dit de toutes les sortes, car elle a de l'esprit
aussi. Quand elle le vit bien emballé, elle ôta son
loup, et il fut pris comme dans un filet. Donc il
voulut l'emmener tout de suite, et elle lui donna
rendez-vous, dans une demi-heure, dans une voi-
ture en face du n° 20 de la rue Taitbout. C'était
moi, dans cette voiture-là ! J'étais bien enveloppée
et la figure voilée. Donc, tout d'un coup, un mon-
sieur passa sa tête à la portière, et il dit : « C'est
vous ? »

Je réponds tout bas : « Oui, c'est moi, montez
vite. »

Il monte ; et moi je le saisis dans mes bras et
je l'embrasse, mais je l'embrasse à lui couper la
respiration ; puis je reprends :

« Oh ! Que je suis heureuse ! que je suis heu-
reuse ! »

Et, tout d'un coup, je crie :

« Mais ce n'est pas toi ! Oh ! mon Dieu ! Oh !
mon Dieu ! » Et je me mets à pleurer.

Tu juges si voilà un homme embarrassé ! Il cherche d'abord à me consoler ; il s'excuse, proteste qu'il s'est trompé aussi !

Moi, je pleurais toujours, mais moins fort ; et je poussais de gros soupirs. Alors il me dit des choses très douces. C'était un homme tout à fait comme il faut ; et puis ça l'amusait maintenant de me voir pleurer de moins en moins.

Bref, de fil en aiguille, il m'a proposé d'aller souper. Moi, j'ai refusé ; j'ai voulu sauter de la voiture ; il m'a retenue par la taille ; et puis embrassée ; comme j'avais fait à son entrée.

Et puis... et puis... nous avons... soupé... tu comprends... et il m'a donné... devine... voyons, devine... il m'a donné cinq cents francs !... crois-tu qu'il y en a des hommes généreux.

Enfin, la chose a réussi pour tout le monde. C'est Louise qui a eu le moins avec deux cents francs. Mais, tu sais, Louise, vrai, elle était trop maigre !

La marchande de tabac allait toujours, vidant d'un seul coup tous ses souvenirs amassés depuis si longtemps dans son cœur fermé de débitante officielle. Tout l'autrefois pauvre et drôle remuait son âme. Elle regrettait cette vie galante et bohème du trottoir parisien, faite de privations et de caresses payées, de rire et de misère, de ruses et d'amour vrai par moments.

Je lui dis : « Mais comment as-tu obtenu ton débit de tabac ? »

Elle sourit : « Oh ! c'est toute une histoire. Figure-toi que j'avais dans mon hôtel, porte à

porte, un étudiant en droit, mais tu sais, un de ces étudiants qui ne font rien. Celui-là, il vivait au café, du matin au soir ; et il aimait le billard, comme je n'ai jamais vu aimer personne.

« Quand j'étais seule, nous passions la soirée ensemble quelquefois. C'est de lui que j'ai eu Roger.

— Qui ça, Roger ?

— Mon fils.

— Ah !

— Il me donna une petite pension pour élever le gosse, mais je pensais bien que ce garçon-là ne me rapporterait rien, d'autant plus que je n'ai jamais vu un homme aussi fainéant, mais là, jamais. Au bout de dix ans, il en était encore à son premier examen. Quand sa famille vit qu'on n'en pourrait rien tirer, elle le rappela chez elle en province ; mais nous étions demeurés en correspondance à cause de l'enfant. Et puis, figure-toi qu'aux dernières élections, il y a deux ans[1], j'apprends qu'il a été nommé député dans son pays. Et puis il a fait des discours à la Chambre. Vrai, dans le royaume des aveugles, comme on dit... Mais pour finir, j'ai été le trouver et il m'a fait obtenir, tout de suite, un bureau de tabac comme fille de déporté[2]... C'est vrai que mon père a été déporté, mais je n'avais jamais pensé non plus que ça pourrait me servir.

« Bref... Tiens, voilà Roger. »

Un grand jeune homme entrait, correct, grave, poseur.

Il embrassa sur le front sa mère qui me dit :

« Tenez, monsieur, c'est mon fils, chef de bureau à la mairie... Vous savez... c'est un futur sous-préfet. »

Je saluai dignement ce fonctionnaire, et je sortis pour gagner l'hôtel, après avoir serré, avec gravité, la main tendue de *Ça ira*.

NUIT DE NOËL

« Le Réveillon ! le Réveillon ! Ah ! mais non, je ne réveillonnerai pas ! »

Le gros Henri Templier disait cela d'une voix furieuse, comme si on lui eût proposé une infamie.

Les autres, riant, s'écrièrent : « Pourquoi te mets-tu en colère ? »

Il répondit : « Parce que le réveillon m'a joué le plus sale tour du monde, et que j'ai gardé une insurmontable horreur pour cette nuit stupide de gaieté imbécile.

— Quoi donc ?

— Quoi ? Vous voulez le savoir ? Eh bien, écoutez. »

*

Vous vous rappelez comme il faisait froid, voici deux ans, à cette époque ; un froid à tuer les pauvres dans la rue. La Seine gelait ; les trottoirs glaçaient les pieds à travers les semelles des bottines ; le monde semblait sur le point de crever.

J'avais alors un gros travail en train et je refusai toute invitation pour le réveillon, préférant passer la nuit devant ma table. Je dînai seul ; puis je me mis à l'œuvre. Mais voilà que, vers dix heures, la pensée de la gaieté courant Paris, le bruit des rues qui me parvenait malgré tout, les préparatifs de souper de mes voisins, entendus à travers les cloisons, m'agitèrent. Je ne savais plus ce que je faisais ; j'écrivais des bêtises ; et je compris qu'il fallait renoncer à l'espoir de produire quelque chose de bon cette nuit-là.

Je marchai un peu à travers ma chambre. Je m'assis, je me relevai. Je subissais, certes, la mystérieuse influence de la joie du dehors, et je me résignai.

Je sonnai ma bonne et je lui dis : « Angèle, allez m'acheter de quoi souper à deux : des huîtres, un perdreau froid, des écrevisses, du jambon, des gâteaux. Montez-moi deux bouteilles de champagne ; mettez le couvert et couchez-vous. »

Elle obéit, un peu surprise. Quand tout fut prêt, j'endossai mon pardessus, et je sortis.

Une grosse question restait à résoudre : Avec qui allais-je réveillonner ? Mes amies étaient invitées partout. Pour en avoir une, il aurait fallu m'y prendre d'avance. Alors, je songeai à faire en même temps une bonne action. Je me dis : Paris est plein de pauvres et belles filles qui n'ont pas un souper sur la planche, et qui errent en quête d'un garçon généreux. Je veux être la Providence de Noël d'une de ces déshéritées.

Je vais rôder, entrer dans les lieux de plaisir, questionner, chasser, choisir à mon gré.

Et je me mis à parcourir la ville.

Certes, je rencontrai beaucoup de pauvres filles cherchant aventure, mais elles étaient laides à donner une indigestion, ou maigres à geler sur pied si elles s'étaient arrêtées.

J'ai un faible, vous le savez, j'aime les femmes nourries. Plus elles sont en chair, plus je les préfère. Une colosse me fait perdre la raison.

Soudain, en face du théâtre des Variétés[1], j'aperçus un profil à mon gré. Une tête, puis, par-devant, deux bosses, celle de la poitrine, fort belle, celle du dessous surprenante : un ventre d'oie grasse. J'en frissonnai, murmurant : Sacristi, la belle fille ! Un point me restait à éclaircir : le visage.

Le visage, c'est le dessert ; le reste c'est... c'est le rôti.

Je hâtai le pas, je rejoignis cette femme errante, et, sous un bec de gaz, je me retournai brusquement.

Elle était charmante, toute jeune, brune, avec de grands yeux noirs.

Je fis ma proposition, qu'elle accepta sans hésiter.

Un quart d'heure plus tard, nous étions attablés dans mon appartement.

Elle dit en entrant : « Ah ! on est bien ici. »

Et elle regarda autour d'elle avec la satisfaction visible d'avoir trouvé la table et le gîte en cette nuit glaciale. Elle était superbe, tellement jolie qu'elle m'étonnait, et grosse à ravir mon cœur pour toujours.

Elle ôta son manteau, son chapeau ; s'assit et se mit à manger ; mais elle ne paraissait pas en

train ; et parfois sa figure un peu pâle tressaillait comme si elle eût souffert d'un chagrin caché.

Je lui demandai : « Tu as des embêtements ? »

Elle répondit : « Bah ! oublions tout. »

Et elle se mit à boire. Elle vidait d'un trait son verre de champagne, le remplissait et le revidait encore, sans cesse.

Bientôt un peu de rougeur lui vint aux joues ; et elle commença à rire.

Moi, je l'adorais déjà, l'embrassant à pleine bouche, découvrant qu'elle n'était ni bête, ni commune, ni grossière comme les filles du trottoir. Je lui demandai des détails sur sa vie. Elle répondit : « Mon petit, cela ne te regarde pas ! »

Hélas ! une heure plus tard...

Enfin, le moment vint de se mettre au lit, et, pendant que j'enlevais la table dressée devant le feu, elle se déshabilla vivement et se glissa sous les couvertures.

Mes voisins faisaient un vacarme affreux, riant et chantant comme des fous ; et je me disais : « J'ai eu rudement raison d'aller chercher cette belle fille ; je n'aurais jamais pu travailler. »

Un profond gémissement me fit me retourner. Je demandai : « Qu'as-tu, ma chatte ? » Elle ne répondit pas, mais elle continuait à pousser des soupirs douloureux, comme si elle eût souffert horriblement.

Je repris : « Est-ce que tu te trouves indisposée ? »

Et soudain elle jeta un cri, un cri déchirant. Je me précipitai une bougie à la main.

Son visage était décomposé par la douleur,

et elle se tordait les mains, haletante, envoyant du fond de sa gorge ces sortes de gémissements sourds qui semblent des râles et qui font défaillir le cœur.

Je demandai, éperdu : « Mais qu'as-tu ? dis-moi, qu'as-tu ? »

Elle ne répondit pas et se mit à hurler.

Tout à coup les voisins se turent, écoutant ce qui se passait chez moi.

Je répétais : « Où souffres-tu, dis-moi, où souffres-tu ? »

Elle balbutia : « Oh ! mon ventre ! mon ventre ! »

D'un seul coup je relevai la couverture, et j'aperçus...

Elle accouchait, mes amis.

Alors je perdis la tête ; je me précipitai sur le mur que je heurtai à coups de poing, de toute ma force, en vociférant : « Au secours, au secours ! »

Ma porte s'ouvrit ; une foule se précipita chez moi, des hommes en habit, des femmes décolletées, des Pierrots, des Turcs, des Mousquetaires[1]. Cette invasion m'affola tellement que je ne pouvais même plus m'expliquer.

Eux, ils avaient cru à quelque accident, à un crime peut-être, et ne comprenaient plus.

Je dis enfin : « C'est... c'est... cette... cette femme qui... qui accouche. »

Alors tout le monde l'examina, dit son avis. Un capucin surtout prétendait s'y connaître, et voulait aider la nature.

Ils étaient gris comme des ânes. Je crus qu'ils allaient la tuer ; et je me précipitai, nu-tête, dans

l'escalier pour chercher un vieux médecin qui habitait dans une rue voisine.

Quand je revins avec le docteur, toute ma maison était debout ; on avait rallumé le gaz de l'escalier ; les habitants de tous les étages occupaient mon appartement ; quatre débardeurs attablés achevaient mon champagne et mes écrevisses.

À ma vue, un cri formidable éclata, et une laitière me présenta dans une serviette un affreux petit morceau de chair ridée, plissée, geignante, miaulant comme un chat ; et elle me dit : « C'est une fille. »

Le médecin examina l'accouchée, déclara douteux son état, l'accident ayant eu lieu immédiatement après un souper, et il partit en annonçant qu'il allait m'envoyer immédiatement une garde-malade et une nourrice.

Les deux femmes arrivèrent une heure après, apportant un paquet de médicaments.

Je passai la nuit dans un fauteuil, trop éperdu pour réfléchir aux suites.

Dès le matin, le médecin revint. Il trouva la malade assez mal.

Il me dit : « Votre femme, monsieur... »

Je l'interrompis : « Ce n'est pas ma femme. »

Il reprit : « Votre maîtresse, peu m'importe. » Et il énuméra les soins qu'il lui fallait, le régime, les remèdes.

Que faire ? Envoyer cette malheureuse à l'hôpital ? J'aurais passé pour un manant dans toute la maison, dans tout le quartier.

Je la gardai. Elle resta dans mon lit six semaines.

L'enfant ? Je l'envoyai chez des paysans de

Poissy. Il me coûte encore cinquante francs par mois. Ayant payé dans le début, me voici forcé de payer jusqu'à ma mort.

Et, plus tard, il me croira son père.

Mais, pour comble de malheur, quand la fille a été guérie... elle m'aimait... elle m'aimait éperdument, la gueuse !

*

« Eh bien ?

— Eh bien, elle était devenue maigre comme un chat de gouttière ; et j'ai flanqué dehors cette carcasse qui me guette dans la rue, se cache pour me voir passer, m'arrête le soir quand je sors, pour me baiser la main, m'embête enfin à me rendre fou.

« Et voilà pourquoi je ne réveillonnerai plus jamais. »

LES VINGT-CINQ FRANCS
DE LA SUPÉRIEURE

Ah ! certes, il était drôle, le père Pavilly[1], avec
ses grandes jambes d'araignée et son petit corps,
et ses longs bras, et sa tête en pointe surmontée
d'une flamme de cheveux rouges sur le sommet
du crâne.

C'était un clown, un clown paysan, naturel, né
pour faire des farces, pour faire rire, pour jouer
des rôles, des rôles simples puisqu'il était fils de
paysan, paysan lui-même, sachant à peine lire.
Ah ! oui, le bon Dieu l'avait créé pour amuser les
autres, les pauvres diables de la campagne qui
n'ont pas de théâtres et de fêtes ; et il les amusait
en conscience. Au café, on lui payait des tournées
pour le garder, et il buvait intrépidement, riant et
plaisantant, blaguant tout le monde, sans fâcher
personne, pendant qu'on se tordait autour de lui.

Il était si drôle que les filles elles-mêmes ne lui
résistaient pas, tant elles riaient, bien qu'il fût
très laid. Il les entraînait, en blaguant, derrière
un mur, dans un fossé, dans une étable, puis il
les chatouillait et les pressait, avec des propos
si comiques qu'elles se tenaient les côtes en le

repoussant. Alors il gambadait, faisait mine de
se vouloir pendre, et elles se tordaient, les larmes
aux yeux ; il choisissait un moment et les culbu-
tait avec tant d'à-propos qu'elles y passaient
toutes, même celles qui l'avaient bravé, histoire
de s'amuser.

Donc, vers la fin de juin il s'engagea pour faire
la moisson, chez maître Le Harivau près de Rou-
ville[1]. Pendant trois semaines entières il réjouit les
moissonneurs, hommes et femmes, par ses farces,
tant le jour que la nuit. Le jour on le voyait dans
la plaine, au milieu des épis fauchés, on le voyait
coiffé d'un vieux chapeau de paille qui cachait
son toupet roussâtre, ramassant avec ses longs
bras maigres et liant en gerbes le blé jaune ; puis
s'arrêtant pour esquisser un geste drôle qui faisait
rire à travers la campagne le peuple des travail-
leurs qui ne le quittait point de l'œil. La nuit il se
glissait comme une bête rampante, dans la paille
des greniers où dormaient les femmes, et ses
mains rôdaient, éveillaient des cris, soulevaient
des tumultes. On le chassait à coups de sabots et
il fuyait à quatre pattes, pareil à un singe fantas-
tique au milieu des fusées de gaieté de la cham-
brée tout entière.

Le dernier jour, comme le char des moisson-
neurs, enrubanné et cornemusant, plein de cris,
de chants, de joie et d'ivresse, allait sur la grande
route blanche, au pas lent de six chevaux pom-
melés, conduits par un gars en blouse portant
cocarde à sa casquette, Pavilly, au milieu des
femmes vautrées dansait un pas de satyre ivre qui
tenait, bouche bée, sur les talus des fermes les

petits garçons morveux et les paysans stupéfaits de sa structure invraisemblable[1].

Tout à coup, en arrivant à la barrière de la ferme de maître Le Harivau, il fit un bond en élevant les bras, mais par malheur il heurta, en retombant, le bord de la longue charrette, culbuta par-dessus, tomba sur la roue et rebondit sur le chemin.

Ses camarades s'élancèrent. Il ne bougeait plus, un œil fermé, l'autre ouvert, blême de peur, ses grands membres allongés dans la poussière.

Quand on toucha sa jambe droite, il se mit à pousser des cris et, quand on voulut le mettre debout, il s'abattit.

« Je crais ben qu'il a une patte cassée », dit un homme.

Il avait, en effet, une jambe cassée.

Maître Le Harivau le fit étendre sur une table, et un cavalier courut à Rouville pour chercher le médecin, qui arriva une heure après.

Le fermier fut très généreux et annonça qu'il paierait le traitement de l'homme à l'hôpital.

Le docteur emporta donc Pavilly dans sa voiture et le déposa dans un dortoir peint à la chaux où sa fracture fut réduite.

Dès qu'il comprit qu'il n'en mourrait pas et qu'il allait être soigné, guéri, dorloté, nourri à rien faire, sur le dos, entre deux draps, Pavilly fut saisi d'une joie débordante, et il se mit à rire d'un rire silencieux et continu qui montrait ses dents gâtées.

Dès qu'une sœur approchait de son lit, il lui faisait des grimaces de contentement, clignait de l'œil, tordait sa bouche, remuait son nez qu'il avait

très long et mobile à volonté. Ses voisins de dor-
toir, tout malades qu'ils étaient, ne pouvaient se
tenir de rire, et la sœur supérieure venait souvent
à son lit pour passer un quart d'heure d'amuse-
ment. Il trouvait pour elle des farces plus drôles,
des plaisanteries inédites et comme il portait en
lui le germe de tous les cabotinages, il se faisait
dévot pour lui plaire, parlait du bon Dieu avec des
airs sérieux d'homme qui sait les moments où il
ne faut plus badiner.

Un jour, il imagina de lui chanter des chansons.
Elle fut ravie et revint plus souvent ; puis, pour
utiliser sa voix, elle lui apporta un livre de can-
tiques. On le vit alors assis dans son lit, car il
commençait à se remuer, entonnant d'une voix
de fausset les louanges de l'Éternel, de Marie et
du Saint-Esprit, tandis que la grosse bonne sœur,
debout à ses pieds, battait la mesure avec un doigt
en lui donnant l'intonation. Dès qu'il put marcher,
la supérieure lui offrit de le garder quelque temps
de plus pour chanter les offices dans la chapelle,
tout en servant la messe et remplissant aussi les
fonctions de sacristain. Il accepta. Et pendant un
mois entier on le vit, vêtu d'un surplis blanc, et
boitillant, entonner les répons et les psaumes avec
des ports de tête si plaisants que le nombre des
fidèles augmenta, et qu'on désertait la paroisse
pour venir à vêpres à l'hôpital.

Mais comme tout finit en ce monde, il fallut
bien le congédier quand il fut tout à fait guéri.
La supérieure, pour le remercier, lui fit cadeau
de vingt-cinq francs.

Dès que Pavilly se vit dans la rue avec cet argent

dans sa poche, il se demanda ce qu'il allait faire. Retournerait-il au village ? Pas avant d'avoir bu un coup certainement, ce qui ne lui était pas arrivé depuis longtemps, et il entra dans un café. Il ne venait pas à la ville plus d'une fois ou deux par an, et il lui était resté, d'une de ces visites en particulier, un souvenir confus et enivrant d'orgie.

Donc il demanda un verre de fine qu'il avala d'un trait pour graisser le passage, puis il s'en fit verser un second afin d'en prendre le goût.

Dès que l'eau-de-vie, forte et poivrée, lui eut touché le palais et la langue, réveillant plus vive, après cette longue sobriété, la sensation aimée et désirée de l'alcool qui caresse, et pique, et aromatise, et brûle la bouche, il comprit qu'il boirait la bouteille et demanda tout de suite ce qu'elle valait, afin d'économiser sur le détail. On la lui compta trois francs, qu'il paya ; puis il commença à se griser avec tranquillité.

Il y mettait pourtant de la méthode voulant garder assez de conscience pour d'autres plaisirs. Donc aussitôt qu'il se sentit sur le point de voir saluer les cheminées il se leva, et s'en alla, d'un pas hésitant, sa bouteille sous le bras, en quête d'une maison de filles.

Il la trouva, non sans peine, après l'avoir demandée à un charretier qui ne la connaissait pas, à un facteur qui le renseigna mal, à un boulanger qui se mit à jurer en le traitant de vieux porc, et, enfin, à un militaire qui l'y conduisit obligeamment, en l'engageant à choisir la Reine.

Pavilly, bien qu'il fût à peine midi, entra dans ce lieu de délices où il fut reçu par une bonne qui

voulait le mettre à la porte. Mais il la fit rire par
une grimace, montra trois francs, prix normal des
consommations spéciales du lieu, et la suivit avec
peine le long d'un escalier fort sombre qui menait
au premier étage.

Quand il fut entré dans une chambre il réclama
la venue de la Reine et l'attendit en buvant un
nouveau coup au goulot même de sa bouteille.

La porte s'ouvrit, une fille parut. Elle était
grande, grasse, rouge, énorme. D'un coup d'œil
sûr, d'un coup d'œil de connaisseur, elle toisa
l'ivrogne écroulé sur un siège et lui dit :

« T'as pas honte à c't'heure-ci ? »

Il balbutia :

« De quoi, princesse ?

— Mais de déranger une dame avant qu'elle ait
seulement mangé la soupe. »

Il voulut rire.

« Y a pas d'heure pour les braves.

— Y a pas d'heure non plus pour se soûler,
vieux pot. »

Pavilly se fâcha.

« Je sieus pas un pot, d'abord, et puis je sieus
pas soûl.

— Pas soûl ?

— Non, je sieus pas soûl.

— Pas soûl, tu pourrais pas seulement te tenir
debout. »

Elle le regardait avec une colère rageuse de
femme dont les compagnes dînent.

Il se dressa.

« Mé, mé, que je danserais une polka. »

Et, pour prouver sa solidité, il monta sur la

chaise, fit une pirouette et sauta sur le lit où ses gros souliers vaseux plaquèrent deux taches épouvantables.

« Ah ! salaud ! » cria la fille.

S'élançant, elle lui jeta un coup de poing dans le ventre, un tel coup de poing que Pavilly perdit l'équilibre, bascula sur les pieds de la couche, fit une complète cabriole, retomba sur la commode entraînant avec lui la cuvette et le pot à l'eau, puis s'écroula par terre en poussant des hurlements.

Le bruit fut si violent et ses cris si perçants que toute la maison accourut, monsieur, madame, la servante et le personnel.

Monsieur, d'abord, voulut ramasser l'homme, mais, dès qu'il l'eut mis debout, le paysan perdit de nouveau l'équilibre, puis se mit à vociférer qu'il avait la jambe cassée, l'autre, la bonne, la bonne !

C'était vrai. On courut chercher un médecin. Ce fut justement celui qui avait soigné Pavilly chez maître Le Harivau.

« Comment, c'est encore vous ? dit-il.

— Oui, m'sieu.

— Qu'est-ce que vous avez ?

— L'autre qu'on m'a cassée itou, m'sieu l'Docteur.

— Qu'est-ce qui vous a fait ça, mon vieux ?

— Une femelle donc. »

Tout le monde écoutait. Les filles en peignoir, en cheveux, la bouche encore grasse du dîner interrompu, madame furieuse, monsieur inquiet.

« Ça va faire une vilaine histoire, dit le médecin. Vous savez que la municipalité vous voit d'un

mauvais œil. Il faudrait tâcher qu'on ne parlât point de cette affaire-là.

— Comment faire ? demanda monsieur.

— Mais, le mieux, serait d'envoyer cet homme à l'hôpital, d'où il sort, d'ailleurs, et de payer son traitement. »

Monsieur répondit :

« J'aime encore mieux ça que d'avoir des histoires. »

Donc Pavilly, une demi-heure après, rentrait ivre et geignant dans le dortoir d'où il était sorti une heure plus tôt.

La supérieure leva les bras, affligée, car elle l'aimait, et souriante, car il ne lui déplaisait pas de le revoir.

« Eh bien ! mon brave, qu'est-ce que vous avez ?

— L'autre jambe cassée, madame la bonne sœur.

— Ah ! vous êtes donc encore monté sur une voiture de paille, vieux farceur ! »

Et Pavilly, confus et sournois, balbutia :

« Non... non... Pas cette fois... pas cette fois... Non... non... C'est point d'ma faute, point d'ma faute... C'est une paillasse qu'en est cause. »

Elle ne put en tirer d'autre explication et ne sut jamais que cette rechute était due à ses vingt-cinq francs.

DOSSIER

CHRONOLOGIE[1]

1850. (5 août) Naissance de Guy de Maupassant au château de Miromesnil, près de Dieppe (Seine-Maritime).

1854. Nerval, *Les Filles du feu*. Mérimée, *La Mosaïque*. *Contes et nouvelles* (1ʳᵉ édition en 1842, rééditions jusqu'en 1868 puis à partir de 1881 (posthume). Musset, *Contes* (posthume).

1855. Stendhal, *Chroniques italiennes* (posthume).

1856-1857. Baudelaire, traduction des *Histoires extraordinaires* et *Nouvelles Histoires extraordinaires* de Poe.

1859. Guy est élève au lycée Napoléon de Paris (actuel lycée Henri IV).

1861. Leurs parents s'étant séparés, Guy et son frère Hervé s'installent à Étretat avec leur mère.

1864. Zola, *Contes à Ninon*.

1863-1868. Guy est élève à l'Institut ecclésiastique d'Yvetot (de la sixième à la seconde).

1865. Baudelaire, traduction des *Histoires grotesques et sérieuses* de Poe.

1. On trouvera des chronologies très complètes de la vie et de l'œuvre de Maupassant dans les éditions des *Contes et nouvelles* de la Pléiade (t. I, p. LXIII-LXXIX) et de « Bouquins » (t. I, p. 1-34). Voir aussi notre Bibliographie, ci-après. La présente chronologie signale les recueils de contes ou nouvelles d'un nombre choisi de contemporains de Maupassant.

1868-1869. Guy achève ses études secondaires (rhéto-
rique et philosophie, soit première et terminale) au
lycée de Rouen. Il est reçu au baccalauréat.
Alphonse Daudet, *Lettres de mon moulin*.

1870. (juillet) Guerre franco-prussienne. Versé dans
l'Intendance, Maupassant assiste à la déroute de
l'armée française. 4 septembre : proclamation de
la République. Siège de Paris.

1871. (mars-mai) Commune de Paris.

1872. Maupassant entre au ministère de la Marine (sur-
numéraire non rémunéré). Parties de canotage sur
la Seine avec ses camarades.

1873. Il reçoit désormais un salaire de 125 francs par
mois. – Mac-Mahon est élu président de la Répu-
blique pour sept ans : « Ordre moral ».
Alphonse Daudet, *Contes du lundi*.

1874. Maupassant participe à Paris aux dimanches de
Flaubert et y rencontre de nombreux écrivains
(Tourgueniev, Goncourt, Zola, Daudet). Première
exposition des « impressionnistes ».
Léon Cladel, *Les Va-Nu-Pieds*. Gobineau, *Les
Pléiades*. Zola, *Nouveaux Contes à Ninon*. Barbey
d'Aurevilly, *Les Diaboliques* (édition interdite).

1875. Maupassant loue une chambre à Bezons. Il fait
représenter en comité restreint une pièce liber-
tine, *À la feuille de rose. Maison turque*, où un
couple de bourgeois s'égare dans une maison
close.

1876. (mars) Sous le pseudonyme de Guy de Valmont,
Maupassant publie un poème, « Au bord de l'eau »,
dans *La République des Lettres* de Catulle Mendès.
Gobineau, *Nouvelles asiatiques*.

1877. Les élections portent une majorité républicaine
à la Chambre des députés. Nouvelle représenta-
tion privée rue de Fleurus de *La Feuille de rose*.
Maupassant perçoit les premiers signes de sa
syphilis (2 mars, à R. Pinchon : « J'ai la grande
vérole, celle dont est mort François Ier. ») Dîner

avec Flaubert et Zola au restaurant Trapp (passage du Havre-rue Saint-Lazare), où s'organisera le groupe de Médan (Paul Alexis, Henri Céard, Huysmans).

Flaubert, *Trois contes* (« Un cœur simple », « Hérodias », « La Légende de saint Julien l'Hospitalier »).

1878. De sérieuses inquiétudes de santé alarment Maupassant. Flaubert obtient qu'il soit nommé au ministère de l'Instruction publique.

1879. (octobre) L'article de Maupassant « Gustave Flaubert » paraît dans *La République des lettres*.

1880. Inquiété par la justice pour son poème « Une fille », Maupassant bénéficie d'un non-lieu. – Mort de Flaubert (8 mai). – Le 14 juillet devient fête nationale. Amnistie pour les condamnés de la Commune. – Maupassant, *Des vers*.

Paul Alexis, *La Fin de Lucie Pellegrin*.

(avril) *Les Soirées de Médan*, qui comprend six nouvelles : Zola (« L'Attaque du moulin »), Maupassant (« Boule de suif »), Huysmans (« Sac au dos »), Henri Céard (« La Saignée »), Léon Hennique (« L'Affaire du grand 7 »), Paul Alexis (« Après la bataille »).

1881. Maupassant publie *La Maison Tellier*. Il voyage en Algérie au titre d'envoyé spécial du quotidien *Le Gaulois*. Publie des poèmes érotiques à Bruxelles dans le *Nouveau Parnasse satyrique*. Il est rayé des cadres du ministère de l'Instruction publique.

1882. Krach de l'Union générale. Fondation de la Ligue des Patriotes de Paul Déroulède. – Maupassant publie *Mademoiselle Fifi* à Bruxelles.

Huysmans, *À vau-l'eau*.

1883. Maupassant est soigné par un médecin qui pressent sa « fin lamentable ». Il publie *Une vie* et *Contes de la bécasse*.

Robert Caze, « La Sortie d'Angèle », dans *Le Mar-*

tyre d'Annil. Barbey d'Aurevilly, *Les Diaboliques.*
Villiers de l'Isle-Adam, *Contes cruels.*

1884. Maupassant publie *Miss Harriet, Les Sœurs Ron-
doli. Clair de lune. Yvette.* Il s'installe dans un hôtel
particulier, 10, rue Montchanin, proche du parc
Monceau (aujourd'hui rue Jacques-Bingen, dans
le 17ᵉ arrondissement).

1885. Mort de Victor Hugo. – Maupassant publie *Bel-
Ami, Contes du jour et de la nuit.* Il préface une
réédition de *Manon Lescaut.*
Oscar Méténier, *La Chair* (à Bruxelles). Léon Cla-
del, *Héros et pantins.*

1886. Maupassant publie *Toine, La Petite Roque* et *Mon-
sieur Parent.* Sa santé se dégrade toujours.

1887. Maupassant publie *Mont Oriol* et *Le Horla.* – Crise
boulangiste. Démission de Jules Grévy.
Jules Laforgue, *Moralités légendaires.*

1888. Parution de *Pierre et Jean* (avec une préface intitu-
lée « Étude sur le roman »), *Sur l'eau* et *Le Rosier
de Madame Husson.* Il voyage en Afrique du Nord.
Villiers de l'Isle-Adam, *Nouveaux Contes cruels.*
Huysmans, *Un dilemme.*

1889. Exposition universelle à Paris (Tour Eiffel). – Mau-
passant publie *La Main gauche* et *Fort comme la
mort.* Son frère meurt de la syphilis, à l'âge de trente-
trois ans, à l'asile psychiatrique de Lyon-Bron.

1890. Parution de *La Vie errante* et de *L'Inutile Beauté.*

1891. Les consultations médicales se poursuivent en
vain. Maupassant rédige son testament. Il perd le
contrôle de soi.
Alphonse Allais, *À se tordre. Histoires chatnoi-
resques.* Marcel Schwob, *Cœur double.*

1892. Après le réveillon du Nouvel An, Maupassant tente
de se couper la gorge. Il entre à la clinique du
docteur Blanche (à Passy) où il meurt le 6 juillet.
Parmi les nombreux hommages, on relève ceux de
Zola et de Mallarmé.
Alphonse Allais, *Vive la vie !*

1893. Léon Bloy, *Sueur de sang*. Jean Lorrain, *Buveurs d'âmes*. Henri de Régnier, *Contes à soi-même*.
1894. Léon Bloy, *Histoires désobligeantes*. Marcel Schwob, *Le Livre de Monelle*.

D. G.

BIBLIOGRAPHIE SÉLECTIVE

ÉDITIONS CRITIQUES DES CONTES ET NOUVELLES DE MAUPASSANT RECUEILLIS DANS LA PRÉSENTE ÉDITION

Boule de suif et autres contes normands, édition de Marie-Claire Bancquart, Classiques Garnier, 1971.

Contes et nouvelles, édition d'Albert-Marie Schmidt, avec la collaboration de Gérard Delaisement, Albin Michel, 1973.

Boule de suif et autres nouvelles, édition de Louis Forestier, Folio classique, 1973.

La Maison Tellier, Une partie de campagne et autres nouvelles, édition de Louis Forestier, Folio classique, 1973.

Contes et nouvelles, préface d'Armand Lanoux, texte établi et annoté par Louis Forestier, Gallimard, coll. « Bibliothèque de la Pléiade », t. I (1875-1884), 1974 (éd. revue, 2013) ; t. II (1884-1893), 1979 (éd. revue, 2013).

Mademoiselle Fifi et autres nouvelles, édition d'Hubert Juin, Folio classique, 1977.

La Parure et autres contes parisiens, édition de Marie-Claire Bancquart, Classiques Garnier, 1984.

Monsieur Parent et autres nouvelles, édition de Claude Martin, Folio classique, 1988.

Contes et nouvelles, notices et notes de Brigitte Monglond,

t. I (1875-1884) ; t. II (1884-1890), Robert Laffont, coll. « Bouquins », 1988.

Le Rosier de Madame Husson et autres nouvelles, édition de Louis Forestier, Folio classique, 1991.

Toine et autres nouvelles, édition de Louis Forestier, Folio classique, 1991.

« *La Maison Tellier* » *et autres histoires de femmes galantes*, édition de Pascaline Mourier-Casile, Pocket, 1991.

L'Inutile Beauté et autres nouvelles, édition de Claire Brunet, Folio classique, 1996.

Contes et nouvelles, édition de Louis Forestier, préface, vie, œuvre et notes de Martine Reid, Gallimard, coll. « Quarto », 2014.

ÉTUDES SUR MAUPASSANT ET LES PROSTITUÉES

VIAL, André, « Maupassant et la Vénus vénale », dans *Faits et significations*, Nizet, 1973.

CROUZET, Michel, « *La Maison Tellier* : une rhétorique de Maupassant ? », *Revue d'Histoire littéraire de la France*, mars-avril 1980.

DAVEY, Lynda A., « La Croqueuse d'hommes : images de la prostituée chez Zola, Flaubert et Maupassant », *Romantisme*, n° 58, 1987.

DOTTIN-ORSINI, Mireille et GROJNOWSKI, Daniel, *Un joli monde. Romans de la prostitution*, Robert Laffont, coll. « Bouquins », 2008.

LECARME-TABONE, Éliane, « Énigme et prostitution », dans *Maupassant. Miroir de la Nouvelle*, Presses Universitaires de Vincennes, 1988.

GROJNOWSKI, Daniel, *Lire la nouvelle*, Dunod, 1993.

TRANOUEZ, Pierre, « *La Maison Tellier* ou le lupanar généralisé », *L'École des lettres*, 1ᵉʳ juin 1993.

BENHAMOU, Noëlle, *Filles, prostituées et courtisanes dans l'œuvre de G. de Maupassant. Représentation de l'amour*

vénal, Presses Universitaires du Septentrion, coll. « Thèse à la carte », 1996.

—, « La prostitution dans *La Maison Tellier*, entre réalité et fantasme », dans *Relire Maupassant*, « *La Maison Tellier* », « *Contes du jour et de la nuit* », Classiques Garnier, 2011.

<div align="right">D. G.</div>

MADEMOISELLE FIFI

Tandis qu'il achève *Une vie* et en tire la substance de contes hebdomadaires pour les journaux, Maupassant revient à des thèmes qui lui ont déjà valu deux succès, avec « Boule de suif » et « La Maison Tellier » : les prostituées et l'invasion. Sans aucun doute, l'écrivain reprend sciemment ce qui lui a valu des triomphes, mais il ne refait ni l'une ni l'autre des nouvelles précédentes. Parlant de « Mademoiselle Fifi » à l'éditeur Kistemaeckers, il écrit, dans une lettre que je citerai à nouveau plus bas : « J'y tiens beaucoup, persuadé qu'elle est bonne. » Nous ne savons rien de la date ni des étapes de la composition, ni si la source du conte est une anecdote réelle, comme on l'a dit. En revanche, il est possible de se rendre compte, grâce aux variantes, des corrections exceptionnellement importantes que l'écrivain apporte à son œuvre entre la publication dans *Gil Blas* et l'édition en librairie.

Il modifie le nom du héros, justifie son surnom ; surtout, il récrit toute la fin du conte qui prend une signification goguenarde (à la fois dans son contenu et dans la forme qui l'exprime, parodie délibérée des fins heureuses et romanesques) ; peut-être, la nouvelle conclusion, qui insiste tant sur l'allégresse du carillon après le meurtre de l'officier prussien, souligne-t-elle une autre tendance du

conte, plus cachée, même à l'auteur. Il s'agit de ce qu'on pourrait appeler l'esprit revanchard du texte ; Maupassant ne l'a peut-être pas consciemment voulu ; il ne s'en accorde pas moins à la représentation mythique que les principaux écrivains du temps se font de l'Allemagne et de l'Allemand : froid, cruel, lourd, sans-gêne et destructeur. On voit où et comment les doctrines nationalistes, qui conduiront à « l'été 14 », prennent leur forme littéraire.

Au-delà de ces réalités que le temps a effacées, il reste, au cœur de l'histoire, le face-à-face de Rachel et de « Mademoiselle Fifi », sanglant affrontement de l'homme et de la femme, conception irréductible de l'amour dont le dernier mot pourrait être la formule par laquelle Maupassant caractérise le jeune marquis : le « besoin de ravage ». Il ne faudrait pas pousser loin l'analyse pour trouver, ici, les structures du donjuanisme.

*

La nouvelle a paru, pour la première fois, dans *Gil Blas* du 23 mars 1882, signée Maufrigneuse. Quelques semaines plus tard, elle fut intégrée au recueil qui porte son nom, publié par l'éditeur belge Kistemaeckers (mai 1882), et qui connut, en 1883, une seconde édition, puis une troisième, revue (1893), dont j'adopte le texte.

Le succès fut certain. René Maizeroy le souligna dans un excellent compte rendu, paru à *Gil Blas* le 3 juillet 1882. En février 1883, la rédaction du même quotidien, annonçant la prochaine publication d'*Une vie*, pouvait écrire : « Le jeune romancier n'est pas un inconnu pour nos lecteurs qui n'ont pas oublié que *Mademoiselle Fifi* a paru dans ce journal sous un pseudonyme. » C'était du coup lever définitivement le masque transparent derrière lequel se dissimulait à peine Maufrigneuse !

L'ODYSSÉE D'UNE FILLE

On rapprochera ce conte du « Port » (1889) dans lequel une fille narre, de même, son aventure (voir p. 85). Des deux récits se dégage le sentiment d'une fatalité (« Est-ce que c'est ma faute ? ») et d'une rancœur contre les êtres et les choses (« Y a tant de lits et tant de pain dans tout ça »). Cette même année 1883, Maupassant est ramené à la question de la prostitution par un roman de Jules Guérin, *Fille de fille*, auquel il donne une lettre-préface.

*

La nouvelle a paru dans *Gil Blas* le 25 septembre 1883, sous le pseudonyme de Maufrigneuse. Elle a été recueillie en 1888 dans *Le Rosier de Madame Husson* (dont nous adoptons le texte).

LE LIT 29

L'histoire contée par Maupassant se situe dans la double tradition des récits de la guerre de 1870 et des aventures de filles. Sur la guerre, le sens de la nouvelle va volontairement à contre-courant de l'opinion publique, alors très sollicitée par la propagande revancharde de Déroulède et de sa Ligue des Patriotes fondée en 1882. Sur la prostitution, la documentation de l'écrivain et sa connaissance du rôle qu'elle joue dans l'armée (dès 1842, un arrêté du ministre avait été motivé par ce problème) sont extrêmement précises[1].

1. Pour plus de détails, on se reportera à l'article d'André Vial, « Maupassant et la Vénus vénale », recueilli dans *Faits et significations* (Nizet, 1973).

On est tenté d'établir un rapprochement entre l'aventure d'Irma et celle de Rachel dans « Mademoiselle Fifi ». Il se limite à la qualité des héroïnes et à leur hostilité finale à l'égard des envahisseurs. Il est impossible, en effet, de comparer deux nouvelles de structure et d'étendue si différentes. Notons seulement que « Le Lit 29 » laisse de côté les problèmes de guerre pour accentuer des observations déjà suggérées par le récit de 1882. Sont ainsi mis en relief : la gloire relative du militaire, l'incompréhension – autre qu'épidermique – entre l'homme et la femme, la médiocrité un peu veule de l'héroïne, le poids des préjugés sociaux. Sous ses apparences nettes et positives, le récit manifeste le plus absolu nihilisme. On sait, grâce aux travaux d'André Vial[1], que Maupassant tenait son sujet d'Henry Céard. Une note de ce dernier apporte les précisions suivantes :

> C'est à bien longue distance qu'il se souvenait des récits qu'on lui faisait. Ainsi une nouvelle, *Le Lit n° 29*, histoire d'une femme syphilitique, mourant à l'hôpital après avoir patriotiquement contaminé des Prussiens, vient d'une aventure réelle que je lui avais contée en 1876, avant *Boule-de-Suif*. C'était l'épisode de la fusillade d'une basse prostituée qui, condamnée à mort dans le département de la Haute-Marne, pour ses distributions de vérole à l'armée ennemie et ses infractions à des arrêtés l'expulsant de la ville où elle exerçait son métier et, par vengeance, communiquait son virus, mourait en criant au peloton d'exécution : « Je m'en fous ! Je vous ai fait plus de mal que l'artillerie. » Plus de dix ans après, il reprenait cette anecdote et la déformait singulièrement en même temps qu'il la compliquait d'un viol bien inutile. C'était par représailles de ce viol par les Allemands que, maintenant, la femme pourrissait les officiers d'une garnison : effet assurément moins beau et moins grand que celui de la pierreuse donnant la corruption et la mort par amour pour la Patrie. Chez Maupassant, l'héroïne des trottoirs est devenue une courtisane de marque, refusant de se

1. *Guy de Maupassant et l'art du roman*, Nizet, 1954, p. 314.

livrer aux vainqueurs, même contre argent, et est prise de force, après les avoir insultés. Sans doute Maupassant craignit de recommencer une espèce de Rachel, de Boule-de-Suif et autres pensionnaires de *La Maison Tellier* ou du bouge du *Port* et donna de la dignité à la courtisane en la haussant dans la galanterie, précaution qui détruit tout le grandiose d'un épisode réel.

Quoi qu'il en soit de l'incitation qui donne naissance à ce récit, Maupassant y fait preuve d'une grande maî-trise dans le style et la construction des épisodes, et cela n'appartient qu'à lui.

*

La nouvelle a été publiée dans *Gil Blas* du 8 juillet 1884, sous la signature Maufrigneuse, et recueillie dans *Toine* (1886) (dont nous suivons l'édition définitive).

L'ARMOIRE

Il s'agit ici des enfances de la prostituée. On compa-rera ce texte à « L'Odyssée d'une fille » et « Le Port ». On le confrontera également à la préface que Maupassant donne, en 1883, au roman de Jules Guérin, *Fille de fille*.

On trouve une peinture des premières « amours » d'une fille comparable à celle que donnent les romans contemporains qui ont abordé cette question : *La Fille Élisa* d'Edmond de Goncourt, *Marthe* de Huysmans, *La Fin de Lucie Pellegrin* de Paul Alexis. Maupassant pouvait tirer la substance du conte de son expérience personnelle et de divers ouvrages, célèbres au XIXᵉ siècle : ceux du docteur Jeannel, *De la prostitution* [...], et *De la pros-titution dans les grandes villes au XIXᵉ siècle*, et celui de Parent-Duchâtelet, *De la prostitution dans la ville de Paris*.

Quelle que soit la justesse du propos de Pol Neveux – « identifier Maupassant avec ses personnages, l'erreur

est grossière[1] » –, on ne peut s'empêcher d'observer quelques concordances : le poids de la solitude, écrasant dans d'autres contes ; l'intrusion de détails relatifs à l'époque des canotiers ; la réflexion sur l'enfant naturel et sa place dans la vie. Parallèlement, et surtout à partir de 1884, l'émotion du narrateur, sa pitié devant les choses et les gens deviennent plus grandes.

*

La nouvelle a été publiée dans *Gil Blas* le 16 décembre 1884, sous la signature Maufrigneuse, et recueillie dans *Toine* (1886) (dont j'adopte le texte définitif).

LE PORT

En se fiant à quelques ressemblances de détail, on pourrait croire que Maupassant opère un retour aux sources et qu'il reprend, sous une autre forme, « La Maison Tellier » et, plus encore, « L'Odyssée d'une fille ». Il revient surtout sur un thème qui le préoccupe et qu'il a développé dans « Monsieur Jocaste » (voir dans *Contes et nouvelles*, Bibl. de la Pléiade, t. I, p. 717) et « L'Ermite » (voir dans *La Petite Roque*, Folio classique, p. 83) : celui de l'inceste. Il sert à illustrer, une fois de plus, la force inéluctable et aveugle de la destinée. « Le Port » est un conte du désespoir parmi les plus poignants que Maupassant ait écrits. Lui donner pour héroïne une fille qui, aux yeux de la morale et de la société, a atteint le plus bas et qui, de surcroît, commet même involontairement un inceste ne fait que décupler la force du conte.

1. Étude sur Guy de Maupassant, en tête de la préface aux *Œuvres* de Maupassant, éd. Conard, t. I, 1907, p. xxx.

« Le Port » a été publié dans *L'Écho de Paris* du 15 mars 1889 et recueilli quelques semaines plus tard dans *La Main gauche* (dont j'adopte le texte).

BOULE DE SUIF

Le 2 janvier 1880, Flaubert écrit à Maupassant : « Que 1880 vous soit léger, mon très aimé disciple. » Ce fut une année agréable et légère, en effet, toute remplie du triomphe de « Boule de suif ». Maupassant devenait vraiment célèbre du jour au lendemain.

*

La nouvelle fut écrite pour *Les Soirées de Médan*, volume collectif regroupant des nouvelles relatives à la guerre de 1870 que les auteurs (Zola, Maupassant, Huysmans, Céard, Hennique et Alexis) avaient d'abord songé à baptiser *L'Invasion comique*. Si le titre change, le propos reste le même. Une lettre de Maupassant à Flaubert (5 janvier 1880) le définit :

> Nous n'avons eu, en faisant ce livre, aucune intention antipatriotique, ni aucune intention quelconque ; nous avons voulu seulement tâcher de donner à nos récits une note juste sur la guerre, de les dépouiller du chauvinisme à la Déroulède, de l'enthousiasme faux jugé jusqu'ici nécessaire dans toute narration où se trouvent une culotte rouge et un fusil. Les généraux, au lieu d'être tous des puits de mathématiques où bouillonnent les plus nobles sentiments, les grands élans généreux, sont simplement des êtres médiocres comme les autres, mais portant en plus des képis galonnés et faisant tuer des hommes sans aucune mauvaise intention, par simple stupidité. Cette bonne foi de notre part dans l'appréciation des faits militaires donne au volume entier une drôle de gueule, et notre désintéressement voulu où chacun apporte inconsciemment de la passion exaspérera mille fois plus les

bourgeois que des attaques à fond de train. Ce ne sera pas
antipatriotique mais simplement vrai.

Du même coup, le volume allait apparaître comme le
manifeste provocant de la nouvelle école naturaliste.

Maupassant écrit sa nouvelle dans les derniers mois de
l'année 1879. Lors de sa visite à Croisset, en novembre, il
en parle à Flaubert ; le 2 décembre 1879, il écrit à ce der-
nier : « Je travaille ferme à ma nouvelle sur les Rouennais
et la guerre. Je serai désormais obligé d'avoir des pistolets
dans mes poches pour traverser Rouen. »

Il lit sa nouvelle chez Zola, rue Clauzel, devant les
divers collaborateurs du recueil : « Quand il eut terminé
[…], d'un élan spontané, avec une émotion dont ils gar-
dèrent la mémoire, enthousiasmés par cette révélation,
tous se levèrent et, sans phrases, le saluèrent en maître[1]. »
Nous sommes peut-être, ici encore, en présence de la
légende dorée du naturalisme. En revanche, une chose est
sûre : la hâte de Flaubert à lire l'œuvre annoncée. « J'ai
grande envie de voir l'élucubration antipatriotique. Il fau-
drait qu'elle fût bien forte pour me révolter », écrit-il à
Maupassant le 2 janvier 1880. Moins d'un mois plus tard,
il était en possession des épreuves et il pouvait écrire à
sa nièce, Mme Commanville : « *Boule de suif*, le conte de
mon disciple, dont j'ai lu ce matin les épreuves, est un
chef-d'œuvre ; je maintiens le mot, un chef-d'œuvre de
composition, de comique et d'observation » (1er février
1880). Le même jour, il adresse une lettre à Maupassant :
en même temps qu'il lui prodigue des éloges dont il y
avait de quoi être fier (« chef-d'œuvre », « cela est d'un
maître »), il lui soumet ce qu'il appelle des « remarques
de pion » – notamment deux corrections que Maupassant
suivit[2].

1. Pol Neveux, préface aux *Œuvres* de Maupassant, éd. Conard,
t. I, 1907, p. XVII.
2. En particulier la suppression du mot « tétons » (voir p. 123,
n. 2).

*

À la parution, chez Charpentier, en avril 1880, l'insolence calculée des six écrivains, l'astucieuse diligence qu'ils mirent à lancer leur recueil provoquèrent les journalistes.

Les comptes rendus furent nombreux ; retenons seulement deux ou trois appréciations portées sur « Boule de suif ». De Camille Lemonnier, cette phrase : « Guy de Maupassant (superbe, sa *Boule de suif*) a le tour français, point trop surchargé, une belle tenue de prosateur, un récit preste et coupé de courtes descriptions » *(L'Europe politique, économique et financière*, 1er juin 1880). *Le Moniteur vinicole* (21 juillet 1880) écrit : « M. de Maupassant a décrit un cruel, mais bien spirituel épisode de l'invasion en province » ; pour Frédéric Plessis (*La Presse*, 5 septembre 1880) : « *Boule de suif* de M. de Maupassant a obtenu un brillant succès. Ce n'est pas sans raison. M. de Maupassant, que j'ai eu l'occasion, ici même, de traiter sévèrement comme poète, est un prosateur très distingué. Un style serré, retenu, concentré au point d'en devenir presque sobre et correct, est mis, dans cette nouvelle, au service d'un esprit d'observation incontestable. Cela est du Flaubert tout pur, et quel talent ne faut-il pas pour pasticher cet excellent prosateur. » Il y a du fiel dans l'ambroisie ! Wolff, pour sa part, publia dans *Le Figaro* (19 avril) une critique si acerbe que Zola demanda une mise au point qui parut quelques jours plus tard.

Mais ce sont les jugements de Flaubert qui allaient marquer la véritable destinée du volume : « Ce petit conte *restera*, soyez-en sûr ! » (1er février 1880) ; « Tâche d'en faire une douzaine comme ça ! et tu seras un homme ! L'article de Wolff m'a comblé de joie. Ô eunuques ! » (20 [ou 21] avril 1880) ; « C'est bien original de conception, entièrement bien compris et d'un excellent style. Le paysage et les personnages se voient et la psychologie est forte » (1er février 1880). Et pour finir, la décision sans appel : « *Boule de suif* écrase le volume » (vers le 25 avril

1880). Le succès fut au rendez-vous : en mai 1880, moins de trois mois après la parution, *Les Soirées de Médan* atteignaient leur huitième édition[1].

*

C'est d'un fonds de réalité que s'inspire « Boule de suif ». Les principaux acteurs de l'aventure ont existé : l'héroïne, Cornudet, Carré-Lamadon. Il est aisé d'identifier un grand nombre des lieux où se déroule l'action. Quant à l'anecdote qui constitue le centre du récit, elle serait vraie aussi et Maupassant l'aurait recueillie de la bouche même de son oncle Charles Cord'homme. Plus encore, l'atmosphère de la nouvelle est exacte. Maupassant, durant l'hiver 1870-1871, a été le témoin de la débandade des troupes françaises, de l'invasion allemande ; il a vécu ces heures en plein pays rouennais. Au moment où il composait « Boule de suif », il pouvait écrire à Flaubert (5 janvier 1880) : « Ce que je dis des Rouennais est encore beaucoup au-dessous de la vérité. »

*

Une des réussites de Maupassant, dans « Boule de suif », est d'avoir su concilier une anecdote « réaliste », la peinture d'une époque et de classes sociales, avec une profonde vérité humaine. Maupassant oppose à une femme dite « immorale » les représentants – nobles, gros bourgeois, religieuses – de ce qui va devenir bientôt l'ordre moral. Il est clair qu'en ce cloaque d'hypocrisies intéressées et d'égoïsmes sans pudeur, ce n'est pas Boule de suif, coupable aux yeux d'une certaine morale (et « sacrifiée » à ce titre sans hésitation), qui est condamnée. L'auteur souligne tout ce que cette fille garde de fierté, alors même que sa chair est lassée depuis longtemps. Il inaugure ici un des éléments de sa psychologie des prostituées : leur

1. Nous retenons ici le texte de la dernière réédition, de 1890.

émotivité, leur courage, et leur volonté de transférer
en un autre domaine le sens moral que leur métier les
empêche d'attacher, comme d'autres le font, aux ques-
tions physiques (voir « La Maison Tellier », « Mademoi-
selle Fifi », « Le Lit 29 »). Ce qu'il y a de grave dans le
complot dont est victime Boule de suif, c'est qu'il empêche
le personnage d'être fidèle à une certaine idée de sa dignité.
Cette défaite de l'être humain vis-à-vis de lui-même, cette
lâcheté de tous – y compris du « démoc » Cornudet –, cette
inutilité de l'acte consenti, cet arrière-plan d'effondrement
militaire du pays, tout concourt à donner à la nouvelle la
dimension qui la place d'emblée hors du temps : celle de
l'absurde des choses, celle d'un pessimisme foncier.

LA MAISON TELLIER

C'est à la fin de l'année 1880 et au début de 1881 que
Maupassant compose la nouvelle « La Maison Tellier ».
Il se montrait assez satisfait de sa nouvelle et la jugeait
même supérieure à « Boule de suif[1] ». Œuvre « raide et
très audacieuse », disait de son côté son éditeur[2]. En effet,
l'idée d'envoyer un contingent de prostituées assister à
une première communion pouvait paraître délicate à
traiter. Ses amis naturalistes, devant qui l'écrivain s'était
ouvert de son projet, avaient crié à l'impossibilité de le
mener à terme. De tels doutes ne rebutèrent pas Mau-
passant.

La condition des prostituées avait inspiré les écrivains
naturalistes. À Francisque Sarcey qui s'en offusque, Mau-
passant réplique :

1. Dans une lettre à sa mère de janvier 1881 : « J'ai presque fini
ma nouvelle sur les femmes de bordel à la première communion.
Je crois que c'est au moins égal à *Boule de suif*, sinon supérieur. »
2. Victor Havard, dans une lettre du 8 mars 1881 (*Souvenirs sur
Maupassant*, Rome, Bocca frères, 1905, édition d'A. Lumbroso,
p. 391).

M. Francisque Sarcey s'irrite et s'étonne que la cour-
tisane et la fille depuis une quarantaine d'années aient
envahi notre littérature, se soient emparées du roman et
du théâtre [...] la vraie raison n'est-elle pas celle-ci : les
lettres sont entraînées maintenant vers l'observation pré-
cise ; or la femme a dans la vie deux fonctions, l'amour et
la maternité. Les romanciers, peut-être à tort, ont toujours
estimé la première de ces fonctions plus intéressante pour
les lecteurs que la seconde, et ils ont d'abord observé la
femme dans l'exercice professionnel de ce pour quoi elle
semblait née[1].

La prostituée acquiert ses lettres de noblesse dans la
littérature naturaliste : qu'on se rappelle *Marthe* de Huys-
mans (1876), *La Fille Élisa* d'Edmond de Goncourt (1877)
et, en 1880, *Nana* d'Émile Zola et *La Fin de Lucie Pellegrin*
de Paul Alexis. Toutefois, si tous ces romans mettent en
scène des prostituées, officielles ou clandestines, et des
demi-mondaines, aucun ne donne à la maison close une
importance primordiale.

*

Divers témoignages laissent supposer que Maupas-
sant bâtit sa nouvelle à partir d'une anecdote réelle, ce
qui est bien dans sa manière d'observateur des menus
faits quotidiens. L'événement se serait passé non loin
de Rouen ; quant à la « maison Tellier », elle aurait
été située dans cette même ville, rue des Cordeliers.
L'écrivain la transporte à Fécamp et place la première
communion dans un village fictif. Les critiques, Zola le
premier, virent bien que l'intérêt ne résidait pas dans
l'anecdote pure et simple, mais dans « une note très
humaine, remuant le fond même de la créature. Ces
malheureuses agenouillées dans une église et sanglo-
tant l'ont tenté comme un bel exemple de l'éducation de
jeunesse reparaissant sous les habitudes si abominables

1. « Chronique », *Le Gaulois*, 20 juillet 1882.

qu'elles puissent être[1] ». Et Zola précise : « Toute l'étude porte dès lors sur l'échappée de ces filles, sur leur jeunesse qui repousse au milieu des grandes herbes ».

*

« La Maison Tellier » parut dans un recueil auquel elle donne son titre, en mai 1881, chez Victor Havard[2], un jeune éditeur qui avait l'ambition de concurrencer Charpentier, libraire attitré des naturalistes. Il flairait dans les œuvres de Maupassant une bonne affaire financière. Le livre rencontra immédiatement, auprès du public, un succès considérable qui entraîna plusieurs rééditions. En revanche, le directeur du *Figaro*, Francis Magnard, se montra, comme toute la rédaction du journal, « indigné » et « scandalisé ». La maison Hachette, qui avait le monopole de la distribution des bibliothèques de gare, jugeait le volume inadmissible. Léon Chapron, dans *L'Événement*, qualifiait l'œuvre d'« ordure ». D'autres voix s'élevèrent pour rétablir l'équilibre. Celle de Zola, celle de Banville qui, plus tard, écrivit à Maupassant : « Vous faites voir les filles telles qu'elles sont, bêtes et sentimentales, sans les relever ou les flétrir, et en ne les traînant pas dans la boue, ni dans les étoiles[3]. »

*

Tous les commentateurs s'accordent à louer la perfection et l'audace de la nouvelle. Celle-ci ne tient pas seulement à la qualité des héroïnes, mais à ce parfum de libre contestation des valeurs qui flotte à travers ces pages : Maupassant jette le même regard sur le sacré et le profane, il confond (à tous les sens du terme) dans la même aventure la respectabilité bourgeoise et la préten-

1. *Le Figaro*, 11 juillet 1881.
2. Nous retenons le texte de l'édition définitive parue chez Ollendorff en 1891.
3. *Gil Blas*, 1ᵉʳ juillet 1883.

due déchéance des filles. Pour elles, cette journée, c'est la liberté d'être femmes comme elles l'entendent, mais c'est aussi la pureté de l'enfance retrouvée ; en un mot, c'est le *miracle*, dérisoire et fugitif peut-être, mais manifestation bien présente d'un *bonheur* (différent du plaisir) sur quoi l'auteur s'interroge avec une évidente pitié et qui est peut-être parfois de ce monde, en tout cas pas d'un autre. Si bien que cette histoire, qui pourrait être scabreuse, est pleine de tendresse, d'humour, de fraîcheur.

L'AMI PATIENCE

Maupassant réussit, dans ce conte, à fondre en une parfaite unité des réflexions disparates sur la fuite du temps, l'art, la beauté féminine. Le tout s'insère en une histoire dont le sens ne s'éclaire que lorsque le dernier mot est prononcé, décuplant l'effet de tous les éléments mis en attente.

*

« L'Ami Patience » fut publié pour la première fois dans *Gil Blas* (4 septembre 1883), sous la signature Maufrigneuse, et recueilli, en 1886, dans *Toine* (1886) (nous adoptons le texte de la 2ᵉ édition de ce recueil, parue la même année).

ÇA IRA

Une partie de ce conte renvoie aux souvenirs que Maupassant garde du temps de ses canotages sur la Seine, autour de 1876. Dans l'imaginaire, il est contemporain de « La Femme de Paul », d'« Une partie de campagne » et de « Mouche ». Toutefois, on observera chez l'écrivain l'art de

passer d'une époque à une autre par le moyen de récits enchâssés.

À travers des souvenirs peut-être authentiques, Maupassant évoque plusieurs problèmes qui lui sont chers : la perte de l'identité (on ne sait finalement qui est cette femme dont le nom est successivement Ça ira, Zaïra et Sarah) ; la farce qui devient piège : on y attrape l'homme, mais on s'y attrape soi-même et l'on découvre que parvenir c'est aliéner sa liberté. Le texte se construit autour de quelques petites phrases significatives : « Vrai, on se moque des hommes, tu sais ! », « nous allons en faire une bien bonne », « Tout l'autrefois pauvre et drôle remuait son âme ».

*

Publié dans *Gil Blas* du 10 novembre 1885, « Ça ira » fut recueilli en février 1886 dans *Monsieur Parent* (dont nous adoptons le texte).

NUIT DE NOËL

C'est une étrange « nativité » que nous présente Maupassant, à la fois grotesque, émouvante et sarcastique. Il y avait là de quoi faire réfléchir ses lecteurs – à moins qu'ils n'aient rien pensé du tout.

*

« Nuit de Noël » a paru dans *Gil Blas* du 26 décembre 1882, signé Maufrigneuse. Il fut recueilli dans la deuxième édition de *Mademoiselle Fifi* (1883) (nous adoptons le texte de la dernière édition revue, parue en 1893).

LES VINGT-CINQ FRANCS
DE LA SUPÉRIEURE

Voici un texte qui démontre que les meilleures intentions du monde, et les plus saintes, font parfois les affaires du Diable plutôt que celles du bon Dieu.

Je ne sais si l'anecdote brode sur un fond de réalité : il n'y aurait rien d'étonnant. En tout cas, la charité des religieuses n'avait pas toujours le résultat escompté : ainsi, quelques années après la date de ce conte, le poète Germain Nouveau – dénué de tout et même de mobilier – s'obstinait à revendre au brocanteur les lits que la supérieure d'un couvent voisin de son domicile s'obstinait à racheter et à lui faire reporter, à la grande joie du fripier. Il est vrai que, très différent de Pavilly, Nouveau distribuait aux pauvres le prix de la vente[1].

*

Publiée dans *Gil Blas* le 28 mars 1888, la nouvelle fut recueillie dans *L'Inutile Beauté*, paru chez Havard en 1890 (dont nous adoptons le texte).

LOUIS FORESTIER

1. L'anecdote est racontée par Léon Vérane dans *Humilis poète errant* (Bernard Grasset, 1929, p. 217).

NOTES

MADEMOISELLE FIFI

Page 27.

1. *Farlsberg* : les noms propres, dans cette nouvelle, sont imaginaires. On notera que, pour lui donner une couleur plus germanique, Maupassant a modifié le nom de son héros qui s'appelait d'abord Rego d'Anglesse.

2. *Uville* : on ne connaît pas de château de ce nom en Normandie. L'auteur a pu l'imaginer à partir d'Urville qu'on rencontre dans la Manche et le Calvados.

Page 28.

1. On pense aux jugements de Flaubert sur le climat de Croisset : sans aller jusqu'à des expressions aussi énergiques, il déplore la pluie et les bourrasques fréquentes (voir, par exemple, la lettre à sa nièce Caroline, du 14-15 janvier 1879).

2. L'*Andelle* est une rivière normande qui prend sa source non loin de Forges-les-Eaux et se jette dans la Seine en amont de Pont-de-l'Arche, après avoir traversé l'Eure et la Seine-Maritime. De lieux déjà évoqués dans « Boule de suif » ou « Le Mariage du lieutenant Laré », on a des points de vue sur l'Andelle : c'est qu'une bonne part des événements de 1870 rapportés par Maupassant a été

située dans une région délimitée par les bourgades de Buchy, Lyons-la-Forêt et Blainville.

3. *Guerre d'Autriche* : il s'agit du conflit qui opposa l'Autriche et la Prusse et aboutit à la victoire de cette dernière à Sadowa, en 1866.

Page 35.

1. *Strasbourg*, assiégée par les troupes prussiennes, résista près de deux mois (9 août-28 septembre) et ne se rendit qu'après trente-neuf jours de bombardements ; quelques semaines plus tard, la place de *Belfort* allait opposer, sous la conduite de Denfert-Rochereau, une résistance non moins acharnée (novembre 1870-février 1871). Le célèbre « Lion de Belfort » taillé à même le roc par Bartholdi, pour commémorer la défense de la ville, avait été inauguré en 1880.

Page 37.

1. *La grosse Amanda*, *Éva la Tomate* : le docteur Reuss, dans *La Prostitution* (1889), souligne, d'une part, la mode des surnoms chez les prostituées (Élisabeth Rousset est plus connue sous le nom de Boule de suif ; la Maison Tellier nous a fait connaître Rosa-la-Rosse, Louise Cocote et Flora Balançoire), d'autre part, la vogue des noms en *-a* ; et il ajoute que ces surnoms sont empruntés « au livre, à la pièce de théâtre à succès ou à la chanson de café-concert en vogue ». Précisément, depuis 1877, une scie de caf'conc' connaissait un triomphe sans précédent : *L'Amant d'Amanda*, de Carré et Durandeau.

Page 39.

1. *L'impératrice Augusta* (1811-1890) avait épousé Frédéric-Guillaume, roi de Prusse, qui devint empereur d'Allemagne sous le nom de Guillaume I[er]. En 1882, le lecteur français de l'impératrice s'appelait Jules Laforgue.

L'ODYSSÉE D'UNE FILLE

Page 45.

1. Le *théâtre du Vaudeville* avait été reconstruit sur le boulevard des Capucines en 1869 ; environ vingt ans plus tard, en 1888, *La Paix du ménage*, pièce de Maupassant, y fut reçue, mais ne fut jamais jouée. Le trajet que suit le narrateur est le plus parisien qui soit : les Boulevards dans leur portion la plus animée, du carrefour Drouot à la Madeleine. C'est là que se situe aussi le début de *Bel-Ami*.

Page 46.

1. *On donnait ce jour-là un coup de filet à la prostitution* : le docteur Reuss, dans son livre sur *La Prostitution* (1889), écrit : « La police, en tant qu'institution administrative, a deux missions à remplir : protéger la sécurité et la moralité de la rue, protéger la Santé publique [...]. Il est donc du devoir de la police d'empêcher les filles de faire de la rue un marché où elles débattraient le prix de leurs faveurs. » Un certain nombre de conditions étaient mises à la fréquentation du trottoir (certaines rues étaient interdites, certaines heures prohibées). Naturellement, le règlement de police était journellement enfreint, ce qui motivait la rafle. À cette occasion, il n'était pas rare de voir des passants prendre la défense des filles.

Page 48.

1. *Je me laissai enjoler par lui* : dans la lettre-préface à *Fille de fille*, Maupassant parle de la « fillette exaltée » qui ouvrira son lit « au commis d'en face, idéalisé par son rêve, devenu un héros, un personnage de roman ».

2. *Je quittais* : je laissais.

Page 49.

1. *Barantin* (la bonne orthographe serait *Barentin*) est
à mi-chemin entre Yvetot et Rouen.

Page 53.

1. *Je n'étais point sous la surveillance* : les prostituées
se répartissaient en deux catégories : les clandestines
et les femmes inscrites auprès des services de police ;
ces dernières étaient soumises à des visites médicales
périodiques (voir « La Maison Tellier »). L'héroïne est en
triple infraction aux yeux de l'usage du xixᵉ siècle : elle
est mineure, elle est clandestine, elle est trouvée dans un
cabaret en compagnie d'un homme qu'elle a provoqué
(instruction du 15 octobre 1878).

LE LIT 29

Page 55.

1. Ironie évidente de Maupassant qui sait fort bien,
lui (pour l'avoir expérimenté), que la fréquentation des
prostituées peut entraîner des maladies dont l'une des
manifestations est la chute des cheveux.

2. Charles *Bourbaki* (1816-1897) se fit connaître par
ses hardiesses durant la campagne de Crimée. En jan-
vier 1871, il commandait l'armée de l'Est.

La réflexion proposée ici doit s'entendre à deux
niveaux. D'une part, le point de vue du personnage mis
en scène, vers 1868 : le jugement correspond bien à ce
que la moyenne des officiers pensait alors de Bourbaki ;
d'autre part, le point de vue que le lecteur de 1884 ne
peut s'empêcher d'adopter : à cette date, le général, entré
dans le cadre de réserve, s'est trouvé mêlé – volontaire-
ment ou non – à diverses initiatives réactionnaires sans
grande portée ; son nom y perdit un peu de son prestige.
Par un procédé dont il est coutumier, Maupassant sub-
vertit le passé par tout le poids de son aboutissement

présent. Tout se passe comme si le nihilisme s'exerçait aussi dans le domaine des leçons de l'histoire.

3. *Ligne* : ce terme désigne ici, un peu abusivement, l'infanterie, par opposition à la cavalerie, arme noble dont fait partie le capitaine Epivent.

Page 57.

1. *On n'habille pas le bourreau* : ces propos prêtés à un esprit petit-bourgeois peuvent ne relever que de l'idée reçue. Mais ils sont scandaleux et invraisemblables, dans la bouche d'un tel personnage, en un temps où le nationalisme s'affirme. On les trouve, en revanche, dans la bouche des individualistes, tentés par le nihilisme ou l'anarchie.

2. C'est aussi en 1868 que Maupassant entre comme interne au lycée de Rouen : il n'a qu'à plonger dans ses souvenirs pour évoquer l'atmosphère de cette ville durant « l'avant-guerre » de 1870.

3. Le *cours Boïeldieu* existait effectivement à Rouen : il était parallèle à l'actuel quai de la Bourse. Je n'ai pas trouvé trace du *café de la Comédie*, soit qu'il ne figure pas aux annuaires, soit – plus vraisemblablement – que Maupassant donne ce nom au célèbre café de la Bourse, proche du théâtre des Arts.

Page 58.

1. *Templier-Papon* : ce nom fictif sonne comme celui de Carré-Lamadon, personnage de « Boule de suif », dans lequel on a cru reconnaître le bien réel Pouyer-Quertier, puissant industriel et homme politique rouennais.

Page 59.

1. *La verte liqueur*, c'est l'absinthe. En 1884, désigner l'absinthe par les termes de liqueur verte relève du cliché. Maupassant le souligne, précisément, en antéposant l'adjectif au nom. Il y aurait toute une étude à faire sur la fée verte vue par les peintres et les poètes (Degas, Manet, Cros, Verlaine, Ponchon, etc.).

Page 60.

1. Maupassant tourne en dérision la confusion du beau, du bien et du patriotique et les excès revanchards.

Page 62.

1. *L'hôpital civil* : il s'agit de l'Hôtel-Dieu de Rouen, que Maupassant pouvait connaître plus intimement par Flaubert car son père et son frère y avaient exercé.

Page 64.

1. *Salop* : c'est bien ainsi que le mot s'orthographiait couramment au xixe siècle ; d'où dérive le féminin *salope*.

Page 69.

1. *Rue Jeanne-d'Arc* : une des principales artères perpendiculaires à la Seine, sur la rive droite. Elle était, et est toujours, bordée d'imposantes maisons bourgeoises : Irma était vraiment « installée ».

Page 70.

1. *Capon* : poltron. Le mot est apparenté à *chapon*, qui est bien la pire injure qu'on puisse lancer à un capitaine habitué à prendre les femmes à la hussarde.

L'ARMOIRE

Page 72.

1. Les *Folies-Bergère* avaient été inaugurées en 1869 sur l'emplacement qu'elles occupent encore. On y donna d'abord des attractions internationales ; puis des comédies musicales. C'était un lieu où se pratiquait « la galanterie tarifée ». Duroy, dans *Bel-Ami* (I, i), hante lui aussi la salle de la rue du Faubourg-Montmartre, avec son ami Forestier ; il se fait enlever, à la sortie, par une « grosse brune ».

Page 73.

1. *Allumette-bougie* : allumette dont le corps, au lieu d'être fait d'une bûchette de bois, est constitué de coton trempé dans la cire fondue, et qui fournit un temps d'éclairage plus élevé.

Page 74.

1. Maupassant lui-même demeura au 17 de la *rue Clauzel* dans le IX^e arrondissement, de 1876 à 1880.

Page 76.

1. *Marin d'eau douce* : à défaut d'un établissement ainsi nommé, on trouvait à Argenteuil une auberge du *Petit-Matelot*. Maupassant fréquenta ces lieux vers 1873.

2. On trouve une situation presque analogue dans « Un fils », récit publié en 1882 et recueilli dans les *Contes de la bécasse*.

3. Il est possible que Maupassant ait réellement connu un médecin versé dans ces questions.

Ce qui est sûr, c'est que les ouvrages théoriques de l'époque débattaient de ces problèmes : Jeannel et Parent-Duchâtelet en font l'exposé, statistiques à l'appui, et se montrent moins affirmatifs que Maupassant (voir A. Vial, *Guy de Maupassant et l'art du roman*, *op. cit.*, p. 232-233). Un autre technicien, le docteur Reuss (*La Prostitution*, Baillière, 1889, p. 41), s'exprime ainsi :

> Les observations de Parent-Duchâtelet et de M. Jeannel, qui concordent avec les miennes, prouvent qu'une forte proportion des prostituées inscrites est fournie par d'anciennes domestiques. Quelles sont les raisons qui poussent ainsi les servantes dans la prostitution ?
>
> Il me semble, qu'avant tout, il faut faire justice de la croyance, accréditée par certains moralistes, que la séduction des servantes par leurs maîtres est une des grandes causes de la prostitution. [...]
>
> Un grand nombre de filles, je le répète, ont été séduites avant de se placer ; pour quelques-unes d'entre elles c'est

leur mauvaise conduite qui les a obligées à quitter le pays natal et de chercher une place au-dehors.

Page 77.

1. *Stupide comme ses pareilles* : la bêtise de la prostituée est unanimement décrite par les romanciers, au point que cela devient un cliché ou une idée reçue. Edmond de Goncourt écrit dans *La Fille Élisa* en 1877 :

> Les médecins qui ont la pratique de ces femmes vous peignent l'interrogation stupide de leurs yeux étonnés, de leurs bouches entrouvertes, à la moindre parole qui sort du cadre étroit de leur pensée. Ils vous les montrent vivant dans un nombre si restreint de sentiments et de notions des choses que leur état intellectuel avoisine presque le degré inférieur qui fait appeler un être humain : un innocent.

Page 78.

1. La religiosité des prostituées est une chose bien connue des experts, à cette époque. Maupassant, dans « La Maison Tellier », l'a mise en évidence (voir p. 176-180). Le docteur Jeannel et Parent-Duchâtelet la soulignent.

LE PORT

Page 80.

1. Le bateau retour d'Amérique du Sud constitue un motif récurrent. On le trouve, par exemple, dans *Le Horla*. Tout se passe comme si ce navire était chargé de malheur : choléra, être invisible et néfaste, fatalité de l'inceste.

Page 81.

1. On trouve, tout au début de *Au soleil*, une description de Marseille dont le ton est bien différent : colorée, vive, pétillante. Ici, au contraire, Maupassant souligne l'aspect dépréciatif, donnant par avance le ton du conte.

Page 84.

1. Ce déguisement des filles était une réalité. Il avait déjà fait l'objet d'une notation dans « La Maison Tellier » : Louise Cocote et Flora Balançoire étaient costumées, respectivement, en « *Liberté* avec une ceinture tricolore » et en « Espagnole de fantaisie avec des sequins de cuivre qui dansaient dans ses cheveux » (voir p. 156).

2. Dans le jargon des matelots, le mot *mathurin* avait d'abord désigné un navire à voiles. Il désigna ensuite, familièrement, le marin lui-même.

Page 90.

1. On rapprochera ce passage des confidences analogues recueillies dans « L'Odyssée d'une fille ». La « carrière » de Françoise est rigoureusement celle que décrivaient, alors, les spécialistes de la prostitution (Parent-Duchâtelet ou le docteur Reuss) : très jeune, fille de paysans et venue à son état par l'intermédiaire de la domesticité (voir aussi « L'Armoire » et p. 76, n. 3).

Page 91.

1. En mesurant toutes les différences, on comparera « Le Port » à ces lignes extraites des *Lettres de jeunesse* de Saint-Exupéry (Gallimard, 1953, p. 70-71) :

> Hier soir j'ai causé avec une pauvre poule. Elle m'a dit : « Je suis mannequin chez Drecoll. Je gagne six cents francs par mois. Mon mari vient de m'abandonner avec un gosse. J'ai dû pour travailler mettre le petit en nourrice. Ça me coûte trois cents francs par mois. Il m'en reste trois cents. Et que faire d'autre ? Pas une femme à Paris ne gagne même mille francs par mois. Alors je fais la grue. J'essaie. Je me couche à cinq heures du matin et je n'ai que trois heures à dormir à cause de mon métier de mannequin. Mais je me débrouille mal. Je suis timide et les camarades rient de moi. Maintenant j'ai une bronchite et quelque chose au poumon gauche. Ça n'ira pas longtemps. Alors je vais entrer "en maison" puisque je ne sais pas racoler et n'en peux plus. Là on me choisira si on en a envie. Et

que voulez-vous que je cherche d'autre ? Je vivrai, et mon gosse. C'est déjà quelque chose. »

En effet c'est déjà « quelque chose », et que vouliez-vous que je réponde ?

Et c'est une histoire banale pour les gens qui ne puisent dans ces histoires-là que ce qu'ils puisent dans les scènes de gigolettes au Music-Hall : une émotion, une pitié truquée. C'est très 1880, très mélodrame.

BOULE DE SUIF

Page 96.

1. On surnommait *moblots* les soldats de garde de ligne, formation réorganisée en 1868, peu disciplinée et mal entraînée. Les *culottes rouges* désignent l'infanterie, dont le célèbre pantalon garance subsista jusqu'en 1914 ; les artilleurs étaient vêtus de gris et les dragons portaient un casque à crinière. Les *francs-tireurs*, aux noms à consonance révolutionnaire, constituaient des unités en marge de l'armée régulière. La *Garde nationale* était recrutée, dans les agglomérations, parmi les hommes de vingt-cinq à cinquante ans ; son efficacité était limitée ! – Après s'être préparée à soutenir un siège, Rouen fut abandonnée sans combat. Les Prussiens y entrèrent le 5 décembre 1870.

2. *Saint-Sever* est un faubourg de Rouen, sur la rive gauche ; *Bourg-Achard* est un petit village, à mi-chemin de Rouen à *Pont-Audemer*.

Page 97.

1. *Sainte-Catherine, Darnétal, Bois-Guillaume* : trois faubourgs de Rouen, sur la rive droite, par lesquels, effectivement, les Prussiens entrèrent simultanément dans la ville.

Page 100.

1. *Croisset, Dieppedalle, Biessart* : localités riveraines, en aval et au sortir de Rouen. Flaubert demeurait dans la première.

2. L'armée française conserva la poche du *Havre* jusqu'après l'armistice.

Page 101.

1. *Hôtel de Normandie* : cet hôtel de Rouen est aussi celui où Homais offre à déjeuner à Léon, dans *Madame Bovary* (III^e partie, chap. VI).

Page 103.

1. *Une pluie de coton* : la comparaison utilisée par le « Rouennais pur sang » est inspirée du textile – et particulièrement des cotonnades –, principale production industrielle de Rouen à l'époque.

2. *Rue Grand-Pont* : ancienne rue commerçante du centre de Rouen (détruite en 1944). Elle allait de la cathédrale au pont suspendu, aujourd'hui pont Boïeldieu.

Page 105.

1. *Orléaniste* : royaliste partisan des princes de la famille d'Orléans. Ceux-ci étaient représentés, en 1870, par les trois fils de Louis-Philippe : le duc de Nemours, le prince de Joinville et le duc d'Aumale. Au début du second Empire, beaucoup d'orléanistes s'étaient ralliés au nouveau régime, avant d'entrer dans l'opposition en 1860.

Page 106.

1. *Démoc* : abréviation familière pour *démocrate*, partisan du pouvoir populaire. Il était naturellement mal vu de la bourgeoisie.

2. Le *4 septembre* 1870 : date de la déchéance du second Empire et de la proclamation de la troisième République. « Un coup d'État », conte recueilli dans *Clair de lune*, narre un de ces événements rocambolesques survenus à l'occasion du changement de régime.

Page 107.

1. Le modèle d'Élisabeth Rousset, dans la nouvelle, est une prostituée de Rouen nommée Adrienne Legay. Elle portait réellement, dit-on, le surnom de « Boule de suif ». Elle mourut en 1892.

Page 109.

1. *Tôtes* : sur la route de Dieppe, à 29 kilomètres de Rouen. Flaubert avait situé dans ce village les débuts de Charles Bovary comme médecin.

Page 111.

1. *Régence* : nom local d'un pain léger consommé avec le café.

Page 115.

1. *Badinguet* : surnom de Napoléon III. Il lui vient du nom de l'ouvrier maçon qui lui céda son vêtement et lui permit de s'évader, en 1846, du fort de Ham où Louis-Philippe le tenait emprisonné.

Page 116.

1. *Timoniers* : chevaux attelés de part et d'autre du timon (par opposition aux chevaux de volée, attelés en avant du timon).

Page 117.

1. Le compte est faux : inadvertance de Maupassant !

2. L'original de l'*Hôtel du Commerce* est l'Hôtel du Cygne, à Tôtes. Voir une reproduction d'époque dans l'*Album Flaubert* de la Bibliothèque de la Pléiade (1972, p. 107).

Page 119.

1. *Un numéro parlant* : jusqu'à la fin du xix[e] siècle, on désignait parfois les toilettes par le numéro 100 inscrit sur la porte, conséquence d'un déplorable jeu de mots entre *cent* et *sent*.

Page 123.

1. *Feuillette* : tonneau de vin d'une capacité de 135 litres environ.

2. Maupassant avait d'abord écrit (manuscrit) : « Boule de suif *dont le ventre et les tétons se mêlaient* sous un peignoir » ; Flaubert avait conseillé d'enlever le mot *tétons* : le disciple a suivi la suggestion du maître.

3. *Le gros numéro* : voir p. 119, n. 1.

Page 124.

1. *Madras* : mouchoir noué autour de la tête.

Page 128.

1. Le fils de Napoléon III et de l'impératrice Eugénie avait quatorze ans en 1870. Il fut tué au Zoulouland en 1879.

Page 130.

1. *Trente et un* : jeu de cartes qui consiste à réunir ou approcher trente et un points.

Page 131.

1. *Écarté* : jeu où l'on a la faculté de mettre de côté, ou *écarter*, les cartes qui ne conviennent pas.

Page 132.

1. Le *lait de poule* est le nom d'une boisson adoucissante faite d'un jaune d'œuf et de sucre battus dans du lait chaud.

Page 137.

1. À partir d'ici, Maupassant fait dresser par ses personnages un panorama plus que cursif d'histoire ancienne et biblique. Judith, étant sortie de la ville de Béthulie, assiégée par Holopherne, se rendit auprès de celui-ci, le séduisit et le tua ; le viol de Lucrèce par Sextus Tarquin entraîna la chute de la royauté à Rome ; Cléopâtre sut triompher, sentimentalement parlant, de ses vainqueurs,

César et Marc-Antoine ; Tite-Live (livre XXIII, chap. xviii) rapporte bien que, au lieu de marcher sur Rome, Hannibal laissa ses soldats se délecter à Capoue, mais les femmes romaines n'y contribuèrent en rien.

Page 144.

1. *Pincer un quadrille* : expression populaire pour dire *s'essayer à* ou *exécuter* un quadrille (danse en vogue au xixᵉ siècle où chaque groupe de danseurs, en nombre pair, exécute diverses figures codifiées).

Page 147.

1. *Bésigue* : jeu de cartes analogue à celui communément appelé « mariage ».

Page 150.

1. En 1880, *La Marseillaise* n'est hymne national que depuis un an seulement. Avant cette date, elle gardait, pour certains, un caractère séditieux.

LA MAISON TELLIER

Page 151.

1. *L'église Saint-Étienne* : de Fécamp. Du chevet de l'église, dans la rue des Prés, on aperçoit les bassins du port, avec, au fond, les dominant, la chapelle Notre-Dame-du-Salut.

2. *Sa vieille chapelle toute grise* : il s'agit de la chapelle Notre-Dame-du-Salut, élevée entre le xiᵉ et le xivᵉ siècle sur la falaise nord de Fécamp. C'était un lieu de pèlerinage très fréquenté.

Page 152.

1. « *Le Préjugé du déshonneur* » est le titre que Maupassant donne à une chronique parue dans *Le Gaulois* du 26 mai 1881. Il y traite de la susceptibilité masculine en matière d'adultère.

Page 153.

1. La rivière de *Valmont* coule dans une agréable vallée, à l'ouest de Fécamp. C'est le pays d'enfance de Maupassant qui en tirera l'un de ses premiers pseudonymes : Guy de Valmont.

2. La *chopine* représente un peu moins du demi-litre ; la *canette*, petite bouteille de verre épais spécialement conçue pour la bière, était de contenance variable : elle pouvait aller de 33 cl jusqu'au litre.

Page 155.

1. Dans *À la feuille de rose*, pièce libre de Maupassant, jouée en privé en 1875, *Raphaële* est aussi le nom de la fille dont Guy interprétait le rôle en travesti.

2. *Rosa la Rosse* (contrepoint de « *rosa, la rose* », modèle de la première déclinaison latine, bien connue des collégiens !) possède la morphologie de Boule de suif.

Page 157.

1. *Securitatis causa* : en latin, « pour raison de sécurité ». On observe que le nom du médecin cité tout de suite après, le *docteur Borde*, est – à une lettre près – celui par lequel on désignait vulgairement le genre de « maison » tenue par Mme Tellier.

2. *Une mesure de police sanitaire* : la législation exigeait des filles de maisons closes une visite médicale périodique. Elles offraient donc une sécurité relativement plus grande que les prostituées non déclarées ou clandestines.

Page 158.

1. *Rue [...] Sous-le-bois* : actuellement, quai Guy-de-Maupassant. C'est là que s'élevait la maison familiale de la mère de l'écrivain.

Page 159.

1. *L'abbaye* : l'abbaye des bénédictins de Fécamp, transformée en fabrique de liqueur. De l'endroit où l'on peut situer la maison Tellier, on s'y rend par la rue Saint-Étienne.

2. La première pensée de Maupassant avait été de faire chanter à ses matelots *God Save the Queen*. C'est Tourgueniev qui suggéra cet autre hymne fort populaire chez les Anglais ; il a été composé par Thomson, le poète des *Saisons*.

Maupassant avait fait la connaissance de Tourgueniev chez Flaubert. Une sympathie s'établit entre eux qui dura jusqu'à la mort de l'écrivain russe (1883). Celui-ci contribua à faire connaître Maupassant dans la Russie des tsars ; Guy, de son côté, lui consacra plusieurs articles et lui dédia le recueil *La Maison Tellier*.

Page 160.

1. *Allumette-bougie* : voir p. 73, n. 1.

Page 161.

1. Il n'y a pas de *Virville* dans l'Eure ; quant au Virville de la Seine-Maritime, il ne répond nullement au trajet de chemin de fer indiqué plus loin. Maupassant a brouillé les pistes.

Page 162.

1. *Un wagon de seconde classe* : les chemins de fer comportaient, alors, trois classes. Voyager en seconde implique une certaine tenue et un désir de paraître : les ouailles Tellier ne sortent pas de n'importe quelle « maison » !

2. *Beuzeville* : Bréauté-Beuzeville. Embranchement de la ligne Rouen-Le Havre vers Fécamp et Étretat.

Page 163.

1. *Cachemire* : étoffe très fine de poils de chèvre, souvent ornée d'impressions, fabriquée au Cachemire ou au Tibet. Les industries rouennaises en produisaient des imitations. La cousine Bette était, selon Balzac, « en proie à l'admiration des cachemires ».

2. *Bolbec* : première gare après Bréauté en direction de Rouen.

Page 166.

1. *Motteville* : à trente kilomètres de Rouen. Embranchement de la ligne de Saint-Valery-en-Caux.

Page 167.

1. *Porte-balle* était le terme par lequel on désignait un mercier ambulant.

2. *Oissel* : à peu de distance au sud de Rouen ; changement pour Elbeuf. La première gare après Oissel est Tourville.

Page 168.

1. *Andouille* et *omelette* composent aussi le repas campagnard typiquement normand dont la mère Duroy régale son fils et sa belle-fille dans *Bel-Ami* (Folio classique, p. 250).

Page 169.

1. *Boitailler* : verbe rare, affecté d'une nuance péjorative, au sens de *boiter*.

Page 173.

1. *Caraco* : vêtement féminin de longueur variable ajusté comme un corsage.

Page 174.

1. Jusqu'aux lois Ferry de 1882 sur l'instruction primaire obligatoire, l'*instituteur* accompagnait les élèves aux principaux offices religieux.

Page 175.

1. *Serpent* : instrument de musique à vent, de forme contournée, et qui tenait lieu d'orgue dans la plupart des églises de village. Les musicologues lui reprochaient ses sonorités fausses.

Page 183.

1. Pierre-Jean de *Béranger* (1780-1857) restait un chan-

sonnier très populaire. Maupassant lui vouait, en commun avec Flaubert, un mépris à peu près total.

2. *Le Gros Curé de Meudon* relève du répertoire de salle de garde ; mais *Ma grand'mère* n'est pas davantage un cantique de première communion ! On y célèbre l'atavisme en matière de légèreté féminine.

Page 188.

1. L'*épinette* était une sorte de clavecin. Elle n'était plus communément usitée depuis près d'un siècle.

Page 189.

1. Le *quadrille* dansé à la maison Tellier se recommande par la sagesse et la tenue qui conviennent aux endroits bien fréquentés !

L'AMI PATIENCE

Page 193.

1. *Comme tout passe, comme tout change* : ce sentiment du vieillissement, lié à la notion de mort et de destruction, s'accentue à partir de 1884, tandis que s'aggrave le mal de Maupassant.

2. Le quartier du théâtre, à Limoges, a été complètement rebâti depuis la guerre de 1939-1945. Les lieux évoqués par Maupassant ont totalement disparu.

Page 194.

1. *Bitter* : apéritif alors fort répandu composé d'une macération de diverses épices dans une eau-de-vie de genièvre.

Page 195.

1. *Le Temps* : fondé en 1861 et repris en 1871 par Adrien Hébrard, ce quotidien affichait des opinions d'un républicanisme modéré, recrutait ses rédacteurs parmi

les meilleurs écrivains et s'adressait à une clientèle de lecteurs sérieux et posés. Il disparut en 1942. Après la Seconde Guerre mondiale, *Le Monde* remplit partiellement la place qu'il avait laissée vide.

Page 196.

1. *Rue du Coq-qui-chante* : cette rue n'a jamais existé à Limoges. Maupassant se laisse aller à une gaudriole de circonstance : comme on sait, le coq chante après avoir accompli l'acte sexuel.

Page 197.

1. *Latoque* : Maupassant s'amuse peut-être à placer ici le surnom de son vieil ami et ancien condisciple au lycée de Rouen, Robert Pinchon.

Page 199.

1. L'aspect idyllique d'une partie du décor n'est qu'un parmi tous les éléments qui, une fois le conte achevé, apparaîtront comme autant de contrastes : Patience homme de mœurs sérieuses, apparition séraphique des jeunes femmes, etc. L'auteur joue avec maîtrise d'un procédé qui consiste à informer et dérouter son lecteur tout à la fois.

Page 200.

1. Ces lignes renvoient, de toute évidence, à la maison des Goncourt chez qui Maupassant avait pu voir quelques-unes de ces pièces. Parmi ce lot de gravures « pour les vieux polissons », comme eût dit Goncourt, on reconnaît *La Gimbelette* de Fragonard et des sujets qui évoquent Watteau, Boucher ou Chardin.

ÇA IRA

Page 202.

1. Il n'existe pas de *Barviller*. Le nom évoque Barville

en Normandie. Toutefois, s'il y a souvenir réel de Mau-
passant – ce qui ne veut pas dire réalité de l'anecdote –,
je serais enclin à le rapporter au séjour que l'écrivain fit
dans le Midi, dans la fin de l'automne de 1885. À cette
occasion, il se rendit à Grasse et c'est là qu'il peut avoir
vu ces curiosités que tous les guides signalent : le beau
musée Fragonard qui contient des œuvres flamandes et
espagnoles, et les trois Rubens de l'ancienne cathédrale.

2. *Artère* : au sens de voie de communication, ce mot
était bien attesté au temps de Maupassant : l'Académie
et Littré le donnent. Si le terme est en italique, c'est pour
souligner le peu de vitalité de cette agglomération. Mau-
passant voyageait volontiers, il eut mainte fois l'occasion
d'éprouver – et de traduire en ses contes – l'impression
de « déréliction » que laisse une ville inconnue où l'on n'a
rien d'autre à faire qu'attendre un train ou tuer le temps
(voir notamment « L'Ami Patience », p. 194).

Page 204.

1. *Cette tranquille et grasse fonctionnaire du gouver-
nement* : celui, ou celle, à qui l'on octroyait un bureau
de tabac devenait – par conséquence du monopole –
fonctionnaire de l'État. Le rendement de ces bureaux,
réservés à l'origine à d'anciens officiers ou à leurs ayants
droit, était très inégal : à la fin de 1874, il y avait un
peu moins de trente mille bureaux de tabac qui rappor-
taient à leurs titulaires de 1 000 francs et plus (25 % de
l'ensemble environ) à moins de 300 francs. Il faut noter
que l'octroi des bureaux se faisait surtout, par relations
politiques, à la dernière catégorie de ceux qui pouvaient
légalement postuler : « 4e catégorie. Les personnes qui
auront accompli dans un intérêt public des actes de cou-
rage ou de dévouement dûment attestés. » C'est évidem-
ment dans l'inflation de cette catégorie que rentre « Ça
ira ». Gagne-petit des monopoles de l'État, elle exploite
elle-même : beaucoup de gros titulaires sous-traitaient
leur prébende.

2. *La Grenouillère*, délice des peintres – Manet, Monet –,

est souvent évoquée par Maupassant. *Fournaise* est le patron d'un restaurant célèbre, en dessous du pont de Chatou.

Page 205.

1. La laideur de la prostituée est une des idées constantes – mais non dominantes – de Maupassant (André Vial l'a bien montré dans *Faits et significations*, « Maupassant et la Vénus vénale », *op. cit.*, p. 231).

2. Je ne peux m'empêcher de croire que cette *Zaïra* l'Orientale est chargée d'une lourde hérédité littéraire. Elle tire probablement ses lettres de noblesse de Zoraïde Turc de *L'Éducation sentimentale*, elle-même inspiratrice de la pochade érotique intitulée par Maupassant *À la feuille de rose, maison turque.*

Page 206.

1. *La Juive* est un opéra de Bizet. La veuve de ce dernier, née Halévy, se remaria à l'avocat Straus et tint un salon littéraire que fréquenta Maupassant et qui revit en celui de la duchesse de Guermantes chez Proust. Les israélites commencent à tenir une grande place dans l'imagination de Maupassant – *Mont-Oriol* va bientôt le confirmer.

2. Certes, l'*Annuaire du commerce* recense de nombreuses modistes rue de Rivoli, plutôt du côté du Marais que de celui de la Concorde ; mais aucune ne paraît « grande », et aucune ne se nomme Ravelet.

Page 212.

1. Ce recul dans le temps est d'autant plus cocasse qu'il y eut effectivement des *élections* en octobre 1885. Maupassant joue et ne joue pas sur l'histoire : le fait est notable.

2. *Déporté* : il s'agit, bien entendu, d'un communard, déporté à la suite des événements de 1871. En bref, « Ça ira » pouvait manger à tous les râteliers : ceux de la

« gauche » et ceux de la République « modérée ». Une chose est sauve : le nihilisme !

NUIT DE NOËL

Page 216.

1. Depuis 1807, le *théâtre des Variétés* se trouvait au 7, boulevard Montmartre.

Page 218.

1. Cette irruption de masques a quelque chose d'étrange et d'inquiétant, comme dans la *Sortie du bal masqué*, tableau de Gérôme cité par Villiers de L'Isle-Adam dans « Le Convive des dernières fêtes » (dans les *Contes cruels*), ou comme dans le bal chez la Maréchale qui constitue un moment important de *L'Éducation sentimentale*.

LES VINGT-CINQ FRANCS
DE LA SUPÉRIEURE

Page 221.

1. Le nom de *Pavilly* est aussi celui d'un village proche de Rouen où se trouvait une abbaye de femmes, désaffectée.

Page 222.

1. Il existe un château de *Rouville* près de Pont-de-l'Arche, et un bourg de Rouville dans le canton de Bolbec, tous deux en Haute-Normandie.

Page 223.

1. C'était une vieille tradition campagnarde que de fêter joyeusement la première et, surtout, la dernière gerbe de la moisson.

DU MÊME AUTEUR

COLLECTION FOLIO

Composition : Nord Compo
Impression Novoprint
à Barcelone, le ... 2013
Dépôt légal : juin 2013
Premier dépôt légal dans la collection : mars 2013

ISBN 978-2-07-046717-4. /Imprimé en Espagne.